越境へ。

津田大介

西きょうじ

亜紀書房

越境へ。

まえがきにかえて

津田大介

この本は変な本です。

本書の内容をひと言で表現するなら「20年ぶりに出会った予備校講師と当時の生徒が思い出話を交えながら今までの人生を振り返って本気で雑談したらこうなった」という感じでしょうか。もし僕が書店員でこれが配本されてきたら、めちゃくちゃ置き場に悩みます。

一見自己啓発っぽい内容に見えなくもないのですが、内容をよく読んでいくとふたりとも自分の人生にたくさんダメ出しをしている。それどころか「効率」とはほど遠い人生を歩んできたふたりが「だって俺たちそれしかできなかったんだもん」と逆ギレ的に自己肯定しているように見えなくもない。いずれにしろ自己啓発本としては中途半端です。

とはいえ、上から目線で「最近の若者は○○だから……」と断じて悦に入る老害的な本でもありません。西先生も僕も今の若者に対してはものすごく期待していて、本書はこれからの日本を支えていく若者に対してエールを贈ることが重要な目的のひとつになっています。

西先生と僕に共通するのは、大学時代から進みたい道はあったけど、その周辺をウロウロし

ているうちに会社に就職することなく、今日までなんとなく仕事をやれてきてしまったことなのだと思います。だから、僕らは会社員としてどのように振る舞えば出世できるのかは教えられません。かといってふたりとも特殊な仕事なので「フリーで仕事をする人間はこのような心構えをもて！」みたいなことも口幅ったくて言えない。おそらくふたりともいい歳して「自由に生きたい」「やりたくないことはしたくない」という願望が強すぎるがゆえに、他人に何かを強要するような語り口にならないんでしょうね（ホント大人になれよって話ですよね……）。

一見とりとめのない本のように見えますがそこは天才・西きょうじ。圧倒的読書量と変態的独創性によって、物事をいかにクリアに捉えるか、含蓄のある話が次から次へと出てきます。僕は西先生のような教養がない分、「道なき道」で遭難しないためにはどうすればいいか——あれこれ手を出しつつ進めていく具体的なやり方と、不安を抱えているときにどうモチベーションを維持するかを、自分の体験から語りました。対談ではかつて自分が深く考えずやっていたことに対して西先生が因果関係や理由を丁寧に説明してくださったので、じつはそれが読者にとってとても意味のある解説になっているんじゃないかと思います。僕としては、さっきまでは「対談」というジャムセッションをやってたのに、いつの間にか20年前と同じ授業を受けているような感覚になる——自分はまだまだ西先生を超えられないのだなとちょっぴり悔しかったのですが、振り返ればそれもまた気持ちのよい体験でした。

本書で西先生と僕が言いたいことはただひとつ。それは第4章の「越境する勇気をもとう」ということに尽きます。自分の世界を広げる意味でも、想像力を養う意味でも、他者から発見

してもらう意味でも、今自分が置かれている苦しい状況を打開する意味でも「越境」は重要なキーワードとなるはずです。越境することで自然と「わかること」が増え、それにより自分が違う自分に変わっていく――それこそが先の見えない現代日本を生き抜いていく唯一の方法なのだと僕は信じています。

学生時代に部室に行ったら、なんか変な先輩ふたりが小難しいけどおもしろい話をしていた。たまたま入った飲み屋で出会ったおじさんたちの話に耳を傾けてみたら、思いがけず勉強になった――そんな経験をもつ人も多いのではないでしょうか。この本には明日からすぐに使えるような即効性の高いノウハウは書かれていません。その代わり答えの出ない問題を楽しそうに考え続けている「大人げない大人」たちの姿がそこにあります。本書はそういう会話を脇で聞くのをバーチャルに楽しむようなものなのかもしれません。大人げない大人の姿をじっくり観察することで「西きょうじや津田大介にはなるまい。自分はもっと器用にうまくやれるはず」という反面教師的メッセージを受け取っていただいてもけっこうです。

それにしても20年ぶりの楽しい授業でした。そして、この授業はこれから社会で闘う皆さんにとって何かしらの役に立つはずです。今読んでピンと来なくても、心のどこかに引っかかりがあったら年月を置いてまた読み返してみてください。変化した自分の状況と照らし合わせて読むことで何か新しい気づきを提供できるかもしれません。本書を読むたびに新しい発見をあたえられ、皆さんの人生に彩りをあたえるお手伝いができれば、僕らにとってこれ以上にうれしいことはありません。

もくじ

③ 道なき道を行け

④ 越境する勇気をもとう

1

「やってみること」の大切さ

代ゼミ池袋校の記憶

津田　西先生、お久しぶりです。

西　こちらこそ、お久しぶりです。

津田　僕が**代ゼミ池袋校**[1]に通っていたのは1991〜2年にかけて。もう20年以上も前のことなんですが、ほんとに先生はそのころから見た目が変わらないですよね（笑）。あのころは、まだ先生は**サテライン**[2]にも出ていませんでした。予備校講師になって3年目くらいでしたか。

西　そうです、まさに駆け出しのころですね。昔は最大で週5日働いていましたが、今は週に3日、本部校でのみ授業をしています（編集部注・対談当時）。

津田　本部校って、僕のときは先生のコマはなかったんです。代ゼミの池袋校といえば、あそこはもともとラブホテルだったという噂があったんですよね。

西　怪しい場所ですよね。**ジュンク堂書店**[3]ができてからは、少し文化の匂いっぽ

1**代ゼミ池袋校**　代々木ゼミナールの池袋校。津田氏が通っていたのは1991〜92年の2年間。2015年春、全国20校の一斉閉鎖により池袋校も閉鎖となった。

2**サテライン**　代々木ゼミナールがおこなう衛星通信方式の講義システム。本部校での講義の映像や音声が全国の校舎に生中継されるため、地方の学生でも人気講師の授業を受けることができる。そのため、サテラインを担当するのは基本的に一部の人気講師となる。

3**ジュンク堂書店**　代ゼミ池袋校真裏の池袋店が開店したのは1997年。その後、池袋店は2001年に2倍に増床され当時国内最大の2000坪規模となった（同時に池袋本店と改称）。

いものができましたが。

津田　その前はけっこうヤバい雰囲気でした。僕はまさにそのころ通っていた。

西　20年前っていったら生徒たちも派手でしたね。ボディコンで授業を受けて授業が終わったらそのまま**ジュリアナ**[4]に行くような子もいましたから。

津田　ちょうどバブルがはじけたぐらいの時期ですからね。僕は実家が北区なので、予備校は近い池袋で探そうと思ったんです。でも、どの先生がいいのかなんて全然わからないので悩みました。

近いからという理由で代ゼミの池袋校に行って授業のパンフレットを見てたら、「西きょうじ」という名前の先生がいた。「きょうじ」っていう名前がひらがなでインパクトがあったので、直感的に「この先生にしよう」と決めたんですね。たぶん漢字が本名なんだろうけど、予備校講師なのにあえて芸名のような名前を付けるというのはよほど授業に自信があるのだろう、とか思ってました（笑）。そんな理由でいざ講義を受けてみたらすごくおもしろくて、自分の選択は間違ってなかったと思いました。先生の講師名は意図的にひらがなにしたんですか。

西　予備校講師になる前に演劇をやっていたんですが、そのときひらがなにしました。恭司と書いて「やすし」と読むのですが、「きょうじ」にしちゃいました。親からもらった漢字の名前のままでやるのは申し訳ない気がしたんです。あとは名前がふたつあると、複数の自己ができて息苦しくない、というか、風通しがよ

僕の通っていた高校は東京都板橋区にある都立北園高校というところで、制服も校則もない自由な校風だったので放課後はそのまま池袋に行って遊んでました。

4ジュリアナ　正式名称はジュリアナ東京。東京・芝浦に存在したディスコ。1991年にオープン後、ワンレン、ボディコンの女性が集まり「お立ち台」と呼ばれるステージで踊る姿が人気を集めた。94年に閉店したが、バブル景気の象徴的存在として語られることが多い。

妻は「きょうじさん」と私のことを呼ぶのだが、私の父親が存命のころ彼の目の前で「きょうじさんは……」と言ってしまい、父親に「そんな名前の奴はうちにはおらん」と怒られてかわいそうだった。

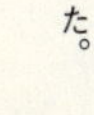

くなる気がしたのですね。

津田　そんな理由だったんですね。でも、名前がひらがなじゃなかったら、僕は先生の講義を取ってなかったと思います。

西　よかった（笑）。そう考えると、今回のこういう場もなかったかもしれませんね。おもしろいものです。

津田　不思議な縁ですよね。僕は大学生になってからも先生のその後が気になっていて、定期的にネットで検索をしていたんですよ。大学を卒業するタイミングとかで「先生、今何やってるんだろう」って思って。「まだ代ゼミにいるんだ」とか「今はサテラインもやってるのか」とか「授業の雑談でしていたあの『ポレポレ』の話が本になってベストセラーになったんだ！」みたいな。僕が知らないうちに西先生がトップクラスの講師になっていたわけですよ。

西　そうしてある日突然ツイッターでつながったわけですね。そういう意味でも、ツイッターのある時代っておもしろいですね。

津田　僕が先生のアカウントを見つけて「じつは、授業を受けていたんです」っていうリプライ（返信）を送ったんです。

西　それで、私の講演会なんかも手伝ってもらうようになったりしました。

津田　久しぶりに会った印象は、「まったく変わってないな」でした（笑）。20年前のまま時が止まっているかと思いましたよ。

20年ぶりの再会は2012年11月に開催された東大の駒場祭。離れていてもすぐに「西先生だ！変わってねえ！」と一瞬でわかって心の中で爆笑。

じつは予備校時代、僕は質問とか一回もしたことがなかったんですよ。本当は講師室とかに行ってみたかったけど、シャイだったし、そもそも予習もしてなかったので。

西　それはよくないな（笑）。でも、そう考えるとソーシャルメディアがつないでくれた不思議な縁ですよね。

18歳の津田大介が出会った「無邪気な天才」

津田　これはもう何度も言っているんですが、先生の講義で英語について何かを学んだっていう記憶はあんまりなくて（笑）、印象的な雑談ばっかり覚えてるんですよね。バードウォッチングの話もそうだし、犬の話も多かったですね。突然、何の脈絡もなく「プリンスって天才だと思うんだよね」みたいな話を始めたり（笑）。急に思いたってプリンスのアルバムを全部聴いてみて、「やっぱり天才だと思った」「あいつはヤバいよ」みたいな。その話を聞いて、じゃあ僕もプリンスを聴いてみようって思ったり。突然1カ月ホームレス生活をしたときの話も興味深かったし、演劇をやっていたときの話もおもしろかった。だから僕は先生の授業は雑談を聞きにいっていたようなものでしたね。

西　そういえば授業の初めに毎回雑談をしていたのですが、その雑談が終わると、

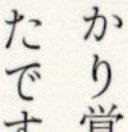

僕が覚えてるかぎり、西先生の授業で「雑談」がない回は一度もなかったはず。授業の初めに雑談がないときも途中で必ずふいに雑談が挿入される。受験が近づいてくると雑談の時間も短くなるんだけど、それでも必ず入れてくるあたりにプライドや意地みたいなものを感じましたね。

教室の外に出ていって休憩する生徒もいました。授業に邪魔されずに雑談の内容について考えたいとか……おいおい何しにきてるんだよ。

津田　10代の自分にしてみたら、西先生は圧倒的に大人じゃないですか。だけど見た目は超若くて（笑）。話を聞いていると、頭のよさがわかるとともに、人生の経験値も尋常じゃないなって。そこで当時思ったのは、自分が先生の歳になったときに、はたしてそういう人間になれるだろうかということでした。「いやー無理だろ」って。その打ちのめされた感が最初にあったんです。

　自分は大学受験ひとつでヒーヒー言っているのに、世の中には逆立ちしてもかなわないような人がいるんだなって思いました。その後社会に出て、ライターという職業柄、いろいろなすごい人を取材するようになり、２００６年くらいからは政治や政策にも関わるようになって、それこそ東大卒の官僚だったり**東浩紀**[5]さんだったり、本当にぶっ飛んでる天才たちとたくさん話をするようになりました。でも、僕が初めて身近に触れた天才っていうのは、西きょうじだったんです。高校の先生にもいないタイプだったし、当然友達にもいない。

　しかも、直接しゃべったことはなかったけれど、1年間という濃密な時間を先生と過ごしたわけで、それはすごく貴重な経験として残っています。僕にとっては最初に出会った偉人ですよ。いや、異人でもあるんですけど（笑）。

西　それは今もよく言われます。「こんな大人、初めて見た」って。

5 **東浩紀**　１９７１年生まれ。思想家、哲学者。「思想地図β」を発行する株式会社ゲンロン代表取締役兼編集長。93年「ソルジェニーツィン試論」で批評家としてデビュー。『存在論的、郵便的』（新潮社）で第21回サントリー学芸賞、『クォンタム・ファミリーズ』（河出文庫）で第23回三島由紀夫賞を受賞。２０１３年には、津田氏も寄稿した編著書『チェルノブイリ・ダークツーリズム・ガイド』『福島第一観光地化計画』（ゲンロン）を相次いで刊行。近著に『弱いつながり』（幻冬舎）など。

津田　まさにそうですよ。「あっ、こんな大人もアリなんだ」みたいなことは感じました。うちは父親が活動家で一度もサラリーマンになったことがないっていうのもあったし、いわば特殊な環境で育った。でも、先生の生き方を見てると「べつに、サラリーマンにならなくたっていろんな道があるんだな」っていうことを肌で実感できたんですね。すごくわかりやすい「組織に依存せずに生きる」実践例が目の前にいたわけですから。

西　どの道を行こうが、なんとでもなるなっていう感じは、ずっとありました。時代の雰囲気がそれを助長していたのでしょうが。

津田　あと話を聞いていて感じたのは、この人は、今は予備校の講師をやってるけど、何をやっても成功するんだろうなっていうことですね。他のこともできるだろうに、あえて予備校の講師をやってるっていうのがまたおもしろいなと思って見ていました。

　先生のいちばんすごいところって、やっぱり無邪気な天才っていうところですよね。物言いや態度はすごく上からのときもありましたけど、それが全然イヤミじゃなかったし。たぶん、先生と同じことを言ったとして、言葉は同じでも人をすごく不快にさせてしまう人っていると思うんです。それがなかったのは、先生がつねに生徒と同じ目線ももちつつ、講義中の雑談で示される教養や体験が圧倒的だったからでしょうね。

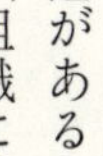

「キリマンジャロの雪」だったかな、マサイ族はやり1本でライオンを倒すと勇者になれるのだが、若者を送りだすときに「死んでも一回きりだ。怯えることはない」と言うそうだ。一回きりの人生、ちまちま守っている場合ではないだろう。

「天才は孤独だ」というフレーズをただ使ってみたくて『ポレポレ』の著者紹介に入れてみたのだけど、それ以来「自称天才」とか「天才と称するバカ講師」とかさんざん話題にされた。このとき以外天才と自称したことはないのだけど……。

単純に頭のよさを感じるような話もあれば、くだらない話もあるし、鳥も出てくれば犬も出てくる、酒の話ももちろんあるよっていうふうに、すごく振り幅が大きくて。今でも覚えている印象的な雑談が、「自分はお酒が好きでお酒ばっか飲んでるから、もう炭水化物はとらないんだ」ってやつです。「だって、日本酒飲んでたら、米食べてるのと一緒だろ。ワイン飲んでたら、ぶどう食べてるのと同じだし、焼酎だって芋食べているようなもんだ」みたいな（笑）。

西　それは今もそう思って生活していますねえ。ぶどうは炭水化物じゃないのだけどね。

雑談で知った「やってみること」の重要性

津田　1週間くらい盲人[6]の体験をしてみたっていう話もすごかった。

西　あれは自分でもすごくおもしろかった。目が見えない人を見たときに、自分もああなったらどうしようかなって考えるじゃないですか。急になるかもしれないですしね。そのときに点字が読めなかったり、食事がひとりでできなくなったりしたら困るなあ、と。だから、ちょっと練習しておこうか、といった軽い気持ちからやってみたのですが、やっていると自分の聴覚や嗅覚、触覚が研ぎ澄まされていくのが実感できて、普段いかに視覚情報が優先されているか、そのせいで

6 **盲人の体験をしてみた**　西氏は学生のときにピカソの「盲人の食卓」という絵を見て感銘を受け、数日間目を閉じて生活する。最初は部屋の中を移動するのも大変だったというが、3日ぐらいすると横断歩道の音にも正しく反応できるようになった。その発想と行動力で、講義中の数ある雑談ネタの中でもとりわけ際立つエピソード。

他の感覚がどれほどないがしろにされているかが実感でき、とても大きな体験となりました。いやあ、やってみるものですね。その後、目の見えない生徒たちが私の授業を受けるときの準備ともなりましたし。

津田　路上生活もやっていたんですよね？　地べたに座ると物理的に目線が下がる。視線の高さが変わるだけでこんなに違うんだっていう話が、すごく印象に残っています。

西　地面にいると、みんな上から見ますからね。それこそゴミみたいに見られるわけですが、ああいう視線ってそれまで感じたことがなかったから衝撃でしたね。みんな「ああいうふうになっちゃいけない」と思うから、がんばりますよね。でも「ああなっても生きていける」って思っていたら、変にがんばらなくても生きられそうじゃないですか。だから、まずやっておくっていうのがあって。

津田　先生はそれを全部自分で体験したうえで語っていたから、言葉に説得力があったんだと思いますよ。そういう話をいつも聞いていたおかげで僕も「そうか、わからなければとりあえず自分でやってみればいいんだ」って思うようになった気がします。

西　そういう体験は、学生だからできたっていうのもありますよね。とくに京都大学の環境は大きかったです。本当に自由な校風で、それこそ半年くらい授業に出席しなくても、一月くらい行方不明になっていても誰も捜さないんです（笑）。

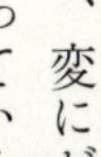

複数の視点を獲得することは大切だと思う。世界が違って見えてくるはずだ。

津田　実体験に根ざしているから、強い説得力が生まれるんですよね。代ゼミ池袋校の長椅子に座って、毎週先生から浴びた「とにかくやってみよう」「何かあったら試してみよう」的な精神というのは、今の自分にすごく影響をあたえていると思います。「なるほど、こういうものなのか」って身体でわかったことは、次に進むための勉強にもなりますし。やってみて初めてわかることって、やっぱりすごく多いので。

僕も今は頭の中で考えたものの5～6割くらいは実現できるようになってきましたが、やってみて、よくも悪くも裏切られるっていう経験をなにより大事にしています。それに気がつくことが自分にとってすごく大きな発見なんですよね。

それはやはり先生の講義を受けてた部分が大きいんじゃないかと。人気のある先生って、やっぱりみんな授業自体おもしろかったんですが、雑談のディテールまで覚えているのは西先生ぐらいですから。先生の講義に影響を受けて、その後演劇だったりサブカルだったり、いろんなものに対してハマっていった人って、きっといっぱいいるはずです。でもちょっと残念なのは、大学のゼミだったら卒業後も関係は継続するけど、予備校の講師と生徒の関係っていうのは基本的に1年で完結してしまうから、なかなか継続しないですよね。それはお互いにとって、けっこうさみしいんじゃないかなって思ったりするんですけど。

西　そうですねぇ。しかし、ツイッターのおかげで20年近く前の生徒たちから連

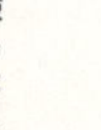

「体験したことをおもしろおかしく語る」ことは多くの人が興味をもってくれるコンテンツになることがわかったし、それなら分厚い本をたくさん読まなくてもできるって思ったんですね（笑）。

絡があり、最近はさまざまな年齢の卒業生たちと飲み会をやったりもしています。大学生と社会人が西きょうじつながりで知り合い、新たなつながりが生まれつつある、そんな部分もあります。

予備校という演劇の舞台

津田　先生は京都大学を出てから、予備校講師になる前に演劇をやっていたんですよね。

西　大学を出てから2年ぐらい、東京の**青年座**[7]で研修生をやっていました。そのときは、今津田さんの**ネオローグ**[8]がある高円寺に住んでいたんですよ。芝居をやったり音楽をやったりしていたので家賃は1万円以内で抑えたくて、風呂なし共同トイレの7000円のアパートでした。めんどうくさいから、トイレはみんな2階から庭に向かって……。

津田　放物線を描きながら（笑）。わかりますわかります。僕もけっこうやってたな……。

西　大家さんは下で怒ってるんだけど……。お湯を沸かすのも、コンロはあるんだけど10円入れると10円分だけ火がつくんですよ。だから、カップラーメンをつくるときも10円じゃできなくて20円かかったとか、お湯はどの量ならば10円で沸

西きょうじ経験者飲み会とかやりたいなあ。ポレポレ（参考書『ポレポレ英文読解プロセス50』代々木ライブラリー）も27万部売れてるし、サテラインなどすべて加えると100万人以上に何らかの形で教えてきたわけだし。共通の話題をもったさまざまな人が集まる場って楽しそう。

1999年に設立した僕の会社です。雑誌の編集プロダクションから始まり、時代に合わせてさまざまな業務をやってきました。名前は「新しい対話」という意味で付けた造語です。

7 **青年座**　東京都渋谷区にある日本を代表する劇団のひとつ。1954年に立ち上げられ、西田敏行が長く中心的な俳優として活躍した。竹中直人も一時期所属していたほか、現在も高畑淳子など多くの座員が在籍している。

かせるか、真剣に実験する、そういう生活でしたね。

津田　そのころ、高円寺のアパートって7000円だったんですね。今は安いところで2万円くらいかな。

西　普通の一軒家の2階で、6畳とか4畳半の部屋をひとつずつ区切って。

津田　へー！　シェアハウスのはしりですね。

西　隣もその隣も劇団員で、反対側は大家の息子。ときどき勉強を教えてやってました。「家賃免除してくれないかな」と思いながら（笑）。でも、劇団に入ってみたのも今思うと演劇をしたかったのか、演劇的な生き方をしたかったのか、よくわからないんですよね。当時は**寺山修司**[9]にしても、町へ出て演劇を事件にするという感じがあったから。舞台の上で収まりをつけて芝居をやるっていうよりは、もう街を丸ごと劇場にしちゃえっていうことですよね。そこに共感していたし、役者よりは演出を志望していたというのも、演劇的空間をつくっていくことをしたかったのでしょうねえ。

津田　その結果、予備校講師になったわけですね。

西　予備校の教壇の上も、けっこう芝居でしたね（笑）。

津田　たしかに先生の授業は演劇のような感じでしたね。壮大なひとり芝居。

西　結局、やりたいことはここにもある、教壇も舞台も同じことだな、っていう感じがあって。自分の中ではそのころから今まで一本のラインでつながっている

8ネオローグ　津田氏が代表取締役社長を務める編集プロダクション。1999年設立。津田氏のメールマガジン「メディアの現場」の発行や政治メディア「ポリタス」の開発などをおこなっている。

9寺山修司　詩人、劇作家。1983年没。演劇実験室「天井桟敷」を主宰するほか、文学、映画、競馬評論などを通じてさまざまな活動をおこなった。西氏は自身の人生の方向付けに大きな影響をあたえられたと公言しており、「振り向くな、後ろに夢はない」という言葉はテキストにも引用。

という実感があります。

津田　演劇の演出も、見ている人に影響をあたえるテクニックですからね。それと同じように、先生の講義を受けて影響を受けた人はいっぱいいると思いますよ。

よく考えてみたら自分も今大学で講義してるんですが、真面目な話をしている途中で急にタメ語になって学生に雑談口調で話しかけたりしてるので、自分の授業スタイルが完全に西きょうじ影響下にあることに気がつきました。影響怖い……。

西　芝居って予備校の授業でもできるなと思ったし、むしろ自分にとってはこっちのほうが早いなと思いました。役者を使って稽古をして1回の舞台をつくっていくというよりも、自分ひとりで演出も演技もやっちゃえるから楽じゃないですか。ただの過剰なナルシストともいえますが……。

津田　公演時間の違いは感じましたか。演劇は1回2時間だったら2時間の作品をやって終わりで、よっぽどのことがないかぎり同じ人は観にこないじゃないですか。でも、授業の場合は1年っていうロングスパンですよね。

西　続き物ですからね。こちらの好きに演出して好きに演じて、相手を大学に合格させる目的さえ果たせれば、芝居は下手でも見にきてくれる、これはラッキーという感じでした。

オフラインをつくりに軽井沢へ

津田　その当時の東京って、先生にとってはどう映っていましたか。

西　東京のしんどさっていうのはありましたね。関西から来たからよけいに感じたのかもしれない。とくに満員電車とか。満員だからしんどい、というのではなくて、嗅覚を通じてその場に人の邪気、悪意のようなものを感じ取ってしまう。人が降りたくても（なんとか降ろしてあげよう）とは考えない、皆自分のことで精一杯で共有したくない場を共有せざるを得ない状態、というか……。

津田　えっ、西先生が満員電車なんかに乗ってたんですか？　絶対無理そう（笑）。

西　池袋校に行くときには乗ってましたよ。それで「これはしんどいな」と思って。予備校ではずっと生徒のそばにいて、つねに人とつながっているわけですよね。そこで、オフライン、たとえば自然の中でボーッとしている時間をつくる必要があるなと感じました。それは、自分にとっては生産性が高い時間なんですよ。森にいると呼吸が深くなるし。

都会の人たちは、呼吸が浅いまま人と付き合っている感じがするんですよね。そうすると自分の考えを形成して相手に伝えるというのではなく、とにかく相手に反応することが先に来てしまいます。「きみは本当にそれを言いたいの？」ってこちらから確認したくなることがある。腹の底から出てきたものじゃない言葉でやりとりをしてしまうからだと思うんですよね。すると人とのコミュニケートもおざなりになるし、また呼吸が浅いと人にキレやすくなる。都会にいると自分もそうなってしまう。だから、オフラインにして呼吸を深くする時間を少しでもつくったほうがいいんじゃないかなと思いました。

LINEなんていうものは、人をまさしくオンラインに留めておく点で、つまりオフを奪い取る点で凶器ともなりうると思う。実際、LINEを利用したいじめは深刻なようだ……。

津田　オフラインの時間をつくることで、自分の中に言葉や考えを受け入れるだけの余裕をつくることが大事である、と。先生の場合は、そこで東京から距離を置いたわけですが、なぜ軽井沢だったんですか。

西　鳥がたくさんいるところですし、そうすると遠くまでバードウォッチングに行かなくて済むと思ったんですよね。

あのころはとくにバードウォッチングにハマっていたんです。どこかで珍しい鳥が観察されたと聞けばわざわざ見にいっていました。バードウォッチングにいく頻度は当時がいちばん高かったはずです。行ったら必ず生徒に話したくなるから、津田さんは毎週聞かされていたんだと思います（笑）。

津田　たしかに（笑）。軽井沢に移ってからはライフスタイルは変わりましたか。

西　初めのうちは、ただ移動が増えただけで「よけいしんどくないか、これ？」とは思いましたね。新幹線ができる前だったんですよ。あさま号で上野まで行って、そこから池袋へ行っていました。

津田　それはつらい。今だったらすごく楽ですけどね。

西　新幹線がありますからね。当時は「これは間違っちゃったな」と思いましたよ。でも、土日を完全にオフにして、仕事は一切しないと決めて、無理やりオフラインをつくってみたんですよ。放置すると仕事はたまるんだけど、その間はできるだけ仕事に関わることは何もしないで、ブラブラ犬の散歩をするとか、音楽を聴いているとか、森を歩いてみるとか、仕事に関係のない本を読んでみるとか、ただワインを飲んで1日過ごすとかやり続けました。それがちゃんとできるようになるには1年ぐらいかかったんですけど。その結果、ちょっとはいい奴になったかな？　という感じはしますね（笑）。

津田　呼吸が深くなったことで性格がよくなったんですね（笑）。

西　それは感じました。まず、人の言っていることを途中で打ち消さないで、最後まで聞いてあげられるようになりましたから。生徒が自分の言いたいことを話しはじめたときって、こっちも経験則で何が言いたいのかわかるんですよ。時間がないということもあるし、わかりきってるから全部聞いても無駄だろうって思うから「こういうことを言いたいんだよね？　じゃあ、こうしたらいいよ」って、人の話を途中で切ってしゃべってしまっていたと思うんです。そして、それを自分で正しいと思っていた。でも、今はそういうときも「最後まで聞いてあげたほうがうれしいんだろうな」って思えるから、聞けるようになりました。そこはすごい変わったと思います。

津田　そうか、それまでは相手が言いたいことも、こっちがサッと言ったほうが合理的だと思ってたんですね（笑）。

西　そう、相手が20分くらいかかるところを2、3分で終わらせたら、お互い楽だし、結論も出るし。でも、その合理性はちょっと違うなというのは、軽井沢に

呼吸を変えるだけで姿勢も変わってくる。呼吸については『踊らされるな、自ら踊れ――情報以前の知的作法』（講談社）にもしつこく書いたが、都会の人はともかくも呼吸が浅いと感じることが多い。丹田に気をもっていけば対人関係も変わってくると思う。

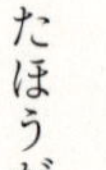

住みはじめて数年経ったあたりで感じましたね。

洋楽の歌詞を聴きたくて英語を学んだ

津田　そもそも、先生はどんな子どもだったんですか。

西　子どものころからめちゃくちゃ自意識が強かったですね。たとえば、こうやってしゃべっていても、関西弁が出ないですよね。中学のときにはまわりはみんな関西弁でしゃべっていたんですが、私は関西弁が好きじゃなかったんですよ。標準語も好きじゃなくて、しかし周囲からかけ離れるのもさびしいので、自分だけの人工言語みたいなものをつくってました。西弁みたいな（笑）。

津田　西弁（笑）。それはたとえばどういうものだったんですか。

西　英語を直訳したような感じで、単語はＮＨＫで使うような単語しか使わない。そういうしゃべり方を、わりと意識してやってましたね。

津田　クラスメートからは、かなり変人だと思われていたでしょうね……。

西　ええ、大人になってから知りましたけど……、当時は普通に周囲に合わせているつもりでした。中学生のころに「〜とはいえども」「〜ともいえよう」とか「〜ともかぎらぬ」だとか、「ああ、ここは読点ね。句点じゃないから」といった文体で話していて不思議な感じを醸し出していた、と卒業後に会った友人から言われました。本人は正確に意思を伝える文体を選びながら周囲に合わせた話し方を工夫しているつもりでしたが……。ともかく言葉には敏感でありたいは思っていました。しかし、幼い意識過剰であったとはいえますね。

津田　最初に英語に興味をもったのはいつぐらいのことですか。

西　好きになったのは高校に入るくらいのころですね。音楽を聴くときに歌詞があると聞きとれないと困るじゃないですか。

津田　なるほど。洋楽の歌詞を理解したかった。

西　今と違って英語を話している映像などはときどきしか流れてこなかったんですが、たまに見るミュージシャンの映像なんかがすごくかっこよく見えたんですよね。それで「英語をしゃべるってかっこいいな」と思って。発音の問題ではなく言い方もそうだし、言っている内容自体もがかっこよく見えた。ともかく、日本人だったら絶対に言わないようなことを言うじゃないですか。

たとえば、グラミー賞をとったときに公共の場で奥さんに「愛してるよ。この賞をきみに捧げる」っていうメッセージを送る日本人なんて、当時はまずいないわけですよ。これは大学時代のことですが、ブームタウン・ラッツのボブ・ゲルドフにしても、飢餓救済のチャリティ・プロジェクト（ライブエイド）をやったときに、なぜそんなすごいことができたのかと聞かれて、「1週間前はピクリともしなかったドアが、苦もなくすっと開いたのさ」と答えています。こんな言い方日本語にはないと思う。そういうわけで、言語化されている内容とその表現方法がすごいかっこいい。で、そういう内容のことを言おうと思ったら、英語を話せる人にならないと言えないわけで、それを日本語で言ったら、ただの勘違いヤロウじゃないですか（笑）。

津田　そういう動機だったんですね。

西　それはフランス語でも言えたのかもしれないですが、とにかく日本語じゃ言えないと思ったんですよ。ゴダールの映画の科白《セリフ》なんて日本人にはまず言えない。ジョン・レノンにしたって、ゴーンと鐘が鳴って「マザー」と歌いはじめるじゃないですか。あれが「母ちゃーん」って始まったら、鐘の意味がない（笑）。『イマジン』にしても、あんな歌詞は自分の話す日本語じゃありえなかった。英語ができれば、自分もあんなことが言えるんじゃないかって思っちゃったんですね、きっと。だいぶ間違ってましたけど。

津田　なるほど。言語を知ることでわかる彼らの思考の過程に興味があったんですね。

西　演説にしてもそうで、**キング牧師**[10]なんかしびれるじゃないですか。「アイ・ハブ・ア・ドリーム」なんて、はたして日本語で言えるのかと思ったわけですよ。

津田　たしかにいきなり「私には夢があります」って日本語で言われると、その時点でちょっとダサいですもんね。

10キング牧師　正式にはマーティン・ルーサー・キング・ジュニア。アフリカ系アメリカ人公民権運動の指導者として活動し、アメリカにおける人種差別の歴史を語る上で欠かせない人物のひとり。「アイ・ハブ・ア・ドリーム」から始まる有名なスピーチをおこなったことでも知られ、1964年にはノーベル平和賞を受賞。

西　忌野清志郎[11]が「夢はあるかい？」「愛し合ってるかい？」っていうのはかっこいいですよね。あの世代までいくと日本語でもキメやすくなる。サザン以降の日本語って振っ切れてきたんですよ。桑田佳祐[12]が日本語を音楽に乗せちゃったから。だけど、私たちの世代でマイクをもってみんなに「愛し合ってるかい？」は無理ですよ。でも、それが英語だったら言えるかと思って。

津田　演説でいえば、**オバマ大統領[13]の「チェンジ」**もよかったですよね。言葉がつくる国民性っていうのは絶対あると思います。

西　オバマが“We can change”と言ったのに対して、ヒラリー・クリントンは“We will change”じゃないとダメだ、とやり返すというような演説は日本語では難しいですよね（西注・canは「やろうと思えばできるという潜在的可能性」、willは「強い意志」を表します）。言葉と国民性、津田さんの言うとおりです。日本人の国民性をもちつつ、彼らの発想、発話を真似るには英語を使うしかない、と思ったのでしょうねぇ。今は日本という国の主張を日本語でしっかり表現できる力が大切だとは思いますが。当時は彼らのような発言が自分の中から出るようになるといいなぁと思い、とりあえず言葉から、と思ったのです。

津田　それが、どんどん英語ができるようになって、人に教えるまでになったわけじゃないですか。英語を学んだことで、自分の中でものの見方や世界観が変わった部分ってありますか。

橘いずみは「失格」という曲のライブで「誰かを愛したいか」と聴衆に叫んでいた。聴衆は「イエー」と反応していた。「イエー」に相当する日本語はまだないようだ。

11忌野清志郎　１９７０年にＲＣサクセションとしてデビュー後、「雨あがりの夜空に」「トランジスタ・ラジオ」などのヒットを飛ばす。82年には坂本龍一と組んでシングル「い・け・な・いルージュマジック」を発表するなど、数多くのユニットでも活動した。晩年は喉頭がんを患い、２００９年にがん性リンパ管症のため死去。

12桑田佳祐　１９７８年にサザンオールスターズとしてメジャーデビュー。独特の歌詞センスと歌唱法で「いとしのエリー」「ＴＳＵＮＡＭＩ」などのヒット曲をもつほか、ソロとしても活動。２０１０年には初期

西　ほんの少しだけですね。英語を身につけることで自分が変わるほど、まだ身についていませんから。ただ、自分が言葉をつくるんじゃなくて、言葉が自分をつくるんだっていう感覚はずっとあったんですよ。だから人工言語を使っていたり、英語じゃないと言えないことがあるって思ったんでしょうね。

津田　本をちゃんと読みはじめたのはいくつぐらいでしたか。

西　**太宰治**[14]とかは小学校4年生ぐらいで読んでましたね。活字中毒みたいに、家にある本を片っぱしからなんでも読んでいたんですよ。**『竜馬がゆく』**[15]なんかは40回くらい読んだんじゃないかな。それは同じ本を読みたかったんじゃなくて、自分のまわりにある本がそんなにたくさんあったわけじゃないから読まざるを得なかっただけなんですが。

漫画だったら『あしたのジョー』は、もう何回読んだかわからないですね。いきなり16巻を開いて、もうセリフも展開も知ってるのに読んだりするわけですよ。『竜馬がゆく』も高杉晋作のこういう言葉が何ページの何行目あたりにあるよな、とか頭に入っているし。吉川英治の『三国志』も何回も読んだし、宮本武蔵は吉川英治の小説も読んだし『五輪書』も延々と読んでましたね。『論語』もずっと読んでいたし、そういうものからの影響は受けていると思いますよ。三島由紀夫の『金閣寺』を読んだのも5年生ぐらいです。これは『踊らされるな、自ら踊れ』にも書いたエピソードですが、そして、今考えてもひどい話ですが「母を醜くし

の食道がんが発覚したが、手術を経て復帰した。

13 オバマ大統領の「チェンジ」　2008年のアメリカ大統領選挙で民主党バラク・オバマは「チェンジ」というスローガンを掲げ熱狂的なブームを巻き起こした。シンプルかつ力強いメッセージは変革を期待する人々の心をつかみ、アメリカ初の黒人大統領が誕生することとなった。

14 太宰治　「走れメロス」「人間失格」などで知られる日本を代表する小説家。その作風は新戯作派や無頼派と称される。1948年に愛人の山崎富栄とともに玉川上水で入水自殺。

15『竜馬がゆく』　作家・司馬遼太郎の長編時代小説。幕末維新を先導した坂本龍馬を竜馬という主人公として描いている。司馬の代表作であり、一般的にイメージされる龍馬像は同作によるものといっても過言ではない。

ていたのは、それは希望だった」って母親に言ったことがあるんですよ。ぼそっと、中学受験の話をしている母親に。一瞬、呆然としてましたけど。

津田　ひどい（笑）。それは呆然とするでしょうねえ。

西　太宰は最初に『富嶽百景』を読んで、それから『人間失格』『斜陽』まで行って。『斜陽』を読んだとき、没落貴族になりたいと思ったんですよ。品があるけど落ちていくっていう様がかっこいいじゃないですか。[16]**ヴィスコンティの映画『山猫』**にしても、アラン・ドロンが演じる新興勢力は上がってくるんだけど、ロバート・ランカスターが演じる貴族のほうは貴族の誇りをもちつつ落ちていくんですよね。

津田　言われてみれば、最初に先生の講義を受けたとき、「なんか、没落貴族感があるな」って思ってたんですよね。どこか高貴な雰囲気がただよっていて、なのに、この人はどうして池袋という場末な地区の予備校の教室でこんな高尚な話をしてるんだろうって。だから先生自身の中に没落貴族的な志向性があったというのは、僕的にはとても納得のいく話です（笑）。

ふたりを分かつ「侘《わ》び寂《さ》び」の有無

津田　講義中の雑談でもよく出てきましたが、先生は音楽、絵画、文学といった

16 **ヴィスコンティの映画『山猫』**　ルキノ・ヴィスコンティはイタリアの映画監督、脚本家。1942年の『郵便配達は二度ベルを鳴らす』で映画監督としてデビュー。美術性が高く文芸的な作風が特徴である。76年没。63年に撮った『山猫』ではアラン・ドロン主演で没落していくイタリア貴族を描き、カンヌ国際映画祭のパルムドールを受賞した。

芸術も好きだし、鳥や犬といった動物も好きじゃないですか。いろいろ好きなものがある中でいちばん好きなものは何ですか。

西　踊っているのを見るのも好きだし、ワインも好きですね。でも、いちばん好きなものって難しいな……。津田さんはなんですか。ツイッターって言わないでくださいね（笑）。

津田　僕と先生のいちばんの違い、それは僕には侘び寂びがないっていうことなんですよ。ワインなんて、まさにその真骨頂じゃないですか。僕は基本的に大ざっぱで、侘び寂びっていうものが一切ない。

先ほどの音楽の話で、歌詞を聞きたいがために英語を学んだっていうところが、じつは僕はまったく理解できなかったんです。音楽を聴くときにそもそも歌詞をちゃんと聞いてないんですよね。音として聴いているから。昔からずっとそうで、歌詞カードとかもあまり見ないですね。

西　でも、ビートルズが「イエスタデイ」って言ったら「あぁ、昨日のことなんだな」って思うでしょ？

津田　いや、それすらも怪しいんじゃないかな（笑）。要は、全部テクノを聴くように聞いているのかもしれないですね。もちろん、数曲は「歌詞もいいな」っていうのもあるんですが、それはすごく好きになって本当に何度も聴くようになってやっと、じわじわ歌詞が染み出してくるっていう感じで。最初は本当に音として聴いている感じですよね。
西　私も、歌詞がなければ音楽に集中できますが。クラシックにしてもジャズにしても、そういえばプログレやテクノ、ピンクフロイドやキングクリムゾン、タンジェリンドリームやブライアン・イーノにハマっていた時期もあったなあ。音楽だっていちばん好きなジャンルと問われたら答えられないなあ。クラシックもジャズもロックもミニマル系も好きだしなあ。いちばん好きってやっぱり難しい。
津田　僕がいちばん好きなことは、食べることかもしれない（笑）。でもこれが舌が安くて、牛丼とかインスタントラーメンが大好きなんですよ。もちろん、ちゃんとした美味しいものも好きですけど、単純に食べるものが美味しかったらうれしいですね。あとは、飲み会が好きです。
西　私も飲食は好きですねぇ。次の日の一日の食事と飲み物を計画してから寝ますし。
　いちばん好きなもの、ってよく考えてみると、自分は生きているものが好きです。人間でも木でもいいんですが、生きているものっていいなと思います。
津田　生命が好きなんですか。
西　変わるものが好きなのかもしれない。生き物は変化しますから。
津田　だとすると、変わらないものを集める——コレクター的な嗜好はどうなんでしょう。手元にずっと置いておきたいものはありますか。

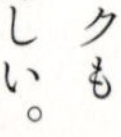

牛丼は吉野家派、インスタントラーメンはサッポロ一番みそラーメン、カップラーメンはカップヌードルが好きです。ジャンクフードの好みについてはめちゃくちゃ保守派ですね（笑）。

西　ワインがそうだけど、それはたまたまそうなっちゃっただけで。そういえばワインも変化していくものだし、飲むタイミングやワインとの出合い方を失敗したら残念だなって思います。そういう意味では、ワインは生きていますよね。服や靴でもやっぱり、つくり手の存在を実感できるものが好きですね。着ていくうちに自分の動き方に合わせて変化していくし、そういう点では命を感じますね。

津田　僕は先生ほどそういうこだわりがなくて、侘び寂びもないからこそ、いろんなことができるのかなと自分では思っています。飽きっぽいし、とくに好きなことがないからいろんなことに首を突っ込めるというか。何かにすごいこだわりがあったら、それを中心にしちゃうと思うんですよね。

西　そういう意味では、私も中心はないんですよね。結果的に、ワインにハマってはいるけど、じゃあワインがいちばん好きか、って言われたらそうでもない。津田さんは、音楽より食べるほうが好きなんですね？

津田　音楽は好きですね。でも、あらゆる趣味はだいたいすぐ飽きていきますね。

西　私は、音楽を感動して聴いている最中は「これを聴くために私は生まれてきたのだ」ぐらいに思ってしまうし、散歩をしていて木に感動すると「この木と出会うために今まで自分は生きてきたのだ」とも思ってしまいます。バードウォッチングをしているときは「この鳥たちがつくる環境が俺を生かしてるんだ」とか思ってしまう。そのつどそのつどで自分に訴えかけてくるものがいちばんなのか

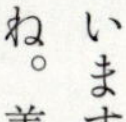

ファッションとかインテリアとかオシャレなもの全般に興味がないんですけど、でもそういうものをつくったり、プロデュースしている人の話を聞くのは好きなんですね。だからインタビュアーの仕事が好きだし、仕組みを知ったり知識として特殊な業界の話を仕入れるのが好きなんでしょうね。

もしれないですね。でも、それじゃあ、いちばんじゃないねえ。

津田　ひと目ぼれが多いんですね。僕の場合飽きっぽいわりに、音楽やネットは飽きずに続けているので、そういう数少ないもののひとつなんでしょうね。

１５０社に売り込みハガキを出して
ライターデビュー

西　津田さんは、ライターデビューはいつだったんですか。

津田　大学4年のときですね。ちょうど、留年が決まると同時にライターを始めたので。１９９７年ですね。気がつくとけっこう長いなぁ。

西　最初はとにかく自分で原稿を書いて、それを１５０社ぐらいにもっていったんですよね。

津田　そうです。正確に言うと、当時アルバイトとして働いていたライターさんの名前で売り込みのハガキを送りまくって、出版社を絨毯爆撃したんです。その中の1割でも興味をもってくれて、返事があって会うことができればよしっていう感じで。会えば、そこでは話が決まらなくても、後々何かのきっかけで思い出してもらえたり、それが布石になる可能性もあるじゃないですか。そういうのも含めて、ムダじゃないかなと思ってやりました。だから僕の人生は「種まき」ばっかりですね。

西　その経験は、後の津田さんに大きく影響したんでしょうね。

津田　そうやって仕事を得た経験があったので、その手法はこのあとも絶対に役に立つなということを確信しました。じつは、「ナタリー」[17]というウェブメディアをつくったときにもまったく同じことをやっているんですよ。立ち上げ当初のナタリーは本当にお金がなくて、このままだと資金がショートするから倒産するしかないっていうところまでいったんです。ナタリーを運営する株式会社ナターシャの共同創業者で社長の**大山卓也**[18]と一緒にどうしようか考えていたんですが、そんなときにある取材でマイニュースジャパンの渡邉社長に会う機会があったんです。そこで、3人くらいでやっている有料ニュースサイトのマイニュースジャパンが、ちゃんと黒字を出しているという話を聞いたんですね。それはどうやっているのかというと、有料会員もいるのですが、ニュースの販売が収入的に大きいんだと。オーマイニュースやヤフーなどのサイトに、月数十万円でニュースを配信しているという話を聞いて「なるほどな」と思いました。

だから、僕らのニュースも買いたいところがあるんじゃないかと思ったんです。そこから先は昔と同じ手法を使いました。まずは音楽関連のニュースを買ってくれそうなところをひたすらピックアップしました。つまりはヤフー、ライブドア、インフォシークなどのポータルサイト、そして音楽ニュースだから携帯のコンテ

「ナタリー」を運営するナターシャの大山社長とはお互いに音楽ブログをやっていた縁で知り合って仲良くなり、僕のほうから「会社つくって音楽のネットメディアつくって天下取ろうよ」と声をかけ、2006年にナターシャが設立されました。

「マイニュースジャパン」は独立系のウェブメディアとして独自の取材記事をたくさん提供している日本では珍しい媒体です。僕がリスペクトしているメディアのひとつですね。

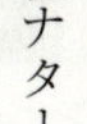

17ナタリー　株式会社ナターシャが運営するニュースサイト。音楽、お笑い、漫画などポップカルチャーに関する情報を配信している。ナターシャの代表取締役社長は大山卓也氏で、津田氏はシニア・アドバイザー。ナタリーは07年2月に開設。映画「モテキ」ではナタリー編集部が舞台となっている。

ンツとの相性もいいだろうと。当時は着メロビジネスが全盛だったので、そのニュースに関連する着うたが買えるとなると、ユーザーは自然に遷移して購入率が上がるじゃないですか。導線が確保できるし、ニュースが更新されればそれを見にくるユーザーもいるでしょうから。あとはソーシャルゲーム系です。僕らがナタリーを始めた2007年当時は、グリーやモバゲーなどのソーシャルゲーム系サイトのアクセスが爆発的に増えていた時期だったので、とにかくそれらを精査して300社ぐらいピックアップしました。音楽のニュースを出すことによって、こういう流れで御社の回遊性もよくなって購読にもつながりますよ……みたいな文面をつくって、ひたすらメールや問い合わせフォームに連絡しましたね。30〜40社くらいは返事があったと思います。

西　それは、ほとんどひとりで全部やっていたんですか。

津田　そうですね。返事があったところとアポを取って、大山と一緒に会いにいって。その中で、DeNAとかグリー、ライブドアとかがわりと高い金額でニュースを買ってくれて、ナターシャのキャッシュフローが安定したし、それに加えてナタリーのニュースの露出機会が増えて、ほかの配信先も決まっていくというよいスパイラルを生んでくれました。ベースの収入が安定してからは、記事の中身もよくなってナタリーそのもののアクセス数も増えて、経営的にもとりあえず倒産は回避することができました。ライターになったときの売り込み経験があっ

18 **大山卓也**　音楽ニュースサイト「ナタリー」などを運営する株式会社ナターシャの代表取締役。1971年生まれ。株式会社メディアワークス（現アスキー・メディアワークス）にて7年間にわたって雑誌やウェブメディアの編集を手がけ、退職後もフリーランスの編集・ライターとして、多くの媒体に携わる。津田氏とともに株式会社ナターシャを設立、ナタリー編集長として活躍している。

なんだかんだでナターシャは5回くらい倒産の危機がありましたね。その度に開発費を肩代わりしたり、ビジネスモデルを考えたりしてなんとか潰さないようにいろいろやりました。

たから、ナタリーのときも迷わずにできたんですね。

西　学生のときからナタリーの時期って10年くらいのタームじゃないですか。その10年ではそのやり方が通用したわけですけど、今もまだそれが通用しますか。

津田　通用すると思いますよ。むしろネットが普及した今だからこそ、やりやすくなってると思うんですよね。楽をしようとするとダメかもしれないですが。

西　人の気持ちの部分は変わらないということですね。しかし、これからは面と向かって会いにいかないで、コンテンツをメールで送って済ませたりすることは増えるかもしれませんよね。

津田　変な話ですが、自分が忙しくなってわかるのは、メール1本だけ投げて「お願いします」って言われても、正直その全部に返事できる状況じゃないんですよね。だからメールで送る、電話でも依頼する、そして封書でも送るとか、そういうふうに何度もあきらめずにやられると、こっちにも罪悪感みたいなものが生まれてくるというか（笑）。

西　時間がないのになあと思いながらも会ってみる、とか。

津田　「そこまで情熱があるんだったら、受けようかな」と思うかどうかっていうことなんですよね。でも、実際は1回メールを送って返事がなかったらそれで終わりっていう人が多いので。

西　その手間をいとわないでやっていくことは、これからむしろ重要になってく

機械化、コンピュータ化が進めば進むほど、人間は人間と向き合うことを求めるようになるのかもしれない。食事中に両者が携帯電話やタブレットをのぞき込み相手の目を見る時間が少ないような時代にこそ。

るっていうことですよね。

津田　コンタクトするのがすごく簡単になってしまっただけに、そこで楽をしようとすると差をつけることはできないですよね。

西　参入障壁が下がったことで、みんながコンタクトできるようになりましたからね。

プロフィールが異常に長いわけ

津田　僕は97年からライターになって、99年に編集プロダクションをつくって、2003年からジャーナリスト活動を開始しました。06年からは文科省の文化審議会の専門委員になったり、MIAU《ミャウ》[19]やthinkC[20]やナタリーをつくったり、いろいろと活動が広がっていくんですけど、振り返ってみると03年まではジョブチェンジの連続なんですよ。ライター、編プロの社長、ジャーナリストというふうにジョブチェンジをしてきて、06年以降は複数の肩書きを同時並行で使いわけてきている。

新しいことを始めるごとに肩書きが増えるだけではなく、大学の先生だったり、ソーシャルメディアの専門家だったり、多軸的になってきているんですよね。09年からはツイッターもからんでくるんですが、そういう意味ではいろいろやって

19 MIAU　一般社団法人インターネットユーザー協会の略称。2007年に設立された任意団体・インターネット先進ユーザーの会を前身として、09年には一般社団法人へ転換するとともに団体名を改称。津田氏は発起人のひとりであり、現在も代表理事を務めている。

20 thinkC　著作権保護期間の延長問題を考えるフォーラムの略称。日本の著作権法における著作権の保護期間延長問題について、研究や提言をおこなっている任意団体である。津田氏は世話人のひとりとして名を連ねている。

きたことがムダにはなっていないというか、とくに06年以降は全部つながってきています。でも、普通はこんなにいろんなことをやりませんよね。お金にならないことも多いし、実際、面倒くさいことも多かったですから。

西　津田さんの場合、とにかくやっていること自体が多い。

津田　ええ。公式サイトのプロフィールを見るとわかるんですが、所属先だけでもすごく長いので、略歴を書くとバカみたいに長くなるわけですよ。

西　何人分だっていう感じです（笑）。そういうふうに、来た仕事は断らないで全部やるというのは最初から決めていたんですか。

津田　僕は大学でちゃんと勉強したわけでもなければ、教養があるわけでもないので。「じゃあ、自分にあるものは何だろう」って考えたときに、もう実地で身につけていくしかないなって思ったんです。すべての仕事がＯＪＴ。だから、フリーになったとき、新しい仕事は不案内なものでも必ず受けることに決めました。でも、これには、必要だと思って自分でやったものと、一緒にやってくれないかと言われてやったものと両方ありますからね。文化審議会やＭＩＡＵは頼まれたものだし、ｔｈｉｎｋ　Ｃも誘われた仕事です。ナタリーは自分からやろうと思ったものですね。ムダな使命感みたいなものもあるのかもしれませんが、「なんでこういうものがないんだろう」って思ったときに、「じゃあ、失敗してもいいから自分でつくるか」っていう感じでやってるんですよ。

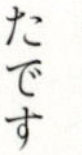
寺山修司が職業を問われて、「職業、寺山修司」と答えたのは、私が聞いた職業の中でいちばん鮮烈であった。私もいつか「職業は西きょうじです」と言ってみたい。

そうか、やりたい仕事が見つからなかったら自分でつくればいいんだ。いい考え方だなあ。

欲しいものが世の中にないんだったら「なんでないんだ？」と考えているだけじゃなくて、自分でつくればいい。それが、昔だったら大変だったと思うんです。ちゃんと書店で流通する雑誌をつくる場合、1号あたり１０００万円くらいかかるし、それだけで借金する必要があるかもしれない。そのうえ、販路開拓とかいろいろ手間のかかることもやらなきゃいけません。でも、今はネットがあるから情報発信をするぶんには人件費だけでいいわけですよ。そうした点も含めてネットでチャレンジしやすい環境が整っていったのは、僕にとってラッキーだった。かなり綱渡りだった気はしますが、失敗したらしたで、いい経験になっていたと思います。もちろんたくさん失敗もしてますし、今もそこまで成功してるとも思ってませんが……。

西　実際「失敗してもいいや」ぐらいの感じでやっていたんですね。

津田　これだけやっていれば、うまくいくものといかないものがあります。でも、全部「とにかく潰さないようにしよう」ということは強く意識していましたね。ナタリーにしても倒産の危機が何度もあったし、ＭＩＡＵにしてもどうすれば潰さないで済むかいろいろ考えた。そのために、お金を回す仕組みをつくったりするわけで、ナタリーで僕が最初にやったのは潰さないようにするっていうことです。それで、なんとか3〜4年やっていくと、そこから先は続いていくんですよね。だから、始めたプロジェクトの成否は3年もつかどうか、ということが自分

ＩＢＭの創始者が「成功したければ失敗する確率を2倍にしろ」と言っていたと読んだことがある。

の判断基準になっています。最初の3年である程度基本的な仕組みをつくれれば、その先は自分が主体的に関わらなくてもなんとかなる。そうした経験を通じて、続けるというのはけっこう重要だし、だからしんどいことなんだと感じました。でも、それがあったから人間関係や経験が全部つながってきたという実感もありますし、自分のできることが増えていったんだろうなと思います。

西　忙しいなかでいろんなことをやって、なおかつそれを継続させていくことで、それらのそれぞれが有機的につながっていくような感じがありますよね、津田さんを見ていると。

津田　だから僕に何か価値があるとすると、これだけいろいろやってきたことしかないのかなと思うんですよね。僕より原稿がうまい人はたくさんいるし、司会がうまい人もインタビューがうまい人もいる。僕よりビジネスセンスがある人もたくさんいると思うんですが、その全部に関わって一定のレベルでやっている人というとなかなかいない。ネットから得られる恩恵を生かしつつフットワーク軽くいろいろやってみる。西先生や東浩紀のような天才と違って、凡人が勝負できるのは頭のよさではなく、行動力しかないわけですから。頭のよさで勝てないのなら、せめてフットワークくらい軽くしておかないと。

ただ、人間の時間は有限ですから、いろいろなことをやっていると、当然すべてにフルタイムでコミットはできません。自分が関わったところに対して限られた

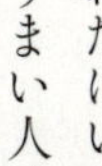

バラバラに見えていたものが突然つながっていくという経験はかなり快感。それは人間関係や仕事でも同じことなのだろう。

リソースの中で何を提供できるのかということをいつも考えています。たとえば、MIAUであれば僕は代表理事ですが、実際の運営は事務局長の香月啓佑や共同代表の小寺信良がやっていて、僕が意思決定に関わることはあまりありません。ただ、スポークスマンをしつつ、お金を回すためにドワンゴ[21]と提携して制作費をもらえるような態勢を整えたり。そういう役回りですね。

　ナタリーの場合も今はシニア・アドバイザーなのでほとんど現場には関わりませんが、コネクションが必要な場合は人を紹介したり、新しいメディアを立ち上げるときには、常勤で半年ぐらい集中して軌道に乗せる作業をしました。

　要は、時間が限られている中で何をやるのかというリソース管理ですよね。フルタイムでコミットできないからこそ、できる人を探してくるというのもあると思います。最近、石巻で「パワクロ」というソーシャルビジネスを始めたんですが、それもツイッターで偶然出会った三上和仁君を代表にして、彼にすべて任せています。そのかわり、僕はメディアで広報宣伝をしたり、パワクロとつながるとよさそうな人を紹介するということはできるので、自分がもっているリソースをそういう形で提供していくというスタンスです。

西　関わり合いや依頼があったときに、自分はその中で何を提供できるのかということを考えるということですね。そして「これだけしかできないけど、それに関してはちゃんとやります」という姿勢でコミットする。

21ドワンゴ　1997年に代表取締役会長の川上量生氏らが中心となって設立。インターネットコンテンツの配信技術およびプラットフォーム、ゲーム機向けのミドルウェア、また着信メロディなど携帯電話向けコンテンツの開発・販売等を主におこなっている。2007年には子会社のニワンゴが動画共有サイト「ニコニコ動画」を開始。

「パワクロ」は、芸能人やミュージシャン、文化人など著名なタレントさんたちから着なくなった洋服を寄付してもらって、その古着をネットで通販して被災地に雇用をつくるというプロジェクトです。僕はボランティアでこれを手伝っています。

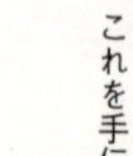

津田　そういうことを20代のうちにやっておくと、後でいろいろとつながっていくはずです。大事なのは、そのときにお金や合理性はあんまり考えないで「あの人からの頼みだったら断れないな」とか、人間的な部分で動くことですね。「情けは人のためならず」ってわりと真理だと思うんですよ。誰かが「今、こういうことで困ってるんだよ」って言っていたら「それなら、こういう人がいるよ」ってつなげたり、タダでもそういうことをしていると、後でけっこう返ってくることがあるんですね。そういう種っていつ芽吹くかわからないですからね。

津田大介は正二十面体、西きょうじは球

西　そういうふうにいろいろやってきて、今はテレビにラジオ、メルマガ、ソーシャルメディアなどさまざまなメディアで発信していますよね。メディアによって伝え方を変えていますか？

津田　テレビは物理的に変えざるを得なくなりますね。コメントが1～2分、短い場合は30秒の中で言わなければいけないので。どうしても、まとまってそれっぽいことを言わなきゃいけなくなります。

西　要求されていることをやらないといけないですからね、けっこう不自由ですよね。

津田　相当不自由ですね。事前の打ち合わせも細かくやるし、台本もばっちり決まってしまっているので、そこから逸脱しにくいんですよ。[22]NHKの「NEWS WEB 24」に初めて出たとき、台本を無視して自由に質問をしたんですけど、後でプロデューサーから「もうちょっとお手柔らかに」みたいなことを言われました。でも、長い間やっていると、自分自身の慣れもあってすごく無難なことしか言わなくなってきたりするんですよね。自分でもそう思っていたときに、糸井重里さんに「コメントが置きにいってつまらない。もっと言いたいことがあるのに言ってないでしょ。テレビのことを考えすぎだよ」って喝を入れられて。そう言われてからは、自分の言いたいことを言うようにしました。

西　津田さんの仕事としては、テレビ番組をひとつ失ってもたいしたことはないですからね。それ以上にテレビだからという理由で津田大介らしさを失ってしまうほうが損失だ、と。

津田　そうですね。でもやるからには一回一回が勝負だから、言いたいことを言っていかないとしょうがないなと思い直しました。マンネリというか、慣れっていうのはすごく怖いなっていうのがよくわかった出来事です。ラジオのほうはもっとじっくりしゃべれるし、自分の言いたいこともけっこう言えるので、比較的、緊張感をもって楽しくやれているのですが、テレビは段取りが決まりすぎているんですよ。ただ、これが[23]**ニコ生**になると今度はゆるすぎる。ツイッターでは告知

他人に対してどういう対し方をするかは自分に跳ね返ってくるものなのだなあ。人を道具にする人は自分も道具にされてしまう。——他者を手段としてではなく目的として扱え（カント）

22 NHKの「NEWS WEB 24」　2012年4月から13年3月まで、平日深夜24時から24時25分に放送されていた視聴者参加型ニュース番組。インターネット上の動向に詳しい人物を「ネットナビゲーター」として日替わりで起用、津田氏は毎週水曜日に出演していた。現在は時間帯やネットナビゲーターの顔ぶれを変え「NEWS WEB」として放送されている。

23 ニコ生　ニコニコ生放送の略称。ニワンゴが提供するニコニコ動画のサービスのひとつで、リアルタイムで配信される映像を視聴しながらコメントやアンケー

と情報提供、あとは日常でちょっと思ったことやギャグも書くし、5つから6つくらいのカテゴリーであまり形を決めずにやっています。最近は時間もないので、どうしても告知などが多くなってしまっていますが。あとは付加価値の高い情報は**メルマガ**[24]で流すようにしています。だから、同じことを言うのでも自然とアウトプットの仕方が変わってしまっていると思うんですよね。
むしろ、西先生のほうがすごいですよ。だって、講義も講演もツイッターも本も全部「西きょうじ」ですからね。

西　ひとつしかないというかね（笑）。メディアによって変えたほうが正しいのかもしれないですが、その器用さがないんです。メディアについていまいちうまくわかってないんですよね。

津田　まったく変わらないのがすごいですよ。歴代の生徒や個人的に付き合いのある人に聞けばわかると思いますが、西先生って、人によってあんまり印象が変わらなくて、ある程度印象が共通化されているんだと思います。でも、僕の場合は人によって見え方が全然違う。ものすごく怖いと思っている人もいるみたいで、「意外と怖くないんですね」ってよく言われますから（笑）。最初はずっと音楽やネットの活動をしていたから、人によっては音楽の人だし、でも多くの人にとってはツイッターの人だし。震災以降に知った人は、震災のときにいろいろやってた人だって思っていたり、「NHKでコメントしてる人だよね」とか「**JAM THE**[25]

トを楽しむことができるネットライブサービス。ニワンゴ運営による「公式番組」と、公式チャンネルによる「チャンネル生放送」、一般ユーザーによる「ユーザー生放送」に分けられる。

24 メルマガ　津田氏の有料メールマガジン「メディアの現場」では、日々の取材活動を通じて見えてきた「現実の問題点」や激変する「メディアの現場」を多角的な視点でレポート。発行日は基本的に第1～第4水曜日で、購読料は月額630円。

25 JAM THE WORLD　J-WAVEで月曜～金曜の20時～21時50分に放送されているラジオ番組。ニュース・報道を中心に据えた時事解説番組で、担当ナビゲーターは日替わりとなっている。津田氏は2015年3月に降板したが、今後も不定期出演の予定。

WORLDのナビゲーターですよね」って言う人もいる。だから、メディアを選ばずに活動していると、すごく多面的な自分像が勝手につくられていくんだなと。見ている人の角度によって、僕の印象は全然違う。

西　それ、いいなぁ。

津田　それっていいんですかねぇ……。たぶん僕は正二十面体ぐらいで、西先生は球なんですよ。一面の球で、どこから見ても同じっていう。

西　私は、自分が不器用なんだと思います。人によってもうちょっと違った角度から見られてもいいと思うのですが、見る角度を変えてもらっても変わりはないということですか（笑）。妻と私の生徒が話をしていて「この人、本当にそうだよね」「うん、どうしようもないよね」って同じような感想を共有していたのには、これはいかがなものかと思いました。

津田　どちらかというと、僕は事後的にそうなっていったという感じです。あらゆる仕事を断らないでやってきたら、いろんな自分が出てきたということだと思います。

道を外れることを恐れるな

西　津田さんは大学でも教えておられますが、教育の現場に立ってみて、学生についてどういう感想をもたれましたか？

津田　真面目ですよね、今の大学生は。本当に真面目すぎて、こちらが戸惑うときがあります。

西　たしかに真面目です、出席率も高いですしね。

津田　最近教えている大学は、出席を取らないでレポート2回で評価するというふうにしたんですが、それでもみんな出席しますからね。

西　私たちのときは、出席を取らなかったらあまり行かなかったですけどね。

津田　レポートだけでいいなんて言われたら、出るわけないですよね。だから、基本的には真面目だな～っていう感じはあります。

西　タスクをこなしている感じなんですよね。だから、タスクをこなす能力自体は私たちのときより高いのかもしれませんが、見ていて危なっかしい。安全な領域にいようとすることは変化への対応力を失わせますから、かえって危うく見えてしまうのです。さらには遊びがないから、意外なものは出てこないという感じがします。

津田　関西大学でやっていたジャーナリズム論の実習で、自分が興味のある物事に対してインタビュー記事をつくらせるという授業をしたんですよ。みんな、まずはインタビュー相手を選ぶのに悩むわけですが、「きみは何に興味あるの？」っていうふうにひとりずつ面談していきました。

高校までで正解を求める練習ばかりする、というのは危ういことだと思う。検索しても正解など出てこない問いに向き合い続ける力、自ら問いを発する力こそが知性的に生きる力を育むというのに。

「サークル入ってるの？」

「入ってないです」

「休日は何やってるの？」

「べつに……飲んだりとか」

「えっ、バイトとかはしてないの？」

「バイトはしてますけど」

「じゃあ、とりあえずそのバイトの店長に話聞こうか」


こんな感じです。不思議なのが「本当に大丈夫？」って思うようなバカっぽい学生のほうが、インタビュー原稿がよかったりするんですよね。もちろん、大学にもよると思いますが、全体的な基礎能力は上がっているような気がします。それでいて真面目で、外れたことはしない。だから、自分たちが大学のときにもっていた価値観とは全然違っています。

西　今の子たちは情報のコピペがうまいですしね。まあ、大学教授の論文だってコピペだらけじゃないか、という下地もあるのでコピペ自体がいけないとは言いにくいですがねえ。

津田　だから、今はいわゆる「ぼっち」[26]でも卒業できると思うんですよ。僕らのころは授業に出ていなかったら、いかにしてノートを手に入れるかということを考えていましたよね。

26ぼっち　独りぼっちのこと。主に学校内などで友達がいないような学生のことを指す。2ちゃんねる・大学生活板の「大学で友達がいなくてひとりぼっち」というスレッドが起源とされており、ネットスラングのひとつ。

西　代返にしても、友達に頼んでいましたしね。

津田　そういうことが、大学生が生きるための必須スキルだったわけですが、今はネットで調べればレポートなんかもある程度はできるわけじゃないですか。そういう意味では、環境は圧倒的に変わっているなというのは感じます。あと、1割ぐらいのおもしろい学生は本当におもしろいのですごく楽しみなんですが、今はそういう子たちが「けもの道」に行かないんです。

西　そうですね。大多数の学生が、誰かが行った道をたどろうとする。そのために情報を集めようとする。まあ、けものも毎回同じ道を行くうちにけもの道がつくられるわけではありますが……。

津田　ジャーナリズムの講義だから、メディアに興味のある学生が受けているのかなと思うじゃないですか。それで、就職もマスコミ志望なのかと聞いてみたら、実際はほとんど志望者がいないんですよね。

西　えっ、そうなんですか。

津田　社会学部や情報系学部のマスコミ関係のゼミにいる学生でもそうなんですよ。だから、ある程度共通した傾向だと思いますが、これも情報が行き渡っていることの弊害のひとつですよね。なぜかというと、「マスコミは狭き門だから」という認識が学生たちのデフォルトになっているんですよ。「あの学校は合格率が低いから受けません」という話と同じで、その数パーセントに賭けるぐらいだったら、もっと率が高そうなところを狙ったほうがいいという考え方。もうひとつは「マスコミは斜陽産業だから」という認識ですね。新聞もテレビもヤバい、これからどんどん消えていくと、そう思っているんです。

このふたつの意識があるから、マスコミ志望者がほとんどいない。ある意味、学生たちが賢くなりすぎてしまっているんですね。

ベタな言葉でいえば、「夢がない」「マスコミが夢を見せられなくなった」っていうことなんでしょうけど、それは情報がすごくたくさんあることの裏返しなんじゃないかなと。それこそジャーナリストになろうとか、何かになろうだなんて、世間を知らないからこそ見られる無謀な夢みたいな部分もあるじゃないですか。

でも、今は世間を知る機会があまりにも多いから、その分野のトッププレーヤーがどれくらいのレベルで、どれくらいの年収をもらっていて……というのがある程度わかってしまう。だから、頭がよければよいほど合理的な選択をしてしまうんだと思います。

西　自分をデータ化してしまう。

津田　それで結局どこに行くかというと、マッキンゼーみたいなコンサルティングファームや金融なんですよね。そういう傾向はちょっとつまんないなと思います。昔はそういう選択肢がなかったから、そこに行けるような能力の高い連中が朝日新聞とかＮＨＫに入っていたんでしょう。

西　失敗することに対してすごく怖がっている感じはしますよね。

津田　失敗したって、それも経験って思えるはずなのに。

西　私はよく「失敗しても失うものなんてないじゃん」と学生に言うのですが、やっぱりなんとなく怖いんでしょうね。

津田　失うと思っているんでしょうね、何かを。

ライターへの道をつくった国語表現の授業

西　逆に、教育の現場でおもしろい発見などはありませんでしたか。

津田　今教えてておもしろいのは**東工大**[27]ですね。東工大は国立理系のトップで建築家や原子炉工学者なんかもいっぱい輩出していますが、ざっくりいうと理系のオタク系が行くところなんですよ。僕は**リベラルアーツセンター**[28]で非常勤講師をしているのですが、そこでは人文系も教えるんですね。

もちろん単位も取れるのですが、本来は理系の研究だけやっていれば卒業はできるので、学生にしてみればべつに取らなくてもいいんです。でも、あえていろんなことを学んで世界を広げたいという学生が学んでいるわけですよね。だから「普段は情報系の研究室で、データマイニングの研究をしています」「統計学をや

台本のない人生を生きるほうが楽しいのになあ。即興で演じる楽しさは一度経験すると癖になる。もっとも、それが誰かにとっての台本になるのかもしれないが。

27東工大　東京工業大学の略称。国立の理系総合大学で大岡山キャンパスやすずかけ台キャンパスなどがある。主な卒業生に菅直人元内閣総理大臣や吉本隆明、大前研一などがいる。

28リベラルアーツセンター　東工大生の「人間としての根っこを太くする」教育を担うという使命の下、全学に文系科目の提供をおこなうなどの先進的な取り組みを実施している。池上彰氏などが教授を務め、津田氏は非常勤講師として「ネットジャーナリズム論」を担当。一般にリベラルアーツとは、大学における一般教養や教養課程のことだが（通常は人文科学、社会科

っています」っていうバリバリの理系がデータ分析や統計処理を駆使した新しいジャーナリズムを学ぶわけで、その組み合わせがすごくいいなと。
　ネットジャーナリズム論という授業をやったら、ツイッターでそれをハッシュタグにして授業中にみんなで実況してるんですよ。その授業の要約がうまくて「よくわかってるな」って思っていたら、並んでいる10人くらいのアイコンの半分以上がアニメキャラで（笑）。要するに日本でいちばん頭のいいオタクたちが集まってる大学なんですね。
　地頭のよさとスキルをもつ彼らに幅広い領域のことを教える。リベラルアーツセンターのように一見本筋と離れているように思えるものをいかにやっていけるか。その重要性を僕は教えながら学んでいるという感じですね。西先生は、大学で教えたいと思ったことはないんですか？

西　単位が嫌ですね。単位のために講義を受けたり「どうすれば単位をくれますか」というやりとりが想定されるし……それこそ、取っても取らなくてもいいような授業を、つまり卒業単位にはならないような授業を大学でやらせてくれるのなら、すごくやりたいんですが（笑）。

津田　単位とは無関係で、受けたい人だけ来るっていう授業ですね。

西　そうです。仕事に関して、来るものは拒まずやってみるという津田さんの姿勢はすごく共感できて、私も今はそうしようと思っているんですよ。だから、で

学、自然科学系を指す）、日本の大学では教養学部やそれに類する学部名でリベラルアーツ教育がおこなわれていることが多い。

きるだけ自分のフットワークは軽くしておきたい。でも大学での講義依頼は来ないなあ。

津田　西先生にはゼミをやってほしいなぁ。大学でひとつ好きな講義をもてるとしたら、何を教えたいですか。

西　作文ですね。あるときは絵画や音楽、あるときは政治や経済、あるときは物理や生物に分類されるような話題を出してその場で自分の意見を書かせる。その後、1週間ネットなどで調べる時間をあたえて、同じ題でもう一度書かせ、その後、議論をするというような作文の授業。とにかく、今の日本の国語教育ではしっかり思考してその上で自分の考えをロジカルに人に伝える、さらにはそれについて学生間で議論をおこなうという、英語以前に重要なグローバル化の条件がまったく満たされませんから。

まずはさまざまな分野の知識に触れさせて自分の世界を広げるという教養を大学生に身につけさせたいですね。大学では津田さんの言うようにリベラルアーツが必要で、それはただ授業を受けて学期に1回レポートを提出するというのでは身につきません。

　教養とは、さまざまな分野の知見に触れることで独りよがりの世界から脱し、つまり自分から距離をとりながら、自分自身を社会の中に位置付けられることです。また、教養教育こそ対人性の高い環境でおこなうべき。大教室で知識を伝えるだけでは、自分を社会の中に位置付けるための教養という基本が損なわれてしまいます。

津田　「国語表現」[29]のような感じですね。僕は高校のときに教わった熊倉先生という国語表現の先生が大好きだったんですよ。高校時代は新聞部に所属していて、将来はライターになりたいと思っていたので、選択授業も国語表現の授業を取っていたんです。毎回テーマをあたえられ、作文を書いて、添削・採点されて翌週に戻ってくる授業でした。

西　できれば、みんなで同じテーマについて話した後にもう一度作文を書かせたいですね。自分の考えが自分の中で変わる体験も味わわせたい。いきなりディスカッションは無理という学生でも、作文なら書けるわけだし。大学生はレポート提出用のコピー&ペーストはうまいのですが、自分の考えを書くということは意外なほどできないと思うんですよね。

津田　その場でお題をあたえて、たとえば30分は話して残りの60分で書かせるっていう感じですか。

西　ええ。たとえば、絵にしても自分でいろいろな見方をするだけでなく、いろんな人がどう見るかを知るというのが大事だと思います。何も知らない子どもにモナリザの絵を見せると「怒ってる」とか「手をケガした人」とか、いろいろな感想が出てきます。先入観のない観察こそ出発点ですから、初めに情報をあたえ

29国語表現　高校の学習指導要領によって定められている、主に小論文やディベートなどをおこなう授業。比較的自由度が高いので、国語の楽しさを体感できるような内容が多い。

えてしまわないほうがいい。
　そういう初めの感想と1週間調べた後の感想を比べると、いかに自分が物を知らなかったかというのがわかるし、知ることのおもしろさもわかると思うんです。1テーマで2週間ぐらいかけて、いろいろなテーマについてやるのもいいですね。最初は、その道の人にさわりの部分だけ10分ぐらいしゃべってもらって、知識をあたえすぎない段階で書かせて、その後みんなで比較して話し合うとか。高すぎないレベルで、教養入門みたいなことをやってみたいです。

津田　私塾っぽい感じですね。国語表現の授業は毎回とても楽しくて、小中高大振り返って自分の中でもっとも楽しい授業だったかもしれません。時事的なネタで書いたり、夏休みの思い出をおもしろく書いたり、すごいなと思ったのは、誰かに宛ててラブレターを書くっていう回があったんです。

西　いいですね、私もそういう授業をしたいな。

津田　そこでそれなりにいい評価をもらったので、勘違いして「先生、僕は将来ライターになれますか？」って聞いたんです。そうしたら「うーん、なれるかなれないかはわからないけど、才気は感じる」って言ってくれて、そのことがすごく自分にとって後押しになったんですよね。

西　それはいい先生だなぁ。

津田　恩師ですね。そもそも、制服とか校則が一切ない高校だったんですよ。大学みたいな雰囲気で、学校自体は好きだったんですけど、途中から面倒くさくなったので真面目に行かなくなりました。朝8時に家を出て、通り道にある喫茶店に入って、モーニングセットを頼んで新聞を読むみたいな。

西　大学生みたいな高校生ですね（笑）。

津田　「次の現代文はタルいから、ちょっとフケよう」とか言って、新聞部や演劇部の部室に集まってファミコンをやっていたりもしました。先生も教師をやりながら学会に所属していたりする人が多くて、「学会の発表があるから次の授業は休講」っていうことがけっこうあったんですよ。そういうときは、みんなでボーリングとかゲーセンに行ってました。

西　かなり自由度が高い高校だったんですね。

津田　ええ。国語表現の先生は高校のOBでしたし、気が合ったんでしょうね。僕が卒業した年には、[30]2ちゃんねるをつくった[31]西村博之が入ってきました。

今、新聞を読むための「社会」を学ぶ

西　学校では、津田さんの言うようにリベラルアーツ的なこともやってほしいし、メディアリテラシーの授業もやってほしいのですが、あとは大学の入試制度も変えてほしいですね。現実的に、受験生は自分の選択科目しか勉強しないわけです。

30 **2ちゃんねる**　日本最大の電子掲示板サイト。幅広い分野の話題が任意に投稿されている。１９９９年に西村博之氏によって設立。掲示板利用者は2ちゃんねらーと呼ばれるなど、独特の文化を形成している。

31 **西村博之**　１９７６年生まれ。未来検索ブラジル取締役、パズブロック相談役などを兼任する実業家。通称「ひろゆき」。津田氏と同じく東京都北区出身で、92年に2ちゃんねるを開設。初代管理人として2ちゃんねる関連の訴訟を多く抱えるも、その言動がネット上で話題になることも多い。

だから、「政経受験じゃなかったから、選挙のことはわかりません」「地理を取ってないから、エジプトがどこか知りません」という人が実際にいるんですよ。それなら、いっそ信長もナポレオンももういいから、とりあえず今新聞を読むために必要な「社会」というのを必修科目にする。戦後史、経済、政治、地理の基礎を知らないと現代社会人として困ることもあるでしょうし、必修科目にしないと勉強しないと思うんですよ。

津田　公民みたいなものですか。

西　もう少し広範囲なものです。今も社会科の細目として現代社会や公民がありますが、必修の社会というのをひとつつくる必要があるなと感じています。そして、そのためには昔の日本史や世界史をカットしてもいいと思うんです。それで高校生に負荷が増えすぎるならば漢文も古文もカットしていい。

津田　それは大胆ですね。そういえば、「現代文」の試験もおかしくないですか。「この文章のこの指示語は何を指しているか」みたいなことが問題になってるわけじゃないですか。でも、そんなのはいい文章だったら簡単にわかるわけですよ。そこで、あえて悪文を取り上げて問題をつくり、テストに出している。すごくねじれた構造があると思います。

西　ええ。悪文が出題されているとは思いませんが、今の現代文のテストはパズルめいていますからそれで国語力は身につかないだろうとは思いますね。

ニュースを読ませて要約させるのでもいいし、何かのテーマについて複数の人のブログを読ませて批判させるのでもいい。国語力はすべての基本ですから受験勉強によって国語力が身につくような問題にしてほしいです。話を戻すと、とにかく大学を卒業した者として理解していなければ、というラインってあると思うのです。それが受験に必要ないから勉強しないというのであれば、入試科目に入れてしまえばいいんですよ。さらにいうと入試の変更に加えて、卒業の資格はどういう場合にあたえるかを明確に具体化して、その基準に達しないかぎり卒業させない。

津田　大学は大学で、就職予備校化してしまっていますよね。大学で教える学問は社会に出ても役に立たないから、もっと実学志向になるべきだということも近年よく言われていますが、それもちょっとおかしいんじゃないかと。大学こそ、まさにリベラルアーツが大切で、いろんなことをもっとやるべきだと思います。

西　そうですね、大学では一見無駄なことをとことん勉強すればいいと思います。就職予備校となりつつある大学の意味を問い直す時期にきていると思います。そもそも大学の半分くらいはなくしてしまえ、というのが私の実感です。

津田　わざわざ大学でSPI[32]みたいなことを教えるんなら、それはもう大学へ行く意味ないだろっていう話ですからね。だから、リベラルアーツセンターの学生みたいにいろいろなものを学ぶことが必要なんじゃないですかね。

しっかり学問に取り組んで思考した経験というのは、「サークルで部長をやっていました」などという経験よりも就活にも生きてくるのだということを大学生は知らない（今、仕事についての本［毎日新聞出版社刊予定］を執筆中）。

32 SPI　就職活動で多くの企業が採用している適性検査のひとつ。対策用の問題集なども多く出ており、事前対応に追われる学生も多い。

でも、それは結局失ってからわかるものであって。僕も今大学に行くとしたら勉強したいことたくさんありますからね。これまでの経験や知識を踏まえたうえで、自分がやってることには実はこんな理論的な裏付けがあったのか、とか、この時代の哲学者の人が言ってたことだったんだな、みたいなことを知りたいですよ。

西　そうですよね、自分の軌跡を追うような勉強をしたいというのはありますね。また、そのときは無駄に見えて「もうこんな授業いらない」と思っても、後になって考えたら「けっこう大事な教えだったな」ということは多いかもしれません。

津田　以前、柳川範之さんが「**40歳定年制**[33]」というのを提言したじゃないですか。あれはべつに40歳になったら首を切れという話ではなくて、40歳でセカンドキャリアを身につけようということですよね。そこで1〜2年環境を変えたり、それこそ大学に行って学び直したりして、それからもう一度同じ会社に勤めてもいいわけですよ。

西　そこで一度考えてみるというのは、すごくいいことですよね。**リンダ・グラットン**[34]も70歳まで働くには50歳で1年充電期をつくろうとか言ってます。賞味期限のあるスキルも多いですしね。それを誤解して批判する人もたくさんいましたが。

津田　経営者の目線からすると「40歳で使えない社員を切れるのはいいね」という文脈になってしまったからですよね。でも、たとえば社会に出て15年ぐらい働

33 **40歳定年制**　内閣官房国家戦略室のプロジェクトチーム「国家戦略会議フロンティア分科会」が雇用流動化推進のための一施策として提唱する雇用政策案。企業における人材の新陳代謝を促すことを目的として、従業員の定年年齢を最短で40歳まで引き下げる早期定年制を認めるべきだとしている。発案者の柳川範之氏は経済学者で東京大学大学院教授。

34 **リンダ・グラットン**　ロンドン・ビジネススクール教授。経営組織論の世界的権威。英国タイムズ紙が選んだ「世界のトップビジネス思想家15人」のひとり。エコノミスト誌では「仕事の未来を予測する識者トップ200人」に選出。組織におけるイノベーションを促進するホットスポッツムーブメントの創始者。2025年における働く人々のようすを予測した『ワーク・シフト』（プレジデン

いた時期に、もう一度新鮮な感覚で社会と向き合ってみて次のステップに進むというのはいいことですよ。

西　ただでさえ、昔より長く生きるようになってきたわけですから、自分をちょっとリセットする感覚というのは必要だと思います。教養、リベラルアートはリセットによって壊れない、というかリセットを支える土台ともいえるでしょうね。

津田　だから、社会人大学院の学生なんかはすごくモチベーションが高い。

西　当たり前のことですが、ちゃんと参考文献を読んで授業を受ける準備をしてきますからね。彼らには古い知識を捨てて新たなものを身につけようとする覚悟があります。

津田　自分をリセットする。あるいはバージョンアップするという意味ではやはり、いかに無駄なことをやるかというアカデミズムの役割は大きいと思います。だから大学は就職予備校化なんかしちゃいけないんですよ。

20歳のころの夢

津田　ゼゼヒヒ[35]の質問で「あなたが20歳のころに描いた夢や理想は実現していますか?」というのがあるんですが、実現しているが31パーセントで、実現してないが69パーセントなんですよ。先生は20歳のころってどんな感じでした?

ト社）は日本でもベストセラーに。人事、組織活性化のエキスパートとして欧米、アジアのグローバル企業に対してアドバイスをおこなう。TEDスピーカー。

35ゼゼヒヒ　津田氏が社長を務めるネオローグが運営する、インターネット国民投票サイト。２０１２年12月にオープン。政治経済などの時事問題から芸能や日々の素朴な疑問まで多種多様な2択の質問に回答し、その理由をコメントとして書き込むことや、他者の意見に「同意」ボタンを押すことなどもできる。

西　ちょうど転部したころですね。経済学部に入ったんですが、1年のうちに4年間でやるべき本は全部読んだなと思って、文学部に転部したんですよ。今考えると傲慢でしたが。

私が思うに経済学って、今の行動経済学がいっているようなことなんですが、簡単にいえば、人間は自己利益を最大にすることを目標に合理的に動くものだという前提のもとにつくられた学問なのです。でも実際、人間の行動の動機はさまざまであって、かならずしも合理的に動くわけではない。そうするとある意味、前提そのものがフィクションじゃないですか。それが政治的影響力をもって実社会の中で機能しているというのはちょっと違和感があった。どうせフィクションなら文学、しかもSFかな、と思ったんです。文学ならばそもそも社会的に力をもったりはしないし気楽かな、と。今の行動経済学を知っていればそっちに走ったかもしれませんが、当時はそこには目線が向かなかったのです。

津田　転部っていうのは、簡単にできたんですか。

西　私のときは経済学部って京大文系学部の中でいちばんランクが高かったんです。入試の成績もよかったので、それより下の学部には面接だけで行けたんです。

津田　でも、一応理由なんかを聞かれますよね。面接ではなんて言ったんですか。

西　「現実から離れたい」みたいなことを言ったと思います。「やっぱり現実じゃないですよね、大事なのは」みたいな。

津田　それで通るんですね（笑）。

西　さすが京大ですね。私自身は就職したくないっていう感覚はなんとなくありました。なぜかというと、就職してうまくいく自分といかない自分の両方を想定したときに、うまくいく自分がものすごく嫌いだったんです。逆にいうと、就職したらうまくいきそうな要素は自覚していました。でも、それはこうありたいという自分ではなくて、自分の望まない自分を、だけど演じ切れるだろうなという感じなんですよね。

津田　それこそ、京大経済で院に進んで商社とかシンクタンクとかに就職していてもおかしくなかったわけですよね。

西　数学も好きだし、そういうところでバリバリやれる可能性もあったと思うんですよ。上司に「わかりました」と言うのもできそうだったし。でも、それができたとしても、その自分は嫌いだなと思ったわけです。就職してうまくやっていけるとしても、それは自分の好きじゃない生き方だなと思って。

津田　僕はそこまでの理想みたいなものはなかったですが、いまだに「俺、就職してたらどうなってたかな」っていうことは考えちゃいますね。その「もし」を考えたとき、じつは超出世したんじゃないかって思うんですよ（笑）。意外とうまくやって、仕事で結果を出していたんじゃないかって。

西　でも、その自分と今の自分のどっちが好きかと言われたら、絶対に今の自分

結局、何をしたいかよりもどういう自分でありたいか、が先行してたんだなあ、と思う。そして何もたいしたことをできない自分を思い知った今、やはり自分はどうでありたいかを大切にしたいなあ。

のほうが好きですよね。

津田　そうなんです。うちの場合は父親が活動家で就職したこともないような人だったけど、それでも家庭はなんとか維持されていたので、「なんとでもなるんだな」っていうのはありました。身近にロールモデルがあったんですね。

西　うちの親父はサラリーマンをやっていて「これは大変なんだろうな」というのは見ていて思いました。津田さんは20歳のころはどうだったんですか。

津田　ハタチですか……怠惰な時期でしたね。

西　大学に入ってすぐですからね。

津田　本当に何もしてなかったな。雑誌読んで、1日中ゲームやって、彼女ができて、みたいな感じで本当に怠惰でした（笑）。もう、どこまでも意識の低い学生です。大学に入って気が抜けてしまったというか。

これは浪人中の話ですけど、あるとき西先生が授業でいきなり「俺、じつは、宅八郎と同い年なんだ」って話しはじめたんですよ。「彼は法政なんだよ、おまえらも法政ぐらいは行こうぜ」みたいなことを言った。それって、予備校講師としてはぶっ飛んだ発言だなと思ったんですが、それで「やはりそうか、俺はがんばって六大学以上には行かなきゃいけないんだ」と思ったのを覚えています。

西　全然覚えてないな。そんなわけのわからないことを言って失礼ですよね。

津田　でも、すごい説得力があったんですよ。

安保闘争から学生運動の道に入り、一時期は国会議員の私設秘書をやったりしていました。

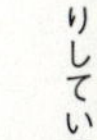

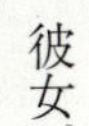

オタクへの注目が高まるのと同時に当時メディアに多数出演していた「オタク評論家」。学生時代「週刊SPA!」が好きだったのでよく彼の書いたものを読んでました。現在も多才な分野、肩書きで活躍していますね。

それと、僕がライターになろうと思った高校生のころに愛読していた「別冊宝島」[36]にはいろんなライターさんが原稿を書いていて、奥付を見るとそれぞれプロフィールが掲載されているんですよ。それを見ると、だいたいみんな学歴が高くて、出版社を経てフリーになるっていう経歴もすごく多かった。当時はフリーライターやルポライターになる方法がわからなかったんですけど、ジャーナリストになりたいといっても、日本ジャーナリスト専門学校卒みたいな肩書きのジャーナリストはひとりもいなかったので「そこじゃないな」というのは、高校生の僕でもわかっていました。

それで、どうやら大学に行く――それも一定以上の学歴は必要なんだろうなという結論に至り、六大学以上を受けようと思ったんですよね。でも、高校1年、2年とまったく勉強していなかったので、3年生の4月に受けた模試の3教科の平均偏差値は40ぐらいでした（笑）。それでもそこから多少勉強を始めましたが、やっぱりずっと遊んでいたのが響いて、大学入試直前の模試でも平均偏差値は50ちょっとぐらいでしたね。

西　当時だったら、日東駒専もきついですよね。

津田　そうなんです。でも、国語表現の先生の助言もあったし「別冊宝島」の奥付の件もあったので、とりあえず受けるのは六大学以上だと決めていました。じつはもうひとつ大きな理由があって、自分の怠惰なところもよくわかっていたの

「ジャナ専」と呼ばれ、多くの学生を集めていましたが、近年は学生数が伸び悩み、２０１０年３月で閉講しました。

36別冊宝島　宝島社が発行しているムックシリーズ。１９７６年からスタートし、政治経済からサブカルチャーまで幅広いジャンルをカバーしている。基本的にそのとき話題になっているタイムリーなテーマを扱う。『この～がすごい！』や『音楽誌が書かないJ-POP批評』など話題になったシリーズも多く、２０１３年には通算２０００号を超え現在に至る。

で、日東駒専に受かったら、自分はそこに行ってしまうと思ったんですよ。現実的に、受けたら受かるかもしれないというレベルだったので。もしそこで入学してしまったら、ウダツのあがらない人生が待ってるだろうな……って思ったんですよね。もちろん、大学ですべてが決まるわけないし、今だったらもう少し違った考え方もできると思いますが。思えば偏差値50しかないくせに何偉そうなこと言ってるんだって話ですけど（笑）。

西　その考え方はすごくおもしろいですね。でも、それだけ自分のことをわかっているっていうのは賢い選択ですよ。

津田　いえいえ。でも本当に怠惰な大学生活を送った末に、しょうもない会社に入って……という未来予想図が見えたんです。だから、六大学以上だけを受けて見事に全部玉砕し、浪人が決定しました。それでけっこうすっきりして、1年あればさすがに俺も勉強するだろうと思って、「じゃあ早稲田くらいめざすか」となったんですよね。それで、早稲田に行くなら早稲田予備校に通おうかと。

西　それもわかりやすい考え方ですね（笑）。

津田　現役のときに受けた代ゼミの西先生の講義もおもしろかったなっていうのがあったので、夏期講習は単科で西先生の講義を取っていたんです。そして、浪人のときは平均偏差値も60を超えましたが、さすがに二浪は親にも悪いと思ったので、すべり止めも受けました。

野球の東京六大学野球リーグによってつくられるくくりで慶應義塾大学、東京大学、法政大学、明治大学、立教大学、早稲田大学の六校を指して六大学。僕らのころは東大は別格なので東大の代わりに中央を加えた私大の六大学が私大を受験するグループのくくりとして使われることが多かったです。

日本大学、東洋大学、駒澤大学、専修大学の四つをグループ化したのが日東駒専。私大の六大学のひとつ下のランクとしてよく使われていました。

私大六大学の代わりにミッション系高偏差値私大のJAL（上智大学、青山学院大学、立教大学）、MARCH（明治大学、青山学院大学、立教大学、中央大学、法政大学）というくくりもありますね。

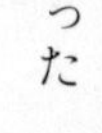

でも、最初に受けた日大は落ちちゃった（笑）。次に受けた専大は受かったんですけど、法政は絶対に受かったと思うくらい試験はできたつもりが落ちてしまいまして。その後、明治の政経に受かったときはすごくうれしかったですね。それで、明治が受かったから早稲田もイケるかなと思ったら軒並み落ちまくって、「やっぱり、現実は厳しいな」と。そしたら最終的に社学だけ受かったんですね。

当時明治の政経と早稲田の社学って、偏差値的にはちょうど同じくらいだったんです。僕が受けたのは政経学部の政治学科だったから明治の中ではトップで、社学は早稲田のドベに近かった。まさに鶏口牛後で「どっちがいいんだ」ってすごい悩んで、何人かに相談したんですよ。それで「やっぱり明治なのかな……」と思って高校の担任に相談したら「なに悩んでるんだ、バカ」と言われまして。「おまえはマスコミ志望なんだろ、じゃあ一も二もなく早稲田だよ」と。そこまで言い切ってもらうと「そっか、そんなもんか」という感じで、一応早稲田に入ってマスコミへの切符は手にしたという感じです。結果的にもやっぱりよかったと思いますけどね。

あそこで、すべり止めの大学に入って怠惰な生活をしていたら、僕みたいな奴はおそらく本当にとめどなく怠惰なままダメになっていたと思うんですよ。でも、一応早稲田に入れたことで、実際は怠惰な生活をしていても、それもなんか意味があるように見えてくるじゃないかと。実際、僕らが卒業したのは世代的に就職

その後早稲田大学社会科学部は僕が卒業したあとどんどん人気と偏差値を高め、今は早稲田の中で政治経済学部、法学部に続く人気学部（偏差値的には商学部と並び、教育学部を抜いた）になってしまいました。隔世の感があります。

氷河期1年目ぐらいなので、男子の3割ぐらいがフリーターだったと思います。

西　ちょうどそれが問題になっていたころですね。

津田　そういう時期だったこともあってか、早稲田には根拠のない自信をもっている奴が多かった。僕もそれを得られたという意味では行ってよかったと思っています。もちろん物書きにはなりたかったんですが、他にもいろいろやりたいなっていう気持ちもありましたから。取材して原稿を書くこと以外に、ビジネスもやりたかったし、人前に出てしゃべったり、それこそテレビやラジオに出ることにも興味があったし。女の子からちやほやされたいっていうのもあるじゃないですか（笑）。根拠のない自信がなければきっと挑戦できなかったけれど、考えてみたら、そういうのは今のところ全部叶ってしまった。

西　理想を実現したわけですね。

津田　それは結局夢が小さかったってことなんだなって思います（笑）。とにかく、あのころから何かひとつのことだけをやりたいという感じではなかった。西先生が京大で文学部に転部されたこととも近いのかもしれません。

西　そうですね。私は24歳で小説を書いて講談社の「群像」[37]の新人賞に応募したことがあるんですよ。最終選考まで行って落ちたんですが、その後「純文学じゃないものを書いてくれ」というオファーが来て、小説家もいいなと思ったんですが「やっぱり純文学だよな」という思い込みもあって（笑）。

うちの父親が僕が早稲田に入る際「早稲田はとにかくマンモス校なのがいい。人が多くいれば、おもしろい奴もつまらない奴もたくさんいるから。絶対数でおもしろい奴の数が多い大学に行ったほうがいい」ということを言ってました。そのことは早稲田に入って実感しましたね。

37「群像」の新人賞　「群像」は講談社が発行する文芸誌。1946年の創刊以来、多くの新鋭小説家や批評家を輩出している。58年に設けられた「群像新人文学賞」は小説と評論の2部門に分けられており、小説部門では過去に村上龍が『限りなく透明に近いブルー』で、村上春樹が『風の歌を聴け』で受賞している。

津田　じゃあ、そこで書き続けていたら、平野啓一郎さん[38]より早く平野さんみたいな存在の作家になっていた可能性もあるわけですね。

西　それはどうだか。村上春樹のお父さんがうちの高校の先生だったんですよ。村上春樹が群像新人賞を受賞したとき、ちょうど高校で習っていました。そういうこともあって群像に書いてみたんですよね。でも、あそこで落ちてよかったと思いますよ。仮に通っても、おそらく2作目を書けていないでしょうから。

津田　ストーリーをつくるということに興味があったんですよね。戯曲なんかを書いたりしたことは？

西　書いたことはありますよ。じつは小説は最近になってもう一回やってみたいと思っているんです。今、３００字とか４００字の小説が流行っているじゃないですか。

津田　ツイッター小説とかもありますしね。

西　ふと思いついたらそういうショートショートのようなものを書きとめておこうと思ってはいます。長編は片手間では書けそうにないですからね。まあ、やりたくなったらやれるように文章力は鍛えておこうかと。

38平野啓一郎さん　１９７５年生まれの小説家。京都大学法学部在学中の99年に『日蝕』で芥川賞を受賞。その後も、『一月物語』『葬送』などの小説を発表。SF長編『ドーン』では、異なる自分を肯定する「分人主義」という考え方を提唱している。

自分の中の何かを過剰化していく

津田　僕の場合、夢を描いてそれに向かって邁進してきたというわけでもなく、なんか結果的にそうなってきたんですよね。

西　なんとなく「やってみたいな」と思っていたことが、今になってできていたり。そういうことは、私もけっこうあるかもしれません。

津田　最初は、単なる実用系のしがないライターだったので、「原稿を書ける」というだけでうれしかったし、自分の書いたものが活字になって雑誌に載っているのを見て喜んでいました。「津田大介」という署名にしても、そこに誰も興味はないんでしょうけど、でも載っているという事実がうれしかった。

西　名前がクレジットされるのってうれしいよねえ。誰も見てくれるはずもないんだけど。今は情報や選択肢がいっぱいあるわけですから、若い人にはいろいろ手を出してみるということを薦めますね。いろいろなことをやってみないと自分に何ができるかわからないし、実際にやってみないとわからないことも多いですし。無理やりに目的を決めると不自由ですからね。

津田　「学生のうちに好きなことを見つけたほうがいい」とよく言われますけど、そんなの見つかる人のほうが絶対に少ないんですよね。実感としてはそういうものは30歳までに見つけられればラッキーなんじゃないかと思います。僕の場合も見つかったのは35歳ぐらいですからね。自分が一生やり続けても楽しくできる仕事はメディアのプロデュースだということに気づきました。

いまだにそうなんですけど、僕、原稿を書いていてもつらくてつらくて、楽しいと思ったことは一度もないんです。高校の新聞部の時代からそう。でも、なんで続けているのかというと、読者に届く瞬間が楽しいからなんですね。「できた！」っていう完成の瞬間と、そのできた新聞を朝7時に学校に行ってみんなの机に置いていく瞬間、あとは読んだ同級生から「おもしろかったよ」と感想をもらう瞬間。そういうふうに自分が発信した情報に対してレスポンスが生まれる瞬間が好きだから、僕はツイッターが好きなんですよ。

西　なるほど、反応がすぐに見えるっていうのはやりがいにつながるね。好きなことっていえば、私は自分が小説を書きたくなったらいいな、と思ってます。ものになるかどうかはわかりませんが、書きたくなったらいつでも書きはじめられるわけですから。また演劇をやりたいと思うときも来るかもしれないし、やりたくなったら即やれるような準備はつねにできてないとダメだと思います。

津田　いろいろなものに手を出すと、新しい出会いもあるだろうし、その誰かと出会ったことによって、また新しい自分が形づくられていく可能性もありますよね。その変わるかもしれない自分を怖がらずに楽しめるか。

それに気づけたのは「ナタリー」がそこそこ成功したことが大きいですね。自分が信じてやってきたことに意味があったんだなと思えるようになったし、実績にもなりました。

西　何かを変えたいと思ったら自分を変えることは必然です。逆にいうと、自分が変わることを恐れていたら、状況も変えられないわけで、なおかつ人は環境につくられるものだから環境を変えることで自分に変化を引き起こすことも大切です。自分の変化を受け入れていくということは、ある意味では越境といえますよね。助言を聞く耳をもったり、批判を聞く耳をもったり、自分が変わる覚悟を決めて越境していく。それによって、本当にやりたいことがすぐに見つかるとはかぎりませんが、それが好きか嫌いかぐらいはわかりますから。

津田　嫌なこともやらなきゃしょうがないという覚悟も必要ですが、やらないで済むに越したことはないですからね。

西　これからはサラリーマンもスキルを身につける必要があるし、どこかに所属しているというだけで生きられる時代ではない。そういう点で、自分に何ができるかということを自分なりに見つけていかないとまずいと思います。そのためにはまず自分のボーダーを越えてみることですね。

　グローバル化の時代には、人材も国境を越えてくるわけですから、そうなったときに不要だと判断されてしまう人というのは必ず出てきますよね。さらには機械の進化によって機械と人間のボーダーが弱まり、人間は職を失うことになるわけです。そのときに必要なのは、その人固有のスキルだったり、人と一緒に何かをやれる力だったりすると思うんです。

自分を変えるつもりもない奴が人に説教するな、と最近よく思う。自分の考えを変えるつもりがまったくないくせに議論を吹っ掛けてくる人も多い。放置すべし！

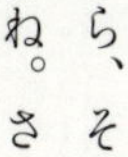

機械化によって近い将来なくなるであろう職業リストを見ているとぞっとするが、おそらく現実化されていくのだろう。

とくにこれからの時代、自分ひとりでできることは少なくなってきますから人と一緒に何かをやる力は重要になってきますが、これこそ経験しないとわからないもので、いろいろな人との実際の経験の中から見えてくるものだと思います。

津田　そういう意味でも、友達や仲間をつくっていくということは大事ですよね。中高が一緒で、今でもいちばん付き合いのある友達がいるんですが、彼は最初に会ったときから性格がどんどん変わって、過剰におもしろくなっていったんですよ。彼があるときポツリと「結局、おもしろい奴らと付き合うには、自分がおもしろくならなきゃダメなんだよ」と言ったのがとても印象的で、一理あるなと思いました。僕も大学時代の僕と今会って話したときに、友達になるかといえばたぶんならないですから（笑）。要するに、おもしろい奴らの中にいてそれを享受しているだけだったら、それ以上おもしろい奴とは出会えないということですね。だから彼は少しずつ性格を変えていった。テイクだけしようとしていてもダメで、何かのコミュニティに属するのであれば、ギブがないといけない。

かならずしもギブは「おもしろさ」でなくても構わないと思うんです。それはおもしろい人を経済的にサポートする「お金」なのかもしれないし、「その人のために献身的に働く」ということなのかもしれない。

自分の人格をすべて改造する必要はないし、無理にそんなことしても限界がある。だから、自分の中でもっているこだわりやポイントみたいなものを過剰化していくというやり方がいいと僕は思います。つまり自分の「フック」をつくるということですね。他人が自分に興味をもってくれる取っかかりをつくる。先生みたいに、素のままの姿がフックだらけの人もいますけど（笑）。

西　基本的に、人って偏在していると思うんですよ。だから、あるところに行けば自分にとってはおもしろい奴がいっぱいいるけど、そこに行かなければいくら多くの人と付き合ってもおもしろくない。そしてその場に行こうと思ったら、やっぱり自分がそういう人間であることが必要になりますよね。だから「おもしろい奴がいない」って言う人は、結局、自分がおもしろくないっていうことなんですよね。

津田　それはとても腑に落ちる話です。つまり、結局は自分がおもしろくなれば、向こうからおもしろい奴が寄ってくるということなんですね。

西　そうなると、後は有機的にどんどんつながっていきます。だから、その友達はすごく賢いと思いますよ。要は、誰かが自分のことを友達になりたいと思ってくれればいいわけで、そういう人間になれば自然と友達ができるでしょうから。

津田　その一歩目が自分の何かを過剰化することだと僕は思うんです。例えばアニメ好きなら信じられないくらいアニメ好きになるとか。それもできればネガな要素ではなくて、ポジなものがいい。過剰化するポイントを間違えてしまうとリスクが高くなりますから。あまりにもニッチなところにいっちゃうと、フックに

たしかに過剰な奴ってうっとうしいけどおもしろい。バードウォッチャーだと水鳥を好きな奴に過剰な奴が多い気がする。映画だと私はゴダールが大好きだけどゴダール好きを称する人と話すと疲れる。が、おもしろい。

なりづらいので、ある程度ポピュラリティのありそうなものを意識しつつ過剰化するということですかね。

可能性を感じる20歳前後の世代

津田　先生が、今後の可能性を感じている世代的な像ってありますか。

西　津田さんの世代が本当の中心になったときに、世の中がガラッと変わると思うんです。そしてその時期に台頭してくる世代に期待したいですね。

津田　学生のときに震災を経験しているかどうかというのはポイントになると思いますね。僕らの世代は大学のときに[39]阪神・淡路大震災がありましたが、あれで人生観が変わったという人はすごく多い。その意味では東日本大震災を大学生で経験した世代は今後日本の中心になっていくんじゃないかと思います。

西　英語で「ティッピングポイント」、日本語でいう閾値《しきいち》というのがあります。たとえば、ある共同体の中の専門家の割合というのを考えてみます。閾値が5パーセントだとしたら、専門家の割合が5パーセントに達したとたんにいきなり犯罪率が減っていたりエイズが半減していたりというように、急激に共同体の状態が変わるラインがあるのです。

これから社会をつくっていくのが、大学や高校のときに震災を経験した世代の

39阪神・淡路大震災　1995年1月17日に発生した、淡路島北部沖の明石海峡を震源とする地震。マグニチュードは7・3といわれ、兵庫県神戸市を中心に近畿圏の広域が大きな被害を受けた。死者6434人、負傷者4万3792人は戦後に発生した地震災害としては東日本大震災に次ぐ規模である。

ちょうど僕は95年に大学生でした。阪神・淡路大震災でもっとも被害が大きかった神戸の地元紙・神戸新聞は大学生のときに震災を経験して入社した僕と同世代の記者にとても優秀な記者がたくさんいるそうです。

子たちであり、それがある閾値を超えると社会は大きく変わると思うんですよ。震災経験世代の人たちが動いていって「日本をよくしよう」という意識をもつ人が一定のパーセンテージを超えたときに、大きな変化があると期待しています。

そのためには若者を育成していくことも必要だし、多少の暴走は許容することも必要だし、社会がボーダーを透過性のあるものにしながら越境しやすくしていくことも必要だし、いろんな条件はありますが、社会をよくしようと思う人の数がその閾値を超えることは期待できると思っています。そこを地ならししていくのが津田さんの世代の役割だと思います。

津田　僕ら70年代前半生まれの世代と90年前後生まれの世代には共通していることがあって、それは、若いときに「イノベーション」と「震災」を経験しているということなんですよね。僕らのときはインターネットが始まったときで、今はソーシャルメディアが一気に伸びたときじゃないですか。そして、阪神・淡路大震災と東日本大震災があった。震災という強烈な逆境がイノベーションを起こす原動力にもなって、それまではいなかった新しいタイプの起業家たちが生まれてくる素地になっている面はあるように感じるんですね。

時代を追うごとに、政治家よりもそうした起業家のほうが実際に社会を変えられる影響力、可能性をもつようになっていくと僕は思います。僕らの世代でもそうですが、下の世代になると、よりその傾向が強くなっていくでしょう。

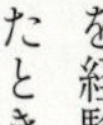

神戸出身で阪神・淡路大震災発生時日本興業銀行に勤めていた楽天創業者の三木谷浩史社長は、震災で親戚や友人を失ったことで「人生は短い」と実感し、それが楽天を創業する大きなきっかけになったそうです。ほかにも震災を契機に起業家になった方はたくさんいます。

西　それができるような装置自体もつくられていきますからね。フローレンスのように限定された領域で社会を変える団体があちこちに生まれてくることも力強いですね。

津田　フローレンスの**駒崎弘樹さん**[40]なんて、実質的にはもう立派な政治家だと思いますよ。彼は議員バッヂを付けていませんが、そうだからこそしがらみなく自分のやりたいことに突き進めているように思えます。

西　付けてしまうと、票を集めることに目が向いてしまいますからね。

津田　たとえば彼のような起業家が社会において発揮する影響力は、10年後には今の何倍にもなっているだろうと思います。

西　津田さんが言ったように、ひとりが関われることというのは少ないじゃないですか。駒崎さんはもう病児保育という領域を切り拓きつつありますが、そういう人がたくさん出てくるといいですよね。国会議員になるとすべてを横断的に見なければいけないので、個別の専門家にはなり得ない。だから、いろいろな分野でそういう流れが起きて、閾値を超えていくと、政治も社会もすごく変わっていくでしょう。

40 駒崎弘樹さん　１９７９年生まれ。社会起業家。病児保育に関するＮＰＯ法人フローレンス代表理事を務める。２０１３年４月に内閣府「子ども・子育て会議」委員に就任。主な著書に『働き方革命――あなたが今日から日本を変える方法』（ちくま新書）、『「社会を変える」お金の使い方――投票としての寄付　投資としての寄付』（英治出版）など。

けもの道を進め！

津田　そういう意味でも、多感な時期に大きな社会の変化を体験しているどうかが大きいように思います。

西　社会に意識が向きはじめる小学校高学年から高校生くらいまでの段階で震災を経験している世代には、すごく期待できますよね。実際に「将来は社会に貢献したい。人の役に立ちたい」という若い人たちが増えているようですから。私の世代だと若いときにそれをはっきり言える人は少なかったと思います。だから、その人たちに対して、「もっと越境していけばいいんだよ」「失敗しても怖くないから」というふうに社会に出ていく準備をしてあげるのが僕らの役目だと思っています。

津田　それにしても、今は女の子のほうが元気な時代ですね。

西　たしかに、就職活動にしても、男の子のほうが「べき論」の枠に入れられてしまっているようですね。よい大学を卒業するのだから大企業に行くべきだ、とかね。

津田　大学のゼミにゲストで呼ばれて話をしにいくと、最近はだいたいゼミのリーダーは女の子ですね。ゼミ長っていったら昔は男がやるものというイメージでしたが、今は女の子のほうが積極的で実力もあったりする。もちろん男でもおもしろい奴はいるんですが、女の子が総じて強い時代になっていますね。

西　男性のほうが視野が狭く、女性のほうが思考の自由度は高い気はしますね。

津田　僕の大学の授業でレポートを採点したら抜群に優秀な学生がふたりいたんですが、それはふたりとも女の子でしたね。予備校ではどうですか。

西　予備校はもともと男性の比率がかなり高い場所ですから単純には比較できません。でも、少し前までは講師室へ質問に来るのは圧倒的に女の子ばかりでしたが、最近は男の子も来るようになった気がしますね。ただ、委縮している感じをもっているのはやっぱり男の子です。予備校の段階から、つまり大学に行く前の段階で、「自分は就活に勝てないんじゃないか」とか「自分は大企業には行けないんじゃないか」とか言って怯えている男子はけっこういますから。

津田　それも情報過多時代の弊害ですね。ウェブで就職サイトなんかを見ると「就活がいかに大変か」「働くっていうのはどんなに大変か」ということがたくさん書いてあるから、世の中のすべての会社がブラック企業みたいに見えるんでしょうね。でも、予備校生ならまずは受験の心配をしろよっていう話ですよね（笑）。

西　目の前のことに集中しないまま先への不安に怯えているのですね。自分の将来をデータ化してしまいたい、そうして安心感を得たいと思うのかもしれません。就職といえば、就活に失敗したから自殺してしまうというのも痛ましい話ですよね。自分が無価値だという烙印を押されたかのように思ってしまうのでしょう。たしかにひどい面接も多いらしいですが。ボーダー内で委縮してしまわないで越境してしまえば、つまり外にも世界が開かれていると実感できれば全然違うのですがねえ。あるいは、自分に複数の自己をあたえてみる。ここでダメでも違う自分がいるし、みたいな。

津田　もうちょっと多様なキャリアをつくるということが見えていればいいんですけどね。そして、そういうことはどうせ才能があったり、運のいい限られた一部の人にしかできないんだという思い込みも捨てたほうがいい。

西　そうですね、あり方は多様でいいのだということがリアルに実感できれば、だいぶ違うと思います。

津田　たとえば、自分がかっこいいと思えるような働き方のロールモデルが見つかったら、その人に「カバン持ちを1年間やらせてください」と言うのでもいいと思うんです。カバン持ちが極端なら、とにかくその人が出演するイベントや講演すべてに行って顔を覚えてもらって、「何でも手伝うんでやらせてください」って言うだけでもいい。そこで学べることはたくさんあるはずです。それはたしかに大変な「けもの道」かもしれないけど、自分で道を切り拓くいちばん手っ取り早い方法だと思います。西先生は京大を出て演劇の道に進んだわけですが、あれはわかりやすい「けもの道」ですよね。

うまくいかないこともある。うまくいくこともある。自己嫌悪も自己責任も複数の自己を想定すればバカバカしいことだと気づくだろう。大切なのはひとつの自己が今ここにはたらきかけることだ。

西　私たちの時代は「どうにでもなるんじゃないの」という空気感がありましたからね。だから、それほど思い切ったことでもないんですよね。まわりはびっくりしていましたが。自分としては「どう転んでも、どこかでなんとかなるんじゃないか」と思っていたし、時代もそれを後押ししていたように思います。

津田　「どう転んでもなんとかなる」っていうのは、いわゆる世間のはぐれもののメンタリティーだと思うんですが、僕が思うにそういう人の割合は、今も昔もそんなに変わってないんじゃないかと。ただ、昔は頭のよい人たちがそういうけもの道を積極的に選択していたように思うんですが、今はそういう人――とくに男性が手堅い道を選んでいるようにも見えます。

西　賢い人たちがどんどん手堅くなっている感じはありますよね。リスクを取らないリスクだってあると思うのですがねえ。

津田　今ではけもの道に分けいっていく女性が目立つ印象はありますね。出産や親の介護などのライフイベントが生じたときにも、サッと行動できる合理的思考があるということなのかもしれませんけど。それに比べて、男はやっぱりボーッとしている（笑）。もちろん、女の子が元気なのはいいことだと思いますが……。

西　女の子に告白できない、とか、告白する前にカレシがいるかどうか聞く、という傷つくのが怖い男の子も多いみたいです。「カレシがいるなら奪ってしまえ」と授業中に言ったら「それはちょっと」とか言いやがった。戦え、男！と思い

日本能率協会による2014年春に就職した新入社員1039人と上司・先輩151に対する調査によれば、「あなたは定年まで働きたいと思いますか？」という問いに対し、50・7％が「はい」と回答。調査を開始した1990年以降、半数を超えたのは初めてのこと。若者が「手堅い道」を選んでいることが調査からも窺えます。

ますね。けもの道といえば、それこそ、津田さんもけもの道を進んできた人ですが、そこに踏み出すために必要なことはなんだと思いますか。

津田　おもしろみがない結論なんですが、やっぱり素直で楽観的であったほうがいいでしょうね。あとは、ちょっとだけでいいので、自分は何者かにならなければいけない、何かを成し遂げなければいけないといった使命感や野心をもっていたほうがいいとは思います。でも、僕にしても西先生にしても学生時代は、社会に出た自分がこんなことをするようになるなんて微塵も思ってなかったですよね。

西　思ってなかったですね。

津田　だから、流転する人生や、なりゆきを楽しめるかどうか。そういう臨機応変な心持ちもあるといいんじゃないかな。

西　結局、人生ってどこに行くかわからない。それをおもしろいと思えるかどうかが大事なんでしょうねえ。

津田　僕は先生がよく言っていた「走りながら考えろ」っていう言葉が好きなんです。

西　目的をガチガチに決めてしまうと意外なものに出合えなくなるし、出合っていることに気づきもしなかったりするのでおもしろくないんですよね。そこにしかアンテナが向かなくなるから。だけど「何が起きるかわからないけど、どんどん行ってみよう」と考えて進んでいけば、「あれ、こんなおもしろいことがあった」

コアな力を身につけたらあとは人生行き当たりばったりでいいと思うんだよね。つねに人に対して誠実であれば。「成功する方法」とかいう台本どおり生きて台本どおり成功してもつまらんだろう。

と気づけるし、気がついたときには最初とは違う道に行っているかもしれない。あれ、おれどこにいるんだ？　みたいな。でも、じつはそれがおもしろいんですよね。

column

等身大から世界へ

西きょうじ

20年以上前の生徒である津田さんと対談して、久しぶりに昔を振り返ってみました。昔の自分と今の自分、変化したこともあれば一貫していることもあります。生徒に対する接し方もずいぶん穏やかになったと思いますし授業スタイルも変化してきましたが、今振り返っても生徒に対するメッセージはずっと変わっていないようです。「人の話を聞く」「恐れずに自己主張をする」「自分の頭で考えるための訓練をする」（そもそも考えるというのは技術であり、訓練していない人には考えることはできません。「思い悩む」ことと「考える」ことはまったく別のタスクなのです）「社会の中に自分を位置付ける」「自然の中の自分を知る」「自分の可能性を限定しない」「（受験において）やればできるという実感を得る」「踊らされるな、自ら踊れ」（そのまま本のタイトルに使ったフレーズです）「想像力をもって現実と向かい合え」（「今ここ」

を超越した視点の獲得と「今ここ」にはたらきかける行動が大切だ、ということ）などは昔の生徒も今の生徒も耳にしているフレーズです。

自分自身の若かったころと今の若い人を比較してみると私の周囲の若い人は概して「今ここ」を比較的受け入れて楽しんでいるなあと思うとともに「社会貢献」というフレーズをよく口にするなあ、と思います。社会貢献するためには自立できることが必要なのですが、それはともかくとして「人の役に立ちたい」という気持ちをもてるのは素晴らしいことだと思います。私などはつねに社会や自分の現状にｎｏを突き付けるスタンスでいましたし（セックスピストルズかよ！）、「破壊」は夢想しても「社会貢献」などとは考えたこともありませんでした。自分中心にものを見ており「自分が」という主語でものを考え、「世界」「社会」は抽象的な思考対象にすぎませんでした。「社会をよくする」などと言いながら「社会」の実像を見ることもなく抽象的な社会という概念を頭に描いていました。

軽井沢という田舎に住むようになったこともあり、今では「想像力をもって思考すること」と、言語であれ仕事であれ活動の「究極の目標は隣人の笑顔」であるという考えを実感としてリンクさせることができるようになりました。ローカルな部分に実際的にはたらきかける行動なしには思考は空回りするばかりだとようやく気づいたわけですね。授業でも偉人の言葉をよく紹介するのですが、「社会が直面する諸問題の解決に役立たせるべく、自ら考え行動できる人間をつくること、それが教育の目的といえよう」（アインシュタイン）、「行動する人間として思考し、思考する人間として行動せよ」（アンリ・ベルグソン）といった言葉は突き刺さってきますし学生に訴えかける力もあるようです。

この対談で「リーダー」について津田さんから質問されたのですが、自分が行動することで他人に何らかの行動を促せる人といった意味のことを答えました。日本には「リーダーを待つ」という風潮があります。「ニューリーダー待望」などというのはよく目にするフレーズですが、リーダーを待つあり方そのものが自分の可能性を放棄し「誰かにお任せ」したい無責任な社会を生み出してしまっているのでしょう。私のいう意味のリーダーにならば誰もがなれるはずです。

私の「消しゴム社会貢献説」を紹介します。といっても普通のことを言語化してみただけですが……。

たとえば、教室で消しゴムを忘れた同級生がいるとしましょう。その子が困った様子をしているのを見て笑顔で消しゴムを貸してあげる。困ったときに人にものを頼むのは難しいもので、「消しゴム貸して」のひと言も言いにくいものです。

その子が「ありがとう、借りた分返すね」と言って使った分の消しゴムのカスを返す、なんてことはないでしょう。使った分の消しゴムは返せません。もちろん貸した側も貸した分のカスを返せ、とは思っていません。ここが消しゴムのポイントです。ただ、「ありがとう」と言って少しだけすり減った消しゴムを返します。そこに笑顔が生まれます。

笑顔は感染します。借りた人はその後に別の子が消しゴムを忘れたのを見ると進んで消しゴムを貸してあげようと思うようになるかもしれません。このとき1対1の閉じた貸借関係が開かれはじめる。そのうちにそれが広がり教室全体が困っている級友に手を差し伸べるようになっていくかもしれません。そうなっていくと初めに消しゴムを貸したのが誰であるかはもはや問題ではなくなりますが、初めに消しゴムを貸してあげた人はリーダーとしての役割を果たしたことになりますよね。

要は級友に消しゴムを貸してあげるというようななんでもない行動がクラス全体をよくするきっかけになりうるのだということなのです。そんなリーダーには誰でもなりえますし、そこにはヒロイズムはいらないし、リスクを伴うこともありません。

そういうところから社会貢献への可能性が生じるのですね。「社会貢献」という言葉を抽象語にしてしまわないことは重要だと思います。まずは隣人に頼まれる前に問題を察して消しゴムを貸してあげることから始めましょう。笑顔は感染します。隣人を笑顔にすることが社会を住みやすくすることへの第一歩となるのです。

column

すごい人たちの“肥やし”になろう

津田大介

第1章はいわば、僕が20数年ぶりに西先生の「授業」を受けているような感じですね。久しぶりの「授業」では、先生の話を受けて感じたことや、自分の経験を話したことで先生の話を引き出せたのがなによりうれしかったです。「あぁ、18歳のころの自分が本当にやりたかったのはこういうことなんだな」と独りごちました。

さて、第1章のテーマは『「やってみること」の大切さ』ですが、実際に自分で動くことの重要性について多くの人が頭ではわかっていると思います。でも、いざ具体的に何かをやろうとすると途端に足がすくんでしまう。やりたい気持ちはあるけど面倒だから先延ばしにしよう、選択肢が多すぎてひとつを選べない、いざやって失敗することが怖い、実際にやってみたけどあまりにも何も変わらなくて心が折れてしまった――そんな忸怩《じくじ》たる気持ちを抱えている読者の方もいるでしょう。大丈夫です。僕も同じですから。大学時代まで絵に描いたような怠惰な人間だった僕は「やらない」理由を見つけることが大得意でした。

「やらない」時代の怠惰な僕は「自分は人とは違う特別な人間だ」と思っていましたし（世にいう「中2病」ですね）、自分ひとりで何か物事を成し遂げられるんじゃないかという根拠のない自信がありました。でも、もちろんそれは単なる井の中の蛙で、そう思い込むことで自分の将来に対する不安をごまかしていたんだと思います。

そんな僕がなぜ今こんなにいろいろなことを取り憑かれたように「やる」ようになったのか。それはひとえに西先生に代表される多くの「逆立ちしてもかなわないすごい人」との出会いがきっかけになりました。彼らが自分のケツを叩いてくれたんです。

アルバイトのライターとしてなんとか社会人の仲間入りを果たした僕は、日々の取材で「逆立ちしてもかなわないすごい人」にインタビューするようになりました。ライターになってからの数年間は、取材が終わるといつも「あの人はあんなにすごいのに、自分ときたら何もない……」と落ち込む日々でした。

失意と嫉妬を抱えながら仕事をする僕に変わるきっかけをあたえてくれたのは「音楽」と「飲み会」でした。ある雑誌の記事で音楽業界の人に取材をした際、単に人の話をふむふむ頷きながら聞くだけではなく、自分の意見を率直にぶつけてみたんです。なぜそんなことをしたか？学生時代からずっと音楽が好きだったこともあり、当時の僕は音楽業界のあり方に対して不満をもっていました。その気持ちがつい表面化してしまったんですね。取材を受ける側にとってはイヤなインタビュアーだったと思います。でも、その人は僕のことをおもしろがってくれて取材が終わったあと「今度飲みにいこうよ。いろいろ意見聞きたい」と誘ってくれたんです。取材した人と仕事抜きで飲みにいくのは初めての経験でした。

そして迎えた飲みの席で僕はその人に思いの丈をぶつけました。するとその人は取材時には絶対に言わなかった本音や業界の論理、弱音、そしてひとりの音楽好きとしての僕に対する共感を語ってくれたんですね。なによりひとりの人間としての僕のことを見てくれたことがうれしかったし、そうじゃないと知ることができない多くのことを僕に教えてくれました。

何が自分にとっていちばんの発見だったか。それはめちゃくちゃ博覧強記に見えるすごい人でも、世の中の「すべて」のことに詳しいわけじゃないという当たり前の事実です。誰かに話を聞いてもらいたかったら自分が経験してきたことや、好きで仕入れた知識を個別具体的なエピソードを交えて語ると、ある程度はおもしろがって聞いてくれます。そして「逆立ちしてもかなわないすごい人」ほど、そうして仕入れたエピソードを自分の知識や経験とつなげて新たな知見を見出そうとする――彼らは好奇心と理解力、応用力がすごいんですね。

それ以降、僕は取材時に自分の思い入れがある話題のときは正直にその思いを相手にぶつけるように取材スタイルを変え、話が盛り上がったら「機会があったら飲みにいきませんか？」と食事に誘うようになりました。そうやって多くの人と飲む機会を増やしていくうちに、自分はちっぽけな存在でも、すごい人の〝肥やし〟にはなれる――お互いにあたえる知の量は非対称でも「ギブアンドテイク」は成り立つということに気づいたんですね。西先生の「『おもしろい奴がいない』って言う人は、結局、自分がおもしろくないっていうことなんですよね」という指摘はまさにこれとつながる話です。

要は自分ひとりだけで何かすごいことやおもしろいことを実現しようと気張るから「やってみること」のハードルが上がっちゃうんだと思います。本当は自分に自信がない人ほど、多種多様なすごい人と出会うことが重要ではないかと。すごい人たちに少しでもいいから何かを「ギブ」できれば必ず何かしらのリターンがあり「やってみることの大切さ」が体感的にわかっていくはず。すごい人との出会いは、ちっぽけな自分が広い世界に出るための扉なんです。

2

Calling
聞こえたら
動き出す

2 「calling」聞こえたら動き出す

震災で感じた「calling」

西　私は運命論者ではないですが、ブログもツイッターも２０１１年の震災前に始めているんですよ。それは「今この時期に動きはじめなきゃ」という気持ちが自分の中ですごくあったのだと思います。そこで震災が起きたわけですが、そのことについて私は、自分にはcallingが聞こえたのだと思っています。

callはあちこちにあります。「call of nature」とは自然の欲求。排泄のことですね。うちの犬がうんちをするとき、あっちこっちの匂いを一生懸命嗅ぎまわって、やっと見つけた場所でするのですが、なんでそこなんだよ、という場所ですることもある。次の日はまた違う場所にする。そのとき、彼の意識で場所を決めているのではなくて、場所の呼ぶ声に呼応しているような気がするんですよ。

鳥にしても、止まる枝を決めるときに、いっぱいある中でどの枝に止まるかなと見ていたら「あっ、こっちを選んだか」というときがあります。そのとき、鳥が選んだのではなくて、枝に選ばれているということもあると思います。津田さんとはツイッターを始めてから会っているわけですが、それも会うべきときに会うべき人と会っているのだと思うんですよね。震災が起きるからツイッターを始めたわけではないですが、それが同じ時期に起きているということからは、何かを受け取るべきだと思っています。

「calling」というのは天職という意味ですが、本当にいい仕事には呼ばれるわけで、何かがcallしてくるのを聞くことはすごく大事です。前著『踊らされるな、自ら踊れ』では「聞くこと」「受動性」についてずいぶん書いたのですが、そこで伝え切れなかった部分を今、講演会で話しています。とくに、「callを受け取ったら行動しようよ」ということなんですよね。

津田　先生の『踊らされるな、自ら踊れ』では、まさにその「聞く姿勢」について深く書かれています。一方、たしかに行動の部分についてはあまり触れていないですね。

西　「聞こえたら動く」あるいは「聞こえちゃったら動くしかない」という感覚が大切だと思います。私は考えることと動くことというのは同居しなければいけないと思っていて、考えているだけではできることも限られてきます。さらには考えることが行動を妨げることもありえます。津田さんの本を読んだり話を聞いていると、動くという話がすごく多いじゃないですか。それはすごくいいなと思って見ているのですが。

津田　callingの話は、僕もよくわかります。なんで自分はこんなにいろんなことをやってきたんだろうと振り返ってみると、いくつかの転換点が見えてきます。ライターになって3年目になる99年にナップスター[41]に触れてからというもの「ネットが社会をどう動かしていくのか」「情報が世界をどう変えていくのか」ということが自分の中でいちばん大きなテーマになりました。そして、テーマを設定して取材や知見を増やしていくのと同時進行で、執筆していた雑誌がどんどん潰れて自分の働く場所がなくなっていきました。

　これからも自分はフリーライターでやっていくべきなのか……そう悩んでいたとき、いくつかの出版社から「うちで働かないか」という声をもらいました。大きな出版社からの誘いもあって、決して悪い話ではなかった。あれこれ考えたんですが、就職するっていう選択肢はなぜか自分の中になかったんですね。すでにフリーライターとしていくつかの出版社と仕事をしていたし、大変だけど今の立場のほうがいろいろな仕事ができる。むしろライター以外にも仕事の幅を広げて自分の能力を高める時期なんじゃないかと思って、結局その誘いは受けませんでした。

　長年、自分があのとき出版社からの誘いを迷いなく断った理由がわからなかったんですが、3・11が起きて、24時間とにかくずっとツイッターで流れてくる震

41 **ナップスター**　アメリカのナップスター社が提供しているファイル交換ソフトおよびサービス。ユーザー同士がインターネットを通じてMP3などの音楽ファイルを交換できる。2002年にナップスター社が倒産するが、買収したRoxio社が04年に社名を「ナップスター」に改め、音楽ダウンロードサービスと会員制音楽サービスを開始。津田氏はナップスターに触れたことが人生の転機となったと、インタビューや著書の中で公言している。

僕が雑誌ライターとしていちばん売れっ子だったのは2000年ごろで、当時は「インターネット雑誌」というジャンルだけでなんと15誌もありました。僕はそのうち11誌で書いていたんですね。それが02年ごろからどんどん休刊・廃刊し、現在は1誌も残っていません。

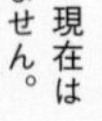

災情報と向き合って整理しながら発信をしているときに、ようやく理由がわかったんです。callingが降りてきたんですね。「あ、自分はこれをするために就職しなかったんだ」って思ったんです。

だって、日本がこれからどうなるかわからないという危機的状況のときに、知り合いのライターは目の前の仕事を投げ出すわけにもいかず、「いつもどおり」の原稿を書かざるを得なかったんです。僕は震災の翌日ぐらいから「今みんなが必要としているマスメディアとは違う形の報道をネットを使ってやりたいから、手伝ってくれないか」と何人か知り合いのライターに声をかけたんですが、応えてくれる人もいれば、抱えている仕事の締切を理由に応えてくれない人もいました。

でも僕は、それこそ有事に、出るかどうかもわからない雑誌のためにロケに行ったり、その雑誌をそのタイミングで出すことにどれだけの意味があるのかということを強く疑問に思ったんですね。

西　ただでさえ、震災直後は紙が不足していたり、流通も滞っていましたからね。

津田　出版に携わる彼らも、被災地のためになんとかしたいという思いはあったと思います。でも、自分の生活のためにそういういつもどおりの仕事を選ばざるを得ない人もいた。そういう姿を目の当たりにしたときに自分の中ですべてつながったんです。こういう非常事態が起きたときに、自分がやりたいことに100パーセント没頭できる環境をつくるために今まで自分はフリーでやってきたんだ

どこかの編集部に属してしまうとその仕事しかできないと思ったんですね。ブログブームの前だったので、自分の得意分野や専門分野はネットで発信するという考えにはならなかった。今なら違った選択をしたかもしれません。

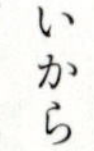

仕事が全部飛んだのでひたすら事務所で起きてるときは震災関連のニュースの発信と、政府や東京電力の記者会見を追いかけ、判明した事実をツイッターで速報していました。アシスタントと交代で3週間くらい一日1～2時間睡眠の日が続きました。

なって。3・11がなければ、なぜ出版社からの誘いを断ったのかいまだによくわかってなかったかもしれません。

西　それはすごい話ですね、まさにcallingだ。

行動の源泉は「忸怩たる思い」

津田　そのことに気づいてからは、とにかくもうとことんまでやろうという覚悟を決めました。自分がネットやソーシャルメディアの可能性について語ってきた人間だからこそ、その責任も果たさなきゃいけないとも思ったし、徹底的にネットに流れる情報と向き合って情報発信することが、あのときの自分の使命でした。

西　その段階で、津田さん自身ツイッターがあそこまで実際的に機能すると思っていましたか。

津田　09年に『Twitter社会論』[42]を出したとき、行政がツイッターを利用することの可能性について考えて本の中にも書いたんですが、じつはその時点ではそこまでリアリティのある話だとは思ってなかったんですね。

でも、実際に書いたものを読み返してみると予想が当たっているんですよね。ケータイは大規模災害が起きると通話はできなくなる。でも、通信は別の制御網でやっているからパケットだけはつながる可能性が高いので、ツイッターのよう

42『Twitter社会論』2009年に洋泉社から発行された津田氏の著書（新書）。「新たなリアルタイム・ウェブの潮流」というサブタイトルのとおり、まだ日本でツイッターがさほど注目されていない時期に、その可能性や魅力について言及している。

なマイクロ情報が流れやすい流通プラットフォームは、災害時に役に立つかもしれない。

だから、行政はアカウントをもっておくといいということを書いているんですが、震災の予言のようになっていて自分でも驚きました。この原稿を書いたときは、「役には立ってほしいけど正直難しいだろうな」と思っていたんですが、結果的には自分が思っていたもののはるか上のレベルでツイッターが役に立ちましたね。

西　ツイッターでのSOSから気仙沼まで東京都のヘリコプターが飛んだという話にしても、すごいことですよね。

津田　ネットが本当の意味で社会と接続したんだという感慨がありました。

西　それまでは、ツイッターと社会の機能がリアルに接続するのはまだ先のことだと思っていたのですか。

津田　理想論としてはありましたが、ああいう未曽有の事態が起こったときに具体的に役立ったということについては想像を超えていましたね。そのようにツイッターが役立ちはじめたのを見て、やはり自分は自分のもち場でやるべきことをやろうと思ったんです。

当時、東北のために何かしたいのにできない思いを抱える友人たちのツイートを見るのがつらかったんです。ライターにしても普通の会社員にしても、「こん

バーチャルとリアルがどのようにリンクしていくのか、と思っていたらバーチャルとリアルの二分法自体が崩壊しつつあるようだ。バーチャルを拒否してリアルだけ見ているつもりの人にはもはやリアルが捉えられない。

なことやってる場合じゃないのに」「もっと何かしたいのに」っていう思いがにじみ出ていて。僕はそこで、本当に会社を休んでボランティアに行っちゃうような人に惹かれるわけですけど、その一方で忸怩たる思いを抱えながら働かざるを得ない人たちの気持ちもよくわかる。「だったら、そういう人たちの分まで自分がやろう」という気になりました。勝手な自己満足かもしれないですけどね。

　ここ数年、僕のテーマは「行動する」ということなんです。僕はもともと行動するほうですが「じゃあ、その源泉ってなんだろう」って考えてみると、それはたぶん自分の中に抱えている「忸怩たる思い」なんですよ。

　じつは阪神・淡路大震災のとき、自分は何もしなかったんです。コンビニで1000円ぐらいの義援金は出しましたが、それで終わり。東京出身かつまだ大学生だった僕にとって、すごく遠い世界の話のように感じられた。でも時間が自由になる大学生だったからこそ、本当は現地に行ってできたことがいろいろあったはずなんですよね。

西　今考えるとそうですよね。私も神戸出身ですし、本当はそこでcallingを受け取るべきだったのかもしれないと思います。

津田　07年の**新潟中越地震**[43]のときも、やっぱり何もできなかったという思いが強かった。それらが自分の中でずっと引っかかっていたんです。

西　そういう思いをもって過ごしてきて、今度の震災でcallが明確に聞こえたと

43 **新潟中越地震**　2007年7月16日に発生した、新潟県中越地方沖を震源とする地震。マグニチュードは6・8で、新潟県で死者15人を記録した。中越地方では04年にもマグニチュード6・8の地震を観測している。

いうわけですね

津田　あのとき、東京も震度5強ですごく揺れました。今まで経験したことのない大きく長い揺れだったから、「東京でこれだけ揺れるっていうことは、たぶん日本のどこかで阪神・淡路大震災級のことが起きてるんじゃないか」っていうことが直感でわかりました。

まずツイッターをチェックしたら「宮城震度7」っていう速報が流れてきて、「大変なことになった」と思いました。自分はネットで世に出た人間だから、ネットを通じて震災に向き合うしかなかったわけですが、同時にジャーナリストでもあるので、本当はすぐに現地に行って取材したかったんです。でも、被災現場の取材ノウハウもまったくなかったし、闇雲に行っても迷惑になるだけだと思って、ツイッターに専念しました。とにかくネット上に流れる情報でこれはと思うものを拡散したり、変な情報があったらそれを確認して正したりしました。あとから聞いたらまわりからは「なんであいつ、震災にあんなにのめり込んでるの?」と思われていたようで、実際直接そういうことも言われました。でも、僕にとってはのめり込む明確な理由があったんですよね。

西　過去の2回の震災で何もできなかったという忸怩たる思いがあったからこそ、そこで自分のやるべき場所でやるべきことに集中できたわけですね。

津田　だから、そういう自分の中の「忸怩たる思い」と向き合って、次のアクシヨンのきっかけにするということが大事なんじゃないかと思います。

僕の場合、それまでの震災で何もできなかったことがそれに当たりますが、東日本大震災直後すぐに現場に取材に行けなかったことも同じです。日を追うごとに、フリーのジャーナリストや新聞記者がみんな被災地に行って、いろいろな情報を伝えていた。そういう情報をツイッターで拾って拡散しながら、僕は心のどこかで彼らに対してちょっとうらやましく思ったり、もっといえば、妬ましい気持ちがあったんですね。だって自分は現場の最前線にも行かないで、東京でパソコンの前に座ってひたすらキーボードを打ってクリックしているだけ。もちろん当時はそれが自分の役割だと思っていましたけど、自分で行って得た情報を伝えたいという気持ちをずっと押し殺して「とにかく今はこの仕事をやり切ろう」と思っていました。最初は、24時間体制で記者会見なんかの情報をツイッターで中継するのは、「原発が落ち着いたらやめよう」と思っていたんですよ。

福島第一原発[44]が本当に危機的状況を回避したら、ネットに向き合う生活はやめよう。そう思って毎日寝る間を惜しんで活動していたのですが、2週間ぐらい経ってくると「どうやら原発は落ち着かないぞ」っていうことに気づくわけです。だったら今後どうしようかと思案していた矢先に、ちょうど**ニコニコ動画**[45]から「4月11日に、気仙沼で中継をやろうと思っているのですが、一緒に行きませんか」という誘いが来たんですよ。


ビデオジャーナリストの神保哲生さんは震災直後にすぐ福島県の南相馬まで車を走らせ、現地からのレポートを動画で公開していました。あれこそ自分のやらなければいけないことなんじゃないかと強く感じたことを今でも覚えています。

44 **福島第一原発**　福島県双葉郡大熊町・双葉町に立地する東京電力の福島第一原子力発電所。2011年3月11日の東日本大震災によって炉心溶融と建屋爆発事故が発生して世界に衝撃をあたえた。6基の原子炉のうち1〜4号機は廃炉の途上にあり、現在もさまざまな問題が解決していない。

45 **ニコニコ動画**　ドワンゴが2006年に設立、子会社であるニワンゴが提供している動画共有サービス。配信される動画の再生時間一も二もなく「はい」と言って行きましたね。そういうチャンスが来たのもきっと、自分の役割を全うしつつも抱えていたもどかしさがあったからのような気がします。そうして実際に行ってみて得たノウハウもたくさんあったので、次に何か起きたときには、当日から現場で行動できると思います。

西　なるほど。それからは、かなり頻繁に被災地に足を運ぶようになっていますよね。

津田　一回行っただけではダメなんだということはすぐにわかりました。復興がなかなか進まないなか、すでに風化との戦いが始まっていました。やっぱり、最初の1カ月間、被災直後の現場に行かなかったもどかしさ――忸怩たる思いが根底にあるんです。その思いが、今も僕が東北に行く原動力になっているんでしょうね。

　じつは、最初に東北に行った人たちは、たいていは組織的あるいは個人的なノウハウをもっていて、当初はたしかに貴重な情報を伝えられていたかもしれないけど、それ以降取材を続けていない人も多いんです。僕は自分の判断で今後も続けていきたいと思っているし、何かコミットできることがあったら積極的に東北にコミットしようと思っています。

　一度抱えた忸怩たる思いは、自分の中できちんとエネルギーに変えておくことが大事なんだと思います。

軸上にユーザーがコメントを投稿できる独自のコメント機能が大きな特徴のひとつ。その他にも、ユーザーやアップロード者同士が交流できる機能を数多く備えており、「ニコ動」の愛称でも親しまれている。

西　そして、動くべきときに動くということですね。

津田　臥薪嘗胆ですね。悔しい思いを原動力にして、それをうまく行動に昇華させる。悔しい思いが人とか会社に向いてしまうと、どうしても非建設的になっちゃうじゃないですか。悔しい思いをしたら自暴自棄にならず、その思いを抱えながら懸命に生きて行動するしかないんじゃないかな。そうしたら、似たようなチャンスは必ずめぐってくる。

だから、いざというときが来たら、「あのとき悔しい思いをしたんだから、今やれよ！」と自分で自分の背中を押してあげるといいと思います。若い子たちの中にも、なかなか一歩目を踏み出せないという人が多いと思うんですよ。それに、うまくいかなかったとき、誰にどうやって助けを求めていいかわからないという人もいる。きっと何か方法はあると思います。

西　今だったら、ツイッターなどで同じ方向性の仲間を見つけることができる。それだけでもだいぶ違いますよね。

津田　相談ができる人がいるだけでも大きいでしょうね。

西　ええ。そして一歩踏み出して動きはじめると、ある段階で、自分でも思っていなかったほどうまくいきはじめるときがあると思うのです。だから、それまでにどれだけ我慢ができるか。津田さんのように、資金繰りに必死になりながらもなんとか頑張ってつないでいったりすることができれば、どこかでうまく回りはじめると思うんです。そういう社会運動に関わっていく人の出発点、そのアシストやバックアップのようなことは、いま私がやりたいことのひとつですね。「何かを始めたい」と思ったとき、前例主義では何も変わらないからいわゆる世間の流れから離れて新しいことをしていかなければいけない。しかし、ひとりでできることは限られているから、同じ方向を向いている人を見つける必要がある。そして、今の時代ならばそういう仲間を見つけようと思えば見つけられるはずだと思います。そういうアシストができればと思っているのです。

津田　10年に牧村憲一さんと共著で『**未来型サバイバル音楽論**』[46]という本を出したんですが、当時牧村さんとはずっとcalling的な話をしていたんですよ。じつは、僕は10年の時点で「ここから3年間が勝負だ」と感じていたんですね。10年、11年、12年でものすごい社会が変化する種が出てくるだろうから、椅子取りゲームみたいにその3年間で椅子を取れた奴だけが、13年以降も活躍できる場をあたえられるんじゃないかと思ったんです。

西　それは本当に正しかったですね。

津田　世の中が激しく動くはずから、とにかくここでがんばろうと。そういう感覚があったからこそ、自分で政治メディアをつくろうと思ったんですよね。そうしたら、その狭間の11年に3・11が起きたので、さらに激動になってしまいました。「この3年が勝負だ」というのは完全に直感で、何の根拠もなかったんです

46『**未来型サバイバル音楽論**』　中央公論社から2010年に発行された津田氏と音楽プロデューサー・牧村健一氏の共著。サブタイトルは「USTREAM、twitterは何を変えたのか」。CDが売れない音楽業界、ライブ・フェスの盛況、双方向のコミュニケーションで生まれる音楽など、多岐にわたり徹底討論されている。

磨かれていない直感はマイナスにしかならないが、磨き抜かれた直感は何にも増して信じられるのだろうと思う。直感と短絡は同じではない。

けどね。

西　私が震災前にツイッターを始めたというのも、もう変わらなきゃいけないという臨界点にきていたのだと思うのですよね。ずいぶん長い間予備校の中だけで安住してきましたから。そこで震災という危機が目の前に現れた。そういえば、英語の「crisis」というのは「危機」という意味ですが、語源はギリシャ語で「変わる」という意味なんですよね。変わらなければいけないものを感じていたのだろうと思います。

津田　西先生がそうだったように、震災の後ではなくて前に始めているというのはすごく重要だと思います。

西　資本主義とか市場主義とか会社主義とか、今までのモデルが崩壊する臨界点だという感覚はすごくありました。そこに3・11があったわけですから、もう古い価値観のままではいけないということがはっきりと見えると同時に、ここで踏ん張れないと自分は残っていけないし、次の時代がひどい時代になってしまうだろうということも実感しましたね。

　大分の立命館アジア太平洋大などの試みもおもしろい。グローバルをめざしたローカルなデザインとか。今閉鎖し切らない小さなコミュニティこそが個人レベルのセーフティーネットにもなり、かつグローバルをめざす新たな拠点にもなりうると考えています。

しかし現在、震災を忘れてしまったかのように古い価値観がより強固な形で復活しつつある。次の時代のために「福島」を過去にしてしまわないことが重要なのだと思う。

津田　震災が起きた9日後に東浩紀さんとテレビ番組で一緒になったんですが、収録が終わってふたりで飲みにいってずっとそういう話をしていました。今、ここで何か足跡を残せる人間じゃないと、その後には残れないだろうと。とくに東京なんかは、一見震災前の風景に戻ったように思えますが、いろんなものが変わっているような気がしますよね。

西　変わりましたよね、明らかに。

津田　僕はそういう根拠のない直感が当たることが多いので、それは信じることにしています。問題は、時代の変化に関する直感はけっこう当たるのですが、人に対する直感が全然はたらかないことですね。端的に言うと、人を見る目がないんです（笑）。

西　でも、自分でそれがないと思えるから、自分の直感で人を決めつけてしまわず、だからあれだけ多くの人が津田さんのまわりに集まるんじゃないですか。人を見る目がないという自覚がプラスにはたらいていて、みんなとフラットに付き合えるというか。

津田　なるほど、そういう考え方もありますかね（笑）。

コミュニティデザインの可能性

津田　これはとくに震災以降注目されはじめた言葉ですが、先生は「[47]コミュニティデザイン」に関してはどうとらえていますか。

西　デザインの対象には大きいコミュニティと小さいコミュニティがあると思いますが、小さな街レベルなら、たとえばひとり乗り自動車がありますよね。あれは、今までの自動車が小さくなっただけじゃなくて、根本的に違うことになりうると思うんですよ。インフラにしても細い道があればいいわけで小さな車しか通れない道を街に張りめぐらす。渋滞は起きないし、店と家、病院など施設と家のつながりが密接になる。あれをベースにいろいろ進めていくと、人間関係の構築そのものが変わってくるような気がします。

　また、友人たちも参加しているのですが、アーティスト系の人たちが集まって街をつくっていく[48]**多摩川アートラインプロジェクト**という活動もあります。東急多摩川線エリアの鉄道と駅、街を現代アートでつくり変えていくというものですが、そういうことで生活意識が変わってくると思うし、今は公と個のはたらきかけがリンクしやすくなっていると思います。山崎亮さんの活動なども注目しています。

47コミュニティデザイン　コミュニティや社会を再生させる新しい動きとして、「人のつながり」をデザインするという意味合いで使われる。『コミュニティデザインの時代　自分たちで「まち」をつくる』（中公新書）などの著書をもつコミュニティデザイナー・山崎亮氏の活動が取り沙汰されることが多い。

48多摩川アートラインプロジェクト　東急多摩川線エリアの鉄道・駅・街を舞台にして、市民と企業で現代アートによる街づくりに取り組む活動。多摩川線でのキャッチフレーズは「古代から未来へ　10分7駅多摩川線」、合言葉は「もっと、夢へ Touch Dream」というアートプロジェクトである。

[49]**徳島のおばあちゃんの葉っぱビジネス**のように、小さなところから発信するものが大きく広がることが可能な時代です。そういった意味では、バーチャルとリアルのリンクによるソーシャルデザインの可能性というのはすごく広がっていますよね。

津田　ソーシャルメディアが現実を動かすためのエンジンになっているというのは事実だと思います。3・11でも、ツイッターが普及していたためにそれが情報インフラとして多くの人の役に立った。そもそもソーシャルメディアというものには、それを使う人の気持ちが「熱しやすく冷めやすい」という特徴がありますが、その「熱しやすい部分」で実際に人がつながっていったことが重要だと思うんです。

ソーシャルメディアの特徴をうまく利用して集まった人たちによって、その後リアルのコミュニティがうまくいくようになったり、強いコミュニティになったというケースはけっこうあります。だから、ソーシャルメディアの特性を生かして、人が大量に集まったときにそれを瞬間冷却、フリーズドライして、別のリアルな活動に落とし込むということが大事な気がするんですね。[50]**「ふんばろう東日本支援プロジェクト」**なんかは、その好例だと思いますよ。

西　リアルな領域での若い人たちの熱量は意外と高いですよね。今の人は「社会貢献」という言葉も好きだし。私たちの時代はそんな言葉が好きな人なんていな

49**徳島のおばあちゃんの葉っぱビジネス**　高齢化と過疎化が進む徳島県の上勝町で、高齢の女性が中心となって葉っぱや草などを料理のつまものとして販売し、ビジネスとして成功させた。田舎のおばあちゃんたちがパソコンを駆使して葉っぱを全国に出荷していることなども話題に。葉っぱビジネスを手がける株式会社いろどりの代表取締役・横石知二氏の著書に『そうだ、葉っぱを売ろう！　過疎の町、どん底からの再生』（ソフトバンククリエイティブ）がある。

50**ふんばろう東日本支援プロジェクト**　東日本大震災を機に2011年4月1日に立ち上がった被災地支援のボランティア組織。宮城県仙台市出身で、自らの親族も被災した西條剛央氏が始めたボランティアでの物資支援活動を端緒とする。登録数2000名を超える

かったし「社会起業家になりたい」「社会貢献ができる会社に入りたい」という発想も聞いたことがなかったですから。

津田　僕らの世代でも、ほとんどいなかったですよ。

西　でも、今の若い世代はそういうことを言いますよね。

津田　すでにモデルケースが示されていますからね。

西　そういう点では、動くための絶対的なエネルギー量というのは充分にある気がします。今は潜在的ですが、顕在化しうるエネルギーのポテンシャルはすごく高い。だから、何かのきっかけや方向付けがあると、かなりのエネルギーが集まるんじゃないですか。

津田　みんなが盛り上がれるようなテーマ設定をしたうえで、それをすぐリアルの活動に落とし込めるかどうかが鍵ですね。

西　現在リアルに集団活動を持続させていくためには、「べき論」よりも「楽しそう」というほうがいい。復興にしてもデモにしても、そういうスタイルのほうが続いているし、実効力も長く続きます。リーダーにしたがって「はんたーい」とか大声出しながら旗をもって歩かなきゃいけないというのではしんどいですが、「のんびり歩いて、どこそこまで来たら帰ろうか。いろいろな人がいるからけっこう楽しめるし」という感じだと多くの人が継続的に参加できる。強制しなくても楽しいならば行動できるし、そうしていくなかでエネルギー値は上がっていく。

有志によって運営され、ソーシャルメディアを利用した新しい支援と組織スタイルは注目を集めた。西條氏の著書に『人を助けるすんごい仕組み――ボランティア経験のない僕が、日本最大級の支援組織をどうつくったのか』（ダイヤモンド社）がある。

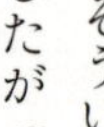

選挙でも「選挙を楽しもう」という方向から若者に呼び掛ける形が出てきているのはよいことだと思う。三宅洋平さんの「選挙フェス」などの動きにも希望を感じる。

さらには、金銭的目的ではない部分で動く人も増えてきているような気がします。震災があって被災者を援助したいと感じたり、さらにはそれは他人事ではないと感じたりということもあるし、ネットが普及したおかげもあるでしょう。ネットというのはマイナス面ばかりが言われますが、同時に良心の普及にも貢献しうると思うんですよね。

良心を集めやすいクラウドファンディング

津田　クラウドファンディング[51]なんかは、まさにその良心が集まりやすい仕組みですよね。

西　ええ、とても可能性を感じる仕組みですよね。たとえばスタディギフト[52]は失敗しましたが、家入一真さんがやろうとしたこと自体はすごくおもしろいと思います。だから、あの失敗は今後のためにはいい失敗だと思っていて、本当に学費で苦しんでいるような学生が学校に通えるようになるのであれば、すごくいいですよね。ネットだとお金も出しやすいし、使い道もオープンにしやすい。

もともと日本には寄付の文化が根付いていないですよね。欧米をみるとＭｏＭＡもルーブルも今日の姿が保持されているのは寄付の力がすごく大きいわけで、日本ももうちょっと寄付文化が大きくなったほうがいいと思います。

51 **クラウドファンディング**　クラウド（群衆）とファンディング（資金調達）を組み合わせた造語で、不特定多数の人がインターネット経由でほかの人々や組織に財源を提供したり協力することなどを指す。ソーシャルファンディングとも呼ばれる。

52 **スタディギフト**　学生向けの学費支援プラットフォームとして開始されたクラウドファンディングのサービス。起業家の家入一真氏が立ち上げメンバーとして参加した「liverty」プロジェクトから生まれた。2012年5月にサービスを開始したが、奨学金を打ち切られて大学に通えない女子大学生の復学支援をめぐって事案の説明不足などを指摘する声が多く炎上騒動に。現在は運用を停止している。

津田　意外と知られていないことなんですが、じつは寄付文化が充実している国って、社会保障が薄い国が多いんですよ。逆に、社会保障が手厚い国には寄付文化が生まれない。社会保障が薄くなっていくと、必然的に人々の助け合いが生まれてくるという相関関係があるみたいなんですね。

西　それはおもしろいですね。知らなかった。じゃあ、日本はこれから社会保障が薄くなっていくから寄付文化が育つかもしれない（笑）。

津田　だから、日本もこれから寄付やクラウドファンディングが伸びていくんですよ。切ない話ですけど。

西　やっぱり「生活保護が打ち切られて生きていけなくなる人がいるのならば、ちょっとくらいファンディングしてあげようか」と思いますからね。少額でもいい、ワンクリックでできてしまう、というならばなおさらですね。いいことした、その結果も具体的に見える、という自己満足感も得られますしね。津田さんがクラウドファンディングに着目したきっかけは何なんですか。

津田　ネットのよいところが凝縮されているサービスだからでしょうね。それに加えて、クラウドファンディングが注目されたのは、それまであまり知られることのなかった情報が透明化されたことも関係していますよね。たとえば今までは災害が起こったら、とりあえず赤十字に募金しておくという人は多かったと思いますが、実際にお金が有効利用されるタイミングが意外に遅かったり、手数料で

米国はその典型ですね。日本でも保育支援など、行政のサービスが悪いところほど、地域のＮＰＯが育つというケースも多いようです。人間は依頼心が強い生き物だから、中途半端に支援があるところほど結果的にサービスが悪くなるということなのかもしれません。

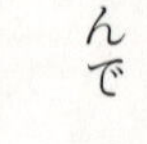

抜かれる部分があることについて今はマスコミやネットで報じられるようになった。どうやら赤十字にお金を託してもすぐにみんなが幸せになれるわけではないということが薄々わかってきたわけです。そこで「同じ1万円を提供するんだったらなるべく有効に使ってほしい」という人が増えているのでは、というのが僕の仮説です。何か大きなことのために具体的な情報開示もないままフワッと使われるのではなく、いつ頃どのプロジェクトのどんなことに使われるのかということが可視化されている「わかりやすさ」がクラウドファンディングを支えているんだと思います。

言い換えると、今の時代は「自分のお金が正しく使われてほしい」という願望がみんなの中ですごく高まっているということなんだと思います。

西　騙されたくないという気持ちもあるし、とにかく何らかの貢献をしたいという願望も高いですからね。何かしたいんだけどやりようがないというときに、クラウドファンディングなら使われ方まで具体化されているから、すごく達成感があるし、金額が小さくても恥ずかしくないという点も大きいですよね。

津田　実際に集まっているのは、今のところ100万円単位がほとんどですね。これが、アメリカの本家・**キックスターター**[53]なんかだと、億単位の資金を集めているものもけっこう出てきています。**メーカーズのムーブメント**[54]のなかで、ゲーム機をつくるために何億円も集まったりしているんです。

53キックスターター　2009年に設立されたアメリカのクラウドファンディングサービス。クラウドファンディングのパイオニア的存在で、成功を収めているプロジェクトも多い。

54メーカーズのムーブメント　3Dプリンタなどの工作機器の高性能化によって、誰もがモノづくりをすることができる時代になったことを指す。パソコンとインターネットがあれば工作機械をもたなくても製造業に参入できるという意味で「21世紀の産業革命」とも呼ばれる。

だから、クラウドファンディングはじつはハード屋にとってもすごく大きいんですよ。昔は、製造業をやるとなると莫大な資金調達が必要でした。でも、今は初期費用をクラウドファンディングで集めて、**3Dプリンタ**[55]でモックをつくって、そこから先は金型工場に投げる――そういう、製造業の新しいビジネスモデルのためのひとつのエンジンですよね、クラウドファンディングは。

西　日本でも大きく広まっていく可能性はあると思いますか。

津田　広まっていってほしいなとは思います。でも大ブレイクしてめちゃくちゃ広まるっていう感じにはならないんじゃないでしょうか。それこそ、寄付文化が日本でどこまで定着するかですよね。**クラウドソーシング**[56]というサービスもありますが、要は互助会的に機能していく社会的な仕組みをどうつくるかということが大事です。

クラウドファンディングのいい点は、目的とするプロジェクトを提示してもお金が集まらなかったら「それなりのプロジェクトだったから集まらなかったんだね」という効果測定ができることなんじゃないかと。制限があるからこそそこに工夫が生まれるわけで。やっぱり、ちゃんとしたプロジェクトだったらちゃんとお金も集まりやすいですからね。

55 **3Dプリンタ**　平面（2D）にインクで印刷するプリンタに対して、設計データを樹脂などによって立体（3D）に印刷、造形する機器のこと。商工業製品を実際に製造する前のデザインや機能検証の段階で見本をつくる際に使われることが多い。パソコン上でしか見られなかったイメージを実際に手に取れるものとした技術革新だが、２０１４年５月には、３Dプリンタで自作した拳銃を所持していた川崎在住の男（27）が銃刀法違反で逮捕されるという事件も起きている。

56 **クラウドソーシング**　クラウド（群衆）とソーシング（業務委託）を組み合わせた造語。不特定多数の人に業務を委託するという新しい雇用形態や、かならずしも雇用関係を必要としないで不特定多数の人間により共同で進められるプロジェクト全般を指す。

みんなが知りたい「友達のつくり方」

津田　先生は以前ツイッターで「就職活動始めます」とつぶやいていましたが、予備校講師を続けながら、そのような個人的な情報を発信したのは、どういった心境からなんでしょうか。

西　震災があってから、自分は外とつながる仕事をしたほうがいいなと感じたんです。今まで予備校内部にこもってましたからね。もう少し違うこともやってみよう、と。私にできることは少ないですが、だからといってやれることをやらないのは勿体ない。50歳を迎えて思ったのですが、これまで蓄えてきたものを人に提供していかないと宝のもち腐れじゃないですか。私の講義を聞いて大学に入り、今や社会のあちこちで活躍している生徒たちがいるというのも宝ですよね。自分のライン上のあちこちにポツンポツンとあるものを放置していれば点のままですが、つなげれば線になりえます。また、これまで私自身が蓄えてきた力も予備校とは別の形で社会に還元できるかもしれません。もっていても使わなければもっていないに等しいですよね。社会に還元できるものは還元していこうと。

　そのなかで、いくつか新しく会社を立ち上げた人たちが私のところに相談に来たりしたのですが、彼らは自分たちのやりたいことはわかっているのに、それを

自分が後世に何かを残せるほどの人間ではないということは充分にわかってきました。だからせめてわれわれ以前の世代の弊害、障壁を壊して、新しい世代の可能性を可視化して提示したいと思うのです。

うまく言語化、理念化できないというのですよ。マネタイズはできるし、投資も受けるすべも知っている。だから目先のことはやっていけるけれど、その仕事がどういうものなのかという本質的な部分が自分たちにもよく見えないというんです。それで、多少なりとも手伝いができればと思って、私なりに感じた意見は彼らに伝えました。

津田　なるほど。ある意味、先生に抽象化してほしいということなんですね。具体的にはどんな会社なんですか。

西　ひとつは、仲間づくりをしようというウェブサービスの「コラボ」という会社で、要は友達をつくるのを応援しようということなんです。たとえば、富士山に行ってみたいけどひとりでは行けないとか、麻雀をやりたいけどいきなり雀荘に入れないとか、誰かと一緒に何かをするための仲間づくりですね。

　彼らは、そういうことが社会の中で大事だということを微妙に感じ取っている。それを商品化できると考えてもいる。でも、それを言語化、理念化できないので、自分たちのやっていることの価値を逆に自分たちに見せてほしいということなんだと思います。理念なく金儲けに走る起業家にはなりたくないのでしょう。それは私にできる役割なので、お手伝いしようとする。そういう感じのことが今いくつかあります。

津田　自分たちがやっていることの裏付けが欲しいと。

たいした人間ではないのだからたいしたことはできないのは当たり前。そう振っ切れてから見直してみると、些細に見えていたことも意外にたいしたことなのかもしれないと思う。

西　彼らの空気感はすごく正しいと思うんです。友達をつくるのを援助する会社が成り立つなんて、私には思いもよりません。だからこそ私は外部の視点から彼らのしたいことを社会の中に位置付けることができるわけです。彼らには具体的プランはあっても、それを抽象化して位置付けられないということで不安になるんでしょう。

津田　僕が今のお話を聞いて思ったのは、「だからみんな教養みたいなところにまた立ち返ってきているのかもしれないな」ということです。自分が考えついてやっていることって、だいたいはすでに誰かが概念化していることですよね。だからこそ、やっていることが正しいことなのか自信をもつための裏付け——「それは哲学者の○○が言っていたこのことに照らし合わせるとこうだよ」みたいなものを欲しがっているんじゃないですか。

西　そして「じゃあ、この本を読んでおけばいいよ」という感じでこちらが本を渡してみる。しかるべきタイミングで本に出合うことで自分の思っていること、やりたいことが明確化されるということもありますからね。私はそういう示唆をすることができますから、自分の立ち位置を確認したいという人には役立てる。
しかし、友達をつくるのを応援する会社ねえ。

津田　僕なんかは、友達をつくるには友達をつくるのがうまい人を真似するのがいちばんいいと思いますけどね。一緒に行動したときに、その人はどうやって友

だから自分は西先生とか東浩紀とか、そういう考えてることを話すと概念として説明してくれる人が好きなんだと思いますね。

達をつくっているのかというのをそばで見て、それを参考にするんですよ。

西　津田さんのまわりで友達づくりが上手な人って、たとえば誰ですか。

津田　ダントツでうまいのは、ナタリーを一緒につくった大山卓也ですね。彼は距離感の詰め方がすごくうまいんです。前にうちの女性スタッフを連れていったら、初対面なのに会って3秒後ぐらいには腰に手を回して膝をなでてましたから（笑）。

西　それって友達じゃないじゃん、もう（笑）。

津田　でも、それがあまりにも自然で、嫌がられないタイプなんですよ。初対面の女の子に対しても、最初は「さん」付けだけど15分後にはもう下の名前で呼んでいたり。あとは女の子と歩くときの物理的な距離も近いんですよ。それを言うと、「俺は北海道出身だから。北海道は寒いから身を寄せ合わないとダメなんだよ」っていうわけのわかんない答えが返ってくるんですけど（笑）。

西　男に対しても、友達をつくるのが早いんですか。

津田　すごい早いですね。男にも女にもモテる。

西　でも、そこまでになると真似はしづらいかもしれませんね。

津田　距離の詰め方とか、ちょっと話が盛り上がってきたらすぐ「くん」付けになったり、人とタメ口になるタイミングなんかは、僕も見ていて「こういう感じでいいんだな」って参考になりましたね。だから、そういうふうに身近な「コミユニケーション師匠」を見つけるっていうのがいちばん早いと思います。

西　自分のロールモデルを見つけるってのは大事かもしれませんね。

津田　べつに僕は大山卓也になりたいわけじゃないですからね。でも、人がうまいところを部分だけ真似してみることで自分の型ができてくるんじゃないかと。で、その人とはべつに友達じゃなくても、一緒の場にいればいいと思うんです。そして、これぐらいだったら自分にもできそうだなとか、自分に応用できそうなところは盗む。さすがに僕も会って3秒で膝をなでるのは無理ですから（笑）。

西　友達をつくるっていうのは、いわば最初の越境ですからね。最初が肝心。

津田　先生は、学生時代の友達なんかはどんな感じだったんですか。

西　うちの下宿は、もう誰彼なく来ていましたから。帰ったら知らない奴が勝手にいたりして。お帰り、とか平気な顔であいさつされたり、ひどいときには友人が連れてきた人が、帰宅した私に、あなた誰ですか、って（笑）。

津田　友達づくりといえば、僕にとっては信じられない価値観も世の中にはあるんです。たとえば、自分がきっかけになってつなげた人っているじゃないですか。そうすると、自分が紹介した相手のほうが、その友達と仲良くなっちゃったりすることもよくあるわけです。それってけっこうなことだと僕は思うんですが、それをやっちゃいけないという価値観の人も世の中にはいるみたいなんですよね。「なに!?　あたしを差し置いてその子とそんな仲良くなってんの？」みたいな人がいたり……。

西　たしかにいますね、そういう人。その人が紹介してくれた店でシェフとすごく仲良くなって何度か別の知人と行ったりすると、「俺抜きで行きやがって」みたいなことを言われたり。でも、それって特殊な変な人だと私は思うんですが。

津田　いや、それが変じゃないんですよ。地方に行けば行くほどそういうドロドロした人間関係があって、ママさんコミュニティなんかでもよく聞きますし、とくに女性のコミュニティってそういうプロトコルがあるみたいですね。でも、男性にもあると思うんですよ。だから、そういう意識をもたないようにするのがいちばんいいと思います。むしろ仲良くなったら「つなげてよかった」って喜べばいいんですよ。

西　本来、それはうれしいことですからね。

津田　だから、それをうれしいと思えるかどうかっていうのが分かれ目ですよね。その基準が人によってはっきり異なる。

西　ハブになれるはずの人がハブに徹してないということですよね。やっぱり、セコいリーダーシップというか、自分の特権が欲しい人もいるっていうことなんじゃないですか。

津田　そういえば、先生は[57]「**リア充**」っていう言葉をいつ知りましたか。

西　いつだろう、かなり最近ですね。講演会のスタッフが言っているのを聞いた

57リア充　「リアルが充実している」という意味で、現実の生活が充実しているような人間のことを指すネットスラング。恋人や友人との付き合いに恵まれていたり、勉強や仕事がうまくいっているなど、いかにも楽しい生活を送っているような人たちを指す。

のが最初だから、2010年くらいかな。初めは「リア獣」、「リアルに野獣」かなと思ってこれはたくましい奴らが出てきたのかなと思いました。

津田　あれってツイッター発っぽいんですよ。だから07、08年ぐらいにはあったと思うんですが、今は女性誌なんかの見出しにも「リア充になる！」って書かれてます。もう消費され尽くした感もあるわけなんですが、「リア充」って、もともとはリアルが充実している人たちに対する呪詛の言葉ですからね。

西　それは、妬みなんですか。

津田　「あいつらはリア充だから」という感じで使いますよね。要するに、休日は友達とホームパーティをしたりドライブに行ったり、バーベキューをやるような奴はネットなんか見る暇がない、つまりリアルが充実しているからリア充だっていう。

西　じゃあ、反対語は「リア虚無」？

津田　「ネット充」[58]か「リア貧」[59]なんですよ。「非リア」も言いますね。

西　最初はわけわからなかったなあ。今もよくわからないけど。

津田　僕は字面を見ただけですぐわかりました。その後NHKの『みんなの日本GO！』という新語を解説する番組に出て、説明までしましたから。「もともとはネット上の呪詛の言葉で……」って（笑）。

西　じゃあ、ネットが充実している人というのは、現実に対しての敗北感はそも

58ネット充　「インターネット上での生活が充実している」という意味で使われるネットスラングのひとつ。リア充の反対語として、自虐的な意味も含めて用いられることが多い。

59リア貧　リア充の反対の意味を表す言葉として使われるネットスラングのひとつ。現実の世界で恋人や友人がいなくて仕事もうまくいっていないような状態のこと。

そもあったんですね。
津田　もちろんありますよ。今はソーシャルメディアが普及して、みんながツイッターとかフェイスブック[60]をやるようになったじゃないですか。そういう人たちからすると「俺らの遊び場だったネットがリア充たちに侵食されてる」っていう意識があるんです。それに、みんなでご飯を食べただの遊びにいっただの、とにかく楽しげじゃないですか。そういう他人が楽しんでる様を見せられるのがつらいという感覚があるみたいですね。「便所飯[61]」にしてもそうですが、ひとりでパンを食べていることの何が問題なのかという気がしますよね。そこを見られたくないからトイレで食べるんでしょうけど、コミュニケーションのあり方っていうのはものすごく変わってきていると思います。
西　私は、自分が食べた食事の写真をアップしたりしてるのはリア充というよりは、ただの露出狂に見えますがねえ。素晴らしいディナーの写真を共有したいというならばまだしも、日常的な食事をアップするっていう神経がわからない。「みんな、私を見て」みたいな気持ち悪さを感じる。
津田　世界的に利用されているInstagram[62]の社長にインタビューしたときに聞いた話なんですが、ご飯の写真を大量にアップして「いいね！」をたくさん付けてるのって日本人独特の文化みたいですね。最近はその文化がアメリカに輸出されつつあるみたいですけど。日本人にはどうやって友達をつくればいいのかわから

60フェイスブック　アメリカ発のソーシャル・ネットワーキング・サービス（SNS）。ハーバード大学の学生だったマーク・ザッカーバーグ氏が2004年に学生向けにサービスを開始した後、06年以降一般にも公開され利用者が拡大。実名登録を原則としており、全世界でのユーザーは5億人を突破しているといわれる。

FBを見てるとふと世界露出狂大会を見ているような錯覚に陥ることがある。日常的な食事やら自分の卒業証書やら自分の子どもの運動会やら、見せられ続けると疲れてしまう。

61便所飯　トイレの個室の中でひとりで食事をする行為のこと。学校などで一緒に食事をする相手がいないため、ひとりで食事をとるところを他人に見られたくないという理由から生まれたネットスラングのひとつ。

ないっていう人もけっこういるんでしょうね。

西　友人がいないとセーフティネットがない気がする、ということもあるでしょうね。[63]**宮台真司さんの言うホームベースのようなもの**がどこかにないと不安になるのだろうなっていうのはありますね。

津田　先生はそれこそ長い予備校講師生活で、友達ってどうやってつくりました？　もともとは生徒だったのが友達に変わったりとかは？

西　だんだん友達になっていったという生徒はたしかにいますね。

津田　でも生徒側からしたら、先生と生徒っていう関係性ですよね。

西　そうですね。友達になったとはいえ、「おい！」と呼びかけられることはないですよね、やっぱり。そう考えると社会人になってからの友達ってけっこういないかもしれないですね。予備校講師同士で飲みにいったり一緒に泊まりがけでゴルフに行ったりするということはありますが、数は多くないですね。

津田　僕も今、友達いるのかなって考えると、意外といない気がします。

西　私は中高一貫だったから同級生って少ないのです。中学の同窓会っていうのが存在しないわけですから。

津田　中高はどちらなんですか。

西　関西の[64]**甲陽学院**というところです。私は中学から入っていたから、中高で6年間一緒だった奴は１５０人くらいいるわけです。当然、みんな名前は知ってい

62 **Instagram**　世界的な無料画像・動画共有アプリ。撮影したデジタル画像・動画を加工したうえフェイスブックやツイッター等さまざまなSNSで共有することができる。２０１０年にApple Storeに登場して以来、登録者はアメリカを中心に劇的に増え続け、14年には月間アクティブユーザー数が2億人を超えたとも。同年フェイスブックに買収されるが、その運営は独立しておこなわれている。

63 **宮台真司さんの言うホームベースのようなもの**　宮台真司は１９５９年生まれの社会学者。『きみがモテれば、社会は変わる。』（イースト・プレス）、『宮台教授の就活原論』（ちくま新書）など著書多数。人は自分の居場所であり帰還場所になるようなホームベースをもつことが大切であると提唱しており、それを「感情的な安全を保証する場」と定義している。感情の安

るし、当時はべつに仲良くなかった奴でも、今何かあったら手伝ってやろうかなってなりますよ。大学まで一緒だった奴も多くいてさすがに10年間仲良かった友達は一生ものですね。

　大学に入ってから会った人というのは、やっぱり目的性か共通性があって友達になっていますよね。音楽や映画の趣味が似ていたり。でも中高のときの友達って何をやるでもなく一緒にいるんですよ。たとえば、そういう友人の下宿に行って話もしないで部屋にある本を勝手に読んで、相手は相手でそのへんで寝て、朝がくると「じゃあ、俺帰るわ」みたいな。

津田　何もやらないで一緒にいられる人ってよい関係ですよね。そういう人を若いうちにつくっておくのは、大事かもしれないですね。

西　そういう関係性だと、本当に友達っていうふうに思えますよね。そいつがアフリカに駐在していたときに妻と私の母親まで連れていってケニアのサファリ案内をしてもらったのですが、そのとき妻が「5年以上会ってなかったのに、会ってもあまり話しないんだね」と驚いていました。自分たちにしたらけっこう話したと思ってるのですが……。

津田　劇団で活動していたときはどうでしたか。

西　あのときは友達っていうよりは同志っていう感じでしたね。今でも芝居を続けているのは1パーセントぐらいですから、ほとんどの人とは疎遠になってしま

全が確保できないかぎり人はモチベーションを維持できないため、帰還基地であり出撃基地である場所を調達するという考え方。

大学を卒業して一緒に劇団に入ったひとつ年下の役者が去年亡くなった。高円寺で一緒に暮らしていた関西出身の男。彼が出ていたテレビ番組(「仮面ライダーW」など)を見てみたが、やはり彼は彼であり大きな喪失感を感じた。

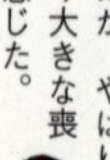

64甲陽学院　1920年創設の兵庫県西宮市にある中高一貫私立男子校。高校進学時の生徒募集はなく、明朗・溌剌・無邪気を校風とする。2015年度の東大合格者は28名、京大は67名。

いましたが。津田さんはどうですか。

津田　学生時代の友達は仲がよくて、まだ付き合いのある奴もいますね。

西　いろいろな仕事をやっているなかで友達になったという人っているんですか。

津田　やっぱり「一緒に飲みにいきたいな」と思える人は友達だと思いますけど、それも情報交換みたいなところがありますからね。純粋に、何もないけど一緒にいるっていう人は、今はいないかもしれません。仕事も何も関係なく昔の友達と会うのも、今は年に1、2回ですし。そういう意味でいうと、半分仕事で半分友達みたいな人が多くなっていますよね。

西　やっぱり大人になってからだと友達はつくりにくくなってくるのかもしれませんね。

津田　強制的にイベントをつくるのがポイントなんでしょうね。G1サミット[65]のような場所はまさにそうだと思います。すごく忙しいエグゼクティブのような人たちを無理やり一カ所に集めて、昼間議論した後、一晩中飲ませるっていう環境をつくることで関係性が深まっていくわけですから。

コミュ力ってなに？

津田　友達づくりにも関係してくると思いますが、最近は「コミュ力」っていう

65 G1サミット　一般社団法人G1サミットが主催する会議。日本や世界を担っていくリーダーたちが学び交流する「日本版ダボス会議」をめざし２００９年に生まれた。

言葉もよく言われますよね。

西　空気を読む、という脈絡でも使われますが、それはコミュニケーションとは言い難いですね。また、会社が求めるコミュ力というのも、組織、周囲に迎合する力のことだとすれば、それはコミュニケーション力ではないと思います。私は、感情が大きく動くところで相手と共鳴する力こそがコミュニケーション力だと思うのです。もっと簡単にいえば、相手の欠点を指摘したり、相手の考えとぶつかる考えを相手を怒らせずに伝え、共感させる力といえるでしょう。感情にグラデーションみたいなものがあるとしたら、その真ん中のラインではなくてその極の部分に触れられれば、人の感情って動きますよね。両極のとがったところこそが核心とダイレクトにつながっている。だからその両極に触っていくことが、琴線に触れるということだと思います。そこから共鳴を生むことができればコミュニケーション力があるといえるだろうと。どうでもいいニュートラルな部分で同意を得ることではないだろうと思います。もちろん会話にそういう要素がなければいきなり核心に触れることはできないでしょうが……。

　先にも言いましたが、今はひとりで何か大きなことをできる時代ではないですから、人とコミュニケートして一緒に何かを生み出していく必要があります。だから、私は「学生のときに人とぶつかってでも何かを一緒にやるという経験をもっておくといい」とよく言っています。喧嘩になったり、うんざりされてもいい

就活では過剰にコミュ力という言葉を耳にすることだとは思うがそんなものは考える必要もない。表面上人と折り合いを付けるのがうまいだけの人は結局仕事を任せられない人なのだな。

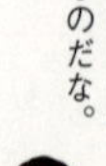

から人の感情を理解し、自分の感情を伝えようとすること、強い感情と向き合うことは大事だと思います。相手を怒らせるのだって、本音を引き出すためにはけっこう大事なことかもしれませんしね。

津田　田原総一朗[66]さんなんかは、それが抜群にうまいですね。やっぱり、一歩目としては自分とまったく性格が違う人と付き合うようにするのがいい気がします。性格も趣味も似ていて価値観が近い人といるのは気持ちいいに決まっているんですが、それではあまり世界が広がらない。価値観も性格も違うけど、一緒にいておもしろかったり気持ちいい人って、たぶんいると思うので。そういう人と付き合うようにして、「なんでこんなに自分と考え方が違うんだろう」っていうことを考えたり、「自分はこう思うんだけど、なんでそうなの？」っていう問答を繰り返していくことで、関係ってつくられていくんじゃないですかね。だって、僕と東浩紀さんだって全然性格違いますからね（笑）。

西　お互いにずっと相手に同意していたらつまらない。

津田　だから、自分が短気だったら気の長い人と付き合ったらいいし、自分が気が長いなら、短気な人と付き合ってみる。あとは、今だったら東北にボランティアに行くのはすごくいい経験だと思います。それは社会貢献をしろということではなくて、東京や他の地方からするとまったく文化圏の違う、パワフルな人たちがあそこにはたくさんいるし、今しかできない経験や今しか存在しない環境があ

66 **田原総一朗**　1934年生まれ。ジャーナリスト、評論家。元東京12チャンネル（現・テレビ東京）のディレクターで1977年に退社、フリーに。87年から続く「朝まで生テレビ！」の司会を務める。『40歳以上はもういらない』（PHP新書）、『塀の上を走れ——田原総一朗自伝』（講談社）ほか著書多数。

そこにはたくさんあるからです。

西　とりあえず行ってみれば、みんなで同じ方向を見ていながらもスタンスは皆まったく違うから話は広がりやすいですよね。

津田　それが昔だったら、たとえば「留学」だったんだろうと思うんですが、東北でなら言葉が通じますからね。震災が起きた後に、大学の就職セミナーで話をしたんですよ。就職できなかった僕がなんでこんなところで話してるんだろうって思いながら。そこで、ある学生から「これから日本はどうなっていくかわからないから、もう就職活動をやめようと思う」っていう悩みを聞いたときに「そんなに悩んでるんだったら、1年休学して東北行きなよ」って言ったんです。その経験やそこで感じたことを面接で言えば、採ってくれる企業もあると思う。1年とか区切ってどこかに行ってみるというのも、すごくいいんじゃないかと思います。だから「今友達をつくりたかったら、東北に行け」と（笑）。

西　そのキャンペーンいいかもしれないですね。キャッチーなフレーズだし。

津田　すぐ友達をつくれると思いますよ。現地ではやらなきゃいけないことが山積みですから、否が応でも見ず知らずの人たちとコミュニケーションをとることになるわけですし。

西　津田さんは日々いろんな人と会って話をしていると思いますが、コミュ力というものをどうとらえていますか。

津田　もともと人の話を聞くのが好きなので、僕にとってはインタビューが数あるコミュニケーションの形の中でも、いちばん楽しいものですね。話していて疑問に思うことがあったらそれをぶつけて、その場で考えてもらうということが好きなんです。あとは、気持ちよく話しているときはみんな油断しているので、話し終わったタイミングで聞きづらいことをズバッと聞いたり。

西　それはおもしろい。

津田　田原さんを見ていて教わったんですよ。田原さんって、「**朝生**[67]」の司会では一見自分の聞きたいことだけ聞いているように見えるんですが、1対1のインタビューだとすごく優秀な聞き手なんですよね。聞く力がすごく強い人で、わからないことがあったら言葉を換えて何度も聞いてきたりするし、その人がちゃんと言語化していないものを言語化させるのがすごくうまい。普段はけっこう穏やかなんですが、話が盛り上がってくるとどんどん熱くなってきて話すテンポが上がってくるっていう感じで。

西　それは対人のコミュニケーションでは参考になるかもしれませんね。

津田　個人的にオススメしたいコミュニケーション方法は、「敬語でズバズバ聞く」ってことかなと。しっかり敬語を身につけたうえで不躾な質問をする。へりくだったような丁寧な言い回しなのに、逆にいろんなことに鋭く食い込んでこられたら、「こいつ、おもしろいな」って思いますもん。学生なんかでも、僕のスピー

2007年に編集者の大御所・松岡正剛さんにインタビューさせてもらってそれが『CONTENT'S FUTURE』という本になっているんですが、松岡さんがその本の書評で、僕のインタビューを「バロック的な高速思考の持ち主で、心地よい楕円的尋問をうけている印象をもった」と評してくれました。

「失礼な質問になってしまうかもしれませんが……」とか「僕の理解が間違っていたら正してほしいんですが……」みたいな前置きを言ってから敬語で丁寧に斬り込む質問をすると、相手にも心の準備ができるので比較的丁寧に応対してくれるはずです。細かいテクニックですねこれは。

67朝生　1987年に放送が開始された長寿討論番組。基本的に月に一度、毎回社

チを聞きにきて終わりっていうだけではおもしろくなくて、自分の意見を言ってほしいと思いますからね。そこで分をわきまえた敬語を駆使しながら相手のツボや急所を突くというか、そういうコミュニケーションってお互いにおもしろいと思うんですよね。

師弟関係に憧れる

津田　ここ数年、「上から目線」という言葉が定着したじゃないですか。あれって先生はなんでだと思います。

西　やっぱり、縦の人間関係がなくなってきたからじゃないですか。フラットになってみんなが横のつながりになったら、今度は横からじゃない視線に違和感が出る。私が小さいときは1年生と6年生が一緒に野球をやったりしていましたが、そうすると上から目線って当たり前じゃないですか。だけど、今は同級生としか遊ばなくなったから、上から目線に対する慣れや耐性がないですよね。親も、今は子どもに近い目線で話します。「大人同士でしゃべっているんだから、あなたは黙ってなさい」というのが昔の親ですが、今は子どもが中心になっていて大人の側が合わせたりします。そういう点で、上と下の関係性に対する違和感が出てきちゃったのかなと思います。だから、先生にタメ口で話してくるような子もい

会的に賛否の分かれるひとつのテーマを設定し、そのテーマに関係する当事者や評論家などをゲストとして集め討論をおこなう。討論の司会は田原氏が務める。

るんでしょうね。

津田　タテ軸の人間関係に対して耐性がないというのはよくわかりますね。でも、上からの目線であっても、それが有用なら取り入れればいいじゃないかと僕なんかは思いますけどね。

西　情報はその内容で考えればいいわけで、どんな言われ方をされようが「いいことを言ってくれたな」と思ったら、ありがとうと言えばいいんです。それを教えてくれる人は実際に自分より上なのだろうし。

津田　どう考えても、自分より能力も教養も知識も経験もあるような人から、上から言われることってままありますからね。むしろ、なんでその人がへりくだって下から言わなきゃいけないのか。でも、内容よりもその言い方に腹立たしくなるというのは本質的ではないですよね。

西　対等であるべきだという意識が片方にだけ過剰に存在する場合もあります。いつだったか、予備校で生徒から「偉そうに言ったって、俺たちが金を払ってるから生活できてるんだろ」というようなことを言われました。そのときは、「あなたのような生徒が来なくても、私は生きていけます」と答えましたが。あらゆる事柄が市場経済の中に放り込まれていくなかで、ものごとが質感を失い一元的に数量に還元されてしまう。さまざまなものが同じ尺度で相対化されていくと質的な上下感も消滅する。対等である権利ばかりが主張され対等であるための条件

参考書を生徒に貸してあげた次の週の会話。「先週貸してあげた本もってきた？」「あ、忘れた。ごめん」うーん。生徒に「ごめん」と言われたのは初めてだった。怒るというよりは驚いた。他の生徒もびっくりしていたので少し安心はしたが。仕方ないので時間をかけて言葉の使い方を教えていった。

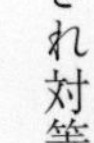

は無視される。今の時代、そういった意識が共有されている部分はあると思いますね。

津田　大学なんかでもそうですよ。先生に対してちょっと気に入らないことがあると、大学そのものに文句を言ったり。

西　その子たちにしたら、上からというのは耐えられないんじゃないですか。でも、上から何かを言ってもらうってうれしいじゃないかと思いますけどね。私はむしろ、誰かに弟子入りして師匠のことを一生懸命真似して、という機会がいまだに欲しいと思っています。

津田　先生には、師匠みたいな存在はいないんですか。

西　これがいないんですよね。

津田　僕にもライターとしての師匠はいないんですよね。

西　そういう存在がいて、生活の端から端まで何の疑問も抱かずに、ただ師匠についていくような感覚の、弟子の期間というのが欲しいなと思います。

津田　それこそ西先生だったり、高校の国語表現の先生や大学のゼミの先生からはいろんな影響を受けているし、自分の生き方の一部にはなっているのですが、師匠となるといないんですよね。師匠って、自分がいる分野の職人的な知識を身につけたうえで、そのノウハウをすべて伝授してくれるような存在ですよね。そういう何から何まで教わったりという師弟関係にはすごく憧れるところがあります。だから、擬似的にあとから親しくなって仕事のやり方を学んだ田原総一朗さんや池上彰さん、牧村憲一さんなんかを個人的にもう「師匠」と言っちゃってます。

西　法隆寺宮大工の西岡常一さんと小川三夫さんの師弟関係なんか、うらやましいなあ。

津田　僕と先生に共通しているのは、わかりやすい師匠がいなくて、やりたいことはすごくあるというところでしょうね。パッと何かやろうと思ったときに、ペースが速すぎて求めるものもすごく大きいから、まわりがついていけなくなって、離れていくみたいなところがある（笑）。

でも、それっていい師匠がいて、教え方まで含めて習っていれば、弟子のつくり方みたいな部分も継承されていくと思うんですよ。僕は弟子が欲しいなと思いつつ、そうなったときにいったい何を継承すればいいんだろうと悩んでしまうところがあって。

西　真似されたら恥ずかしいっていう気持ちもありますよね（笑）。先ほどの宮大工の話でいうと、『木のいのち木のこころ』（新潮文庫）という本を読むとすごくおもしろいですよ。たとえば「おまえはもう新聞は読まなくていい。ラジオもテレビも音楽も聴くな。ただ、夜は道具を研いでればいい」と言われて、「わかりました」と実際に1年間研ぎ続ける。そうやっていくうちに、ちゃんと見る目がでてきたり、木のはね方が予測できるようになっていくのですが、それは教えられることではなくて身体で経験することなんですよね。

　そういう人たちは、たとえばカンナひとつ見ただけで「この人の技術はこのくらいだ」というのがわかるのですが、そういうことは理屈で習っても無理ですよね。時間をかけて身体化させないといけないし、そのためにはまずは師匠を信じていないとできません。何も疑わないですべてを受け入れる。私は、そういう弟子の資質はあると思うんですよね。だから徒弟制度にちょっと憧れるところがあって。

津田　僕も超いい弟子になれる自信はありますよ（笑）。

西　有能な弟子ではないかもしれないけど、言われたとおり素直にやるし、矛盾も受け入れられますからね。そこには理屈も何もない。命令と服従のみ。しかし何の反発も不自然さもない。いい関係だなあ。

津田　正しい正しくないじゃなくて、師匠が言うからしょうがなくやるというか、そういう関係性に憧れるところがありますね。

西　いまだに、1年間ぐらいはそういう期間が欲しいと思っているんです。

「便利屋」になる覚悟があるか？

津田　ずっとフリーライターを続けてきて、その延長で今みたいなことをやっているわけですが、ツイッターなんかで僕の活動を見ている若い人の中には、僕のことを別格だと思う人もいるみたいなんですよね。

でも、それはもちろん違っていて、「あなたのやっていることの延長にこれがあるんだ」ということを僕は言いたいんです。学生なんかとくにそうなんですが、本当は自分と地続きになっているのに、「あの人は特別だから」と必要以上に人を別格扱いしているような感じがすごくあります。自分の延長に僕がやっているようなことがあるんだという感覚を、今なかなかうまくやりたいことができていない人にもってもらいたいとは思いますね。

有名になったからとか、いろんなことをやっているからそういうことができるんだというようにも見られますが、それは自分で少しずつトライすることによって獲得していったものですから。だから、みんなもトライすればいいんです。最初はうまくいかないのも当たり前ですからね。僕だって、めちゃくちゃいろいろ失敗してきているわけで、失敗するのはしょうがないんですよ。

西　リスクは高い仕事だけど、そんなに特殊なものじゃないし、トライすれば次

『イーロン・マスクの野望――未来を変える天才経営者』（朝日新聞出版）なんて読むと人類が火星に移住できる日も来るんじゃないかと思ってしまうくらいなのだけど、「彼のような人は自分とは違うから」で片付けてしまう人が多いのは残念だなあ。

の次元に上がれるだろう、ってことかな。私たちの時代にも「脱サラ」という生き方がクローズアップされましたが、当時もそれでうまくやれた人間もいたわけです。時代に踊らされてこけた人間もいましたが。リスクが高いということをわかった上で挑戦していけば予想以上におもしろいことに出合えるし、予想以上にうまくいくこともあるだろうということですね。初めから到達点を低く見積もってしまうのは勿体ない、と。今の時代には挑戦のためのプラットフォームもありますからね。

津田　西先生だって客観的に見れば、今こうやって新しいチャレンジをする必要もないわけですよ。毎年参考書はたくさん売れるわけだし、予備校の授業を淡々とこなしていけば飢えることはないじゃないですか。でも、それでは物足りないから動くんでしょうし。

西　チャレンジしなきゃおもしろくないですよね。コーリング！　時代に呼ばれちゃったし。ドキドキしないと生きてる感がないですからね。

今はやりの[68]**ノマドワーカー**にしても、そのリスクがわかったうえで会社を辞めて独立するというならばいいでしょうが……だけど、そのリスクの大きさを隠してかっこいい生き方として喧伝したり、いかにも誰でもできそうな言い方をしてしまうメディアはどうかと思います。バブル期にはメディアはフリーターを新しい生き方としてもてはやしました。企業にとって使い捨てしやすい労働力という

68ノマドワーカー　ノマドとは英語で「遊牧民」の意。インターネットやソーシャルメディアの発達、デジタルデバイスの普及をバックボーンに、特定のオフィスをもたずさまざまな場所でフレキシブルに仕事をする人を指す。

停止と安定は矛盾した概念なんだよね。停止することで安定を求めることはできない。ダイナミズムこそが生命としての安定（動的平衡）を維持するわけだから。だから現状に留まって安心しようなんて発想は生を否定するものだ。

だけのものだったと思いますが、それに踊らされてしまった人は、ほとんど皆が残念なことになってしまいました。

津田　フリーランスやノマドの話でいえば「スキルが必要だ」というのはまったくそのとおりなんですが、べつにスキルがなくてもできるんです。要するに「便利屋」になる覚悟があるかどうかということだと思いますよ。

西　「何でもやります」って言えるかどうかということですか。

津田　それで実際に何でもやったときに、少なくとも向こうが求めているクオリティの70パーセントを超えるパフォーマンスを出せればいいんです。70パーセントを切ると次がないかもしれないので、とりあえず及第点はクリアしておいてユーティリティプレイヤーになる。そのなかで獲得できる専門性もあるし、実際に僕はそうやってきたので。

西　「何でもできます」と言って、言っちゃったからにはやるというのもひとつの方法かもしれないですね。

津田　まったく知らないものでも「できますよ!」って言って、それで死にそうな思いをしながら調べてやったりする経験も必要だと思いますよ。それをやることによって、そのスキルや専門性も身につくので。

西　でも、ノマドっていうフレーズに踊らされるような人は、最初からかっこいい仕事だけを選びたがるかもしれない。そうなったらもうドツボですよね。

イヤなことはやらない。それでも、やるならばそれを楽しめるようにする。すると意外にイヤじゃなくなるかもしれない。どんな仕事でも工夫の仕方を見出して楽しめるという人が強いのだと思う。

津田　泥臭くいろんなことをやっていくっていうことを20代のうちにやっておくといいと思います。就職するのはいつでもできますから。

西　仕事を頼まれるのって、最終的には人間対人間になるじゃないですか。すると結局、ノマドって非社交的に見えながらも、巧みに人間関係をつくれないとできないですよね。クライアントに信頼される必要があるし、そうでなくてもなんだかかわいがられるというのでもいいけど、相手に「誰でもできる小さな仕事だけど、この人に回しておくか」って思ってもらえるようでないと、つねに仕事を獲得し続けられないですから。会社員と違っていろんな相手と自分で付き合わないといけないわけで、そういう意味ではしがらみも多いはずです。スタバでマックエア、というスタイルだけでなく、泥臭い仕事を積み重ねることは大切ですよね。

ワークライフバランスよりも
ワーク内バランスが大事

西　今、ワークライフバランスが大事と言われています。『働き方革命』（ちくま新書）という本を書いた駒崎弘樹さんなんかはそういう問題をすごく意識していますが、彼の場合そこに至るまでに寝食を忘れて働いている時期があって、それから今ワークライフバランスの大事さを訴えているわけですよね。

私もワークライフバランスは大事だと思うし、ブラック企業にいる人は大変だと思います。ブラック企業について書かれているものを読むとブラック企業はたしかに社会問題だと思います。だけど、自分が休むための休暇の重要性ばかり主張するのはいかがなものかと思うのです。少なくとも休暇を地域社会に貢献するために使うという意識は必要かと。子育て休暇はもちろん必要だと思います。子育ても結果的には社会貢献になりますから。仕事以外に視野を広げた社会参加という点でのワークライフバランスは理想的ですし、江戸時代にはカセギとツトメという言葉で共同体の一員としての義務として考えられていました。

しかし若いうちは、寝食を忘れて働く時期がどこかであったほうがいいような気はしますね。

津田　できれば20代がいいんでしょうね。苦労としての「ワーク」ではなく、今後数十年働けるような型を身につけるためのワーク。

西　津田さんはそれをし続けているわけで、もう自分で自分をブラック企業に追い込んでいるような状況ですよね（笑）。

津田　僕の場合はそこがどんどん増えていってしまったんですよね。まずは20代のときにライターとして忙しくなった時期があって、そこで基礎的な体力がついた気がします。酒を飲んで午前1時くらいに事務所に帰ってきて、そこから朝まで原稿書いたりもしていたんですが、30代になると酒を飲んだらもう眠くなっちゃうので寝るようになって（笑）。そんな感じでやっていたら、また07年くらいから忙しくなってきて……。

西　それで、震災がありましたからね。

津田　そうなんですよね。でも、20代のころの忙しさって、今に比べれば屁みたいなもんだなって思います。今は当時の5倍ぐらいの密度で働いていると思うので。こなせる量も違うし、関わっていることもすごく増えていますから。20代のころはただひたすら原稿を書く仕事しかなかったので。実用的な原稿というのは手癖みたいなもので、慣れてしまえばパーッと悩まずに進めるんですよね。でも、今は原稿を書くにしてもそれ以外のいろんなものにしても、調べながらやらなきゃいけないものが多いので大変です。でも、それも一回そういう経験をしているからできるわけですよね。

西　じゃあ、津田さんにとってはワークライフバランスなんて「何言ってるんだ？」っていう感じですか。

津田　いやあ、何なんでしょうね。僕の場合は「ワークライフカオス」みたいな（笑）。ただ単に、めちゃくちゃになっているという意味ですけど。人と会って飲んだり話をしたりというのも、2～3割は仕事みたいなところもあるし、でもそこで楽しく話すということが自分の中ではライフのほうに含まれている感じで、あんまり境目がないんですよね。今は幸いにして、やらされている仕事もないし。

西　やらされている仕事がないというのは重要ですよね。

津田　ワークとライフのバランスというより、僕にとっては、ワーク内のバランスのほうが大事かもしれない。やりたくてやっている仕事と、何かにやらされている仕事のバランスというか。

西　ワークの中でやらされていると思う仕事が多ければ、すごくしんどい。

津田　ライフの部分はみんなもっていたほうがいいし、休息があったほうがワークの効率がよくなるというのもわかります。だから、僕も休めるなら休みたいんですけど（笑）。でも、自分が働いていていちばん嫌なことってなんだろうって考えたとき、嫌な仕事をやらされることなんですよ。

　ずっとフリーでやっていると、クライアントによってはひどいところもあるし、やっぱり相性の合わない編集者もいるわけですよ。それで、すごく嫌な思いをしながら仕事をしたりするんですが、僕は好きな仕事だけをやってきたわけじゃなくて、そうやってしんどい仕事もたくさんやったし、嫌な取引先とも仕事をしてきました。

　そのときに「フリーっていいな」と思うのは、その仕事をヒーヒー言ってやりながら「次は断ろう」って思えるんですよね。それが心の安心材料になる。で、次からは実際に断る。要するに、嫌なものは嫌だと拒否できる権利をもっていることが、僕が仕事をするうえではいちばん重要な話なんです。

　これがサラリーマンだったら、嫌な業務や嫌な取引先との付き合いが固定化してしまって、拒否できないですよね。どんな仕事にも多かれ少なかれ嫌なことは付き物ですが、それが固定化して拒否できないということが自分にとってはいちばんストレスだということに、ある時期から気がついたんです。「拒否できる自由」はとても尊いものだと思います。

西　上司との飲み会なんかもそうですね。絶対に拒否できない立場だから仕方なく付き合っては無意味に説教されて、世代が違う人が歌う知らない曲をカラオケで聞かされて手拍子まで強要される、なんてつらいだろうなあ。おれ絶対無理！仕事を拒否できるというのは、すごく重要なポイントですね。

津田　もちろん、それによって収入が落ちるというリスクはあるわけですが、「見る目なくてこんな仕事を受けてしまった自分のせいだ」って割り切れるんですよ。

西　でも、みんながフリーで働くようになる社会っていうのは難しいでしょうね。

津田　無理ですよね。だから、会社の中でもいいから、そういう裁量をどれだけもてるかということだと思います。日本企業でも一部のシンクタンクはそんな感じですね。自分で年収を決められるんですよ。「今年の年収は１２００万でお願いします」とか「僕は８００万円でいいです。その代わり、空いた時間は好きな研究に使います」みたいな。もちろん、ノルマはあるのでノルマを満たすだけの仕事は自分で取ってこなきゃいけない。社内フリーエージェントみたいな感じですよね。

西　ちょっとオランダ的ですね。日本でも会社の中の個々のフリー度っていうのは高まるかもしれないですね。アウトソーシングが進んで会社の中の仕事が減っていって「じゃあ、自分は何をやるんだ？」という話になったとき、スキルのない人は社内にいらなくなってしまうわけですよ。社内の仕事の細分化専門化が進んで、「この仕事ならばこの人に」というふうになっていくと、自分がスキルをもっていることが要求されることになると思います。

津田　社内フリーランサーみたいなものが増えているのは、ソーシャルメディアの影響も大きいんですよ。実名で情報発信することで、それが広がって新しい仕事がもたらされるというケースもけっこう出てきているので。ＳＮＳで越境していろんな人と付き合うことによって、そういうことも可能になってくる。

これからは働き方がどんどん多様になってきますから、ワーク内の好きなことと、好きじゃないことのバランスみたいなものが大事になってくると思います。

僕は好きなことだけをやろうと決めて、結果として今はかなり好きなことをやれているわけですが、でも、それは「好きなことをやりたい！」と追い求めた結果じゃなくて、嫌なことをやらなかっただけなんですよ。そういうものを全部排除していったら、結果的に好きなことが残った。逆に、好きなことだけを追い求

仕事を複数もつというのはこれからポイントになってくるように思う。会社自体が副業を薦めているところさえ出ているくらいだし。少なくとも会社に人格的に帰属する時代は終わったといえるだろう。

めるというのはけっこうつらいと思いますよ。やっぱり稼がなくちゃいけないという事情もあるから、ときには好きじゃなくても「まぁ、これはとりわけ好きではないけど、嫌いではないな」ぐらいの仕事を積極的にやっていく必要もあると思います。「この仕事が固定化されたら本当に嫌だ」というものだけを排除していけばいいと思うんですよね。

西　たしかに、ワークライフバランスを強調する人は、嫌な仕事をやらされていたり、仕事自体を自分から切り離したい人ですよね。私自身は仕事は生活の手段にすぎないという欧米的な割り切り方はできないなあ。やっぱりやってて楽しいことじゃないとなあ。でも好きなことができないのが組織ってものだろうし……。あるデータリサーチ（２０１１・ＪＴＢモチベーション）によると、自分の会社が嫌いと答えた20代から40代のサラリーマンは38・５パーセントもいたそうです。別のデータ（ＧＥＷＥＬベンチマークサーベイ２０１０）の日米調査によると、アメリカ人に比べて日本人は自分の会社が嫌いで仕事にも不満で会社に愛着はなく、人生をやり直せるならば今の会社には入りたくないということです。日本の組織ってやっぱり難しいのかなぁ。

津田　組織の中でどうやって自分の好きなことをできるようにしていくかというのは、難しい問題です。これは副業のススメみたいな話にもなるのですが、仕事がクソつまらなかったら、週末起業とかでバランスをとるという方法もある。そうすると、自分がやりたいことを実現するためにはお金が必要だから、本来の仕事もがんばれるようになったりするわけです。

つまらない仕事をするのには、何かしらの理由が必要ですからね。家族を大事にしたり、趣味を充実させたいとか、そういうライフの部分を最大化するために、生きるためのお金稼ぎと割り切ってワークしてもいい。割り切りつつ、精神的にきつい状況を固定化させないというのがポイントです。

column

パワーピープル

津田大介

2010年ごろから、日本各地に点在する自然豊かな神社や仏閣には人を元気にしたり、運気をもたらしたりする力があるとして、雑誌やテレビなどのメディアがそれらの場所を「パワースポット」と名付けて紹介し、訪問客が増加するブームが訪れました。

個人的に近年のパワースポットブームはメディアと旅行業者などの観光業が一緒になって仕掛けた戦略的なものだと冷静な目で見ていますが、実際にパワースポットと呼ばれる場所を訪れるとたしかに心身がリフレッシュされるのも事実。あまりのブームに本来は巡礼の場所である寺社が荒らされてしまう事件も起きていますが、こうした問題をうまく解決したうえで地方の観光業が盛り上がっていけばいいなと思っています。

さて、第2章では就職で悩んでいる学生に「だったら東北の被災地にボランティアに行きなよ」とアドバイスした話が出てきます。これは震災以降ずっと抱いている僕の本心で、実際に東北にボランティアで行ってきた学生や若い社会人と話すと、みんな人間的に大きく成長して帰ってきているんですね。今しかできない貴重な経験をしているということもあるんですが、もっとも大きいのは文中で述べた「まったく文化圏の違う、パワフルな人たちがたくさんいる」ということが要因なんじゃないかと感じています。

僕も震災以降、数え切れないほど東北を訪れ、そうした人々にたくさん出会いました。最近は短い期間でいろいろなところを回るバタバタした取材が多いのですが、東京に帰ってくるといつも心地よい疲労感を感じるとともに、精神がリフレッシュされていることに気づきます。べつに「パワースポット」を訪れているわけではありません。パワフルな人たちに会って話をすることで、彼らから元気をもらっているのです。

なぜ震災から3年以上経った今も東北に行き続けるのか。ひと言で答えれば「会う人会う人がみんな魅力的だから」ということになります。大切なものやかけがえのない人を失い、自身も生死の境を彷徨《さまよ》うような極限状態を経て、それでも前向きに復興を信じて活動を続けている彼ら彼女らの言葉には、説得力と重み、そしてどんなときにも諦めない希望が詰まっています。被災地の現状は決して良好なものではありません。なかなか未来の見えない厳しい状況にありながら、それでも歩みを止めず笑顔で活動を続ける人々に僕は魅せられているのだと思います。それはある種の宗教的な感情なのかもしれませんね。

僕はそういった魅力的な東北の人たちを「パワーピープル」と呼んでいます。

東北に行って何か支援をしたいんだけど、ボランティアで長期間いられるわけじゃないし、現地の人から物見遊山と否定的に思われたらイヤだ——東京で東日本大震災の話をしているとよくこういう意見を耳にします。そういう人にこそ「パワーピープル」との出会いを薦めたいですね。「支援する」と思うからハードルが高くなるんです。そうではなく「東北に行ってパワーピープルに会って話をすることで彼らから我々が元気や創造力をもらう」というように考え方を変えたほうがいい。東北に行ってパワーピープルから元気をもらい、帰ってきた場所でもらった元気を使ってよい仕事をして、その成果を東北に還元する——このサイクルが回りはじめれば復興の速度も確実に上がるでしょう。「パワースポット」が観光資源になるんですから長い目で見れば「パワーピープル」だって重要な観光資源になると僕は確信しています。

気仙沼で復興プロジェクトに携わっている糸井重里さんは僕と対談した際にこんなことを語ってくれました。

「お手伝いしながら自分たちも学ばせてもらう感覚ですね。たとえばうちが製薬会社で風邪薬のすごく性能のよいものをつくっているとします。そしたらいっぱい風邪をひいてる人がいる場所にいけば、薬の効果を調べる実験が一緒にできますよね。そういう形で一緒に何かやれてるとしたら、それは僕たちのためになってるじゃないですか。だから、僕らが東北でやっているのは『善行』じゃなくて『開発』なんです。共同開発するくらいの気持ちでやらないと向こうの人にも届かないし、途中で挫折しちゃうんじゃないかな。そういうこともあってうちの会社では東北関連のプロジェクトは全部コスト的に『開発費』として計上しているんです。そこから新しい組織論を学べたりするんですよ。そういう『開発』をしなければ学ぶチャンスなんかなかったわけだから。われわれはたくさんの財産を気仙沼や東北からもらっているんです」

東北を支援したいけど、具体的にどうすればいいかわからない。そんな人にオススメのシンプルな方法があります。友人や恋人に「今度の旅行だけど、ハワイじゃなくて東北に行ってみない？」と提案すればいい。その際ポイントなのは楽しげなスポットを訪問するのとともに、現地の人と話ができる日程を組み込むことですね。僕だけでなく東北に継続的に関わっている人になぜ関わり続けるのか理由を聞くとほぼみんなから「向こうでご縁ができたから」という回答が返ってきます。ふらっと旅行目的で東北に行き、パワーピープルたちから元気をもらい、生まれた「ご縁」を育てていく。それが、間違いなくいちばん簡単な東北支援の〝一歩目〟になるはずです。

column

外への旅と内への沈潜

西きょうじ

ネットを使って外の世界に接続するとさまざまな情報に接することができる時代になりました。また人とつながりをつくることも容易になりました。そういう点で外の世界とつねに接続していられるようになったわけです。しかし自分の志向性に合うものを選んでいるうちに外の世界と思っている世界がじつは閉じた狭い世界になってしまうということもしばしば起こります。すると、その中で承認を得ることが目的化されてしまいその外の世界の存在が意識されなくなってしまいかねません。「みんなが……」という「みんな」はじつは同質の集団である、ということならば、せっかく外とつながったのに結果的には自分の偏狭さを助長してしまうということになりかねないわけです。

ですから、自分に同調してくれる集団内に安住するのではなく、ボーダーを越えて自分にとって異質なものに触れるという経験は重要です。

そういう点では自分の日常世界の外に出かけてみる、ということはとても役に立ちます。人はかなりの部分が環境によって形成されるものです。ですから、ときに異なる環境を経験してみることはこわばってしまいがちな自分をしなやかにするために必要なことなのです。

実際に未知の土地に行ってみるというのもよいでしょうし、まったく知らない人々の中に飛び込んでみるというのもよいでしょう。しかし、後者はややハードルが高いかもしれません。この対談の中で津田さんも言っておられますが被災地に行ってみるというのもよいでしょう。自分の目で被災地を見、地元の人と話してみると、自分で思っていたこと、メディアで目にしているのとは異なるものを目にすることになるでしょう。私自身、被災地に何度か行くたびに新たなものを目にすることになりました。２０１１年には、和太鼓奏者の佐藤健作さんが「祈り」をこめて陸前高田で叩く、というのを学生たち40人弱とともに見にいく企画をしました。学生たちはもちろん「太鼓に選ばれた男」の太鼓にも感動していましたが、初めて見る被災地の光景、匂い、無理やりに泊めてもらった気仙沼のホテル、その仲居さんたちとの会話など、東京では感じられないものを感じたようです。おそらく今被災地に行っても感じるものは多いのだろうと思います。

「書を捨てよ、街に出よう」と寺山修司は書きましたが、「携帯を捨てよ、旅に出よう」と私は呼びかけてみたいと思います。グーグルマップで目的地に着くよりも、迷って現地の人に道を聞きながらようやくたどり着く、という体験は今こそ重要なのだろうと思います。

しかし外へ出ていくのと同様に大切なのは自分の内に沈潜する、あるいはあるひとつの分野を深く掘り下げる、という試みでしょう。あるテーマを研究し続けていくなかで、一生掘り下げても決して到達しえない深さがあることを実感として知ることはとても大切です。さらに深く深く掘り下げていくとある段階で他の分野とつながり、いきなり広がりを得るということもあります。

　大学生であればやはり専門的領域をひとつしっかり勉強しておくことは重要です。いわゆる文系の学問などは直接役立つことは少ないかもしれませんが、ひとつのことについてきちんと時間をかけて思考した経験はその人の属性として一生ものの力となります。単なるジェネラリストとは一線を画したスペシャリストの要素を内包したジェネラリストとなれば境界を越えて仕事をしていくことが容易になるでしょう。知識自体はネットで簡単に検索できる時代なのですから、幅広い知識をもつだけでは価値はなく、ある対象を深く掘り下げていく思考力のほうが重要なのです。それは大学でこそ経験できることだと思います。「大学生のうちに世界を一周して視野を広める」などというような外の世界を表面的に見るだけの経験は、対象への対し方が身についていない人にはそれほどのプラスにはならないでしょう。就職活動でそういう自分の経験を披露してもスルーされるだけです。一冊の本を時間をかけて読みとおした結果得られたことについて語るほうがよほど印象的です。

　そういう経験をするためには他者とつながるのではなく、書物や研究対象と1対1で向き合うことが必要です。安易な発信をすることなく、人と群れることなく、徹底的に対象とのみ向き合う。それはもちろん孤独な作業となります。しかし、そこで孤独を極めること、自分の内へと沈潜し続けることが重要です。他者とつながることで得られる安心感に逃げずに、研究対象のみに、他者としてどこまでも妥協なく1対1で向き合い続けて初めて自己の内部を深めることになるのです。その力が微かなcallingを聴きとる感受性を育むことになるのだと思います。

さらに、そういう力が身についていれば対象をカテゴライズしてわかった気になるということは起きなくなります。異質なものに出合ったときに、条件反射的に排除するのではなく一度受け入れて思考対象として向き合ってみることができるようになるからです。

人を人種や国籍、性別でカテゴライズしたりキャラ付けをしてひとつの役割の中に固定したりしなくなるだろうと思います。カテゴライズすると対象の固有性を顧みなくなるのですが、それは安易な判断放棄といえるでしょう。「韓国人は」と言ってヘイトスピーチをしてみたり、「金持ちは」という言葉で格差社会を批判したりするのも政治的にはまったく逆のスタンスに見えますが結局のところ、どちらも同様の思考停止にすぎないのです。

また、このコラムの初めに書いたような集団に帰属することで安心感を得てその集団の中にいることが目的化されるという安易な群れ方から脱することもできます。ヘイトスピーチやネット上での炎上なども内面的思考を放棄した安易な群れ方の一例ともいえるでしょう。

孤独を実感しながら内面を育む、知の深さを体感し畏怖の念を感じながら専門性を身につけていく、そういう人が外に出て旅を経験すると深さと広がりが増すことになります。

内への遡行と外への旅、そのダイナミズムが生の充実感をあたえてくれるのです。

3

道なき道を行け

「ゼゼヒヒ」の是々非々

西　津田さんの新しい試みとして「ゼゼヒヒ」がスタートしましたね。

津田　はい。とにかく複雑じゃないですか、世の中って。だから、その「社会ってすごい複雑なんですよ」っていうことをわかりやすく伝えたいなと思ったんです。それで「そうなんだ、じゃあ、そんなに簡単に結論は出せないな」という人が増えると、世の中がもうちょっとよくなるんじゃないかと。

西　ゼゼヒヒには、質の高い問いからしょうもない問いまでいろいろあって、あれだけ並べることによって、いろんな考えを反映させようとしていると感じます。賛成か反対かを選ぶだけでなく、そこに自分の意見も書けるようになっているのがいい。

津田　要は、賛否の割合を円グラフで見せることが目的なのではなく、是か非かを選んだそれぞれの裏の理由を見せていきたいということです。「この問題につ

これは自分が大学で久塚純一先生から教わったスタンスがウェブサービスにも影響をあたえているともいえますね。

いてどう思う?」って聞かれたとき、誰もが最初は直感で「いい」か「悪い」か判断すると思うんですが、さらに突っ込んでその理由を尋ねると、そこで初めて「あれ? なんでだろう」って、理由を自ら考えることになる。フィーリングではなくて。同時に、そこに書き込まれた他者のいろんな意見を見ることによって、自分の思考を再確認できる。ツイッターにも似たようなところがありますが、他者の思考を通して自分の考え方を省みるという行為に親しんでいれば、知らず知らずに俯瞰して物事を見る目が鍛えられるだろうし、知的好奇心を刺激される部分があると思うんです。

西　人の意見の理由が読めるところがすごくいいなと。多くの人は、いつもそんなにすべての物事に確たる理由をもって向き合っているわけじゃないですから、ここに書こうとすることで自分の考えの理由を考えるきっかけにもなる。

津田　理由を考えることで自分の思考がつくられていく——このプロセスが大事だと思ったんですね。ゼゼヒヒを見ると、賛成や反対の中にもそれぞれ理由があって、その複雑さがわかると思うんです。賛成のほうが多かった場合、往々にして賛成を選んだ自分たちがマジョリティであるかのように錯覚してしまいがちですが、実際はそんなに単純なものじゃない。たとえば、「賛成は賛成だけど、文脈としてはかなり反対寄り」といった場合もある。理由を書いてもらうことでそうしたディテールまで可視化できれば、「いろんな論点があるんだな」「実際にはずいぶん複雑な話なんだ」ということが実感できると思うんです。

西　実際、コメントがかなり多いですよね。

津田　ええ。設計としては未熟な部分もまだたくさんあるのですが、ひとつだけ成功している点があるとしたら、コメント率が高いことですね。コメントは必須条件ではなく、何も書かなくても投票はできますが、8割くらいの人が書き込んでいます。ヤフーをはじめ最近ではいろいろな投票サービスがありますが、ゼゼヒヒのようにコメントがたくさん付くケースって珍しいみたいです。

　これからは、寄せられたコメントの中でどういうものがホットな話題になっているかというのを、タグクラウドで見せるようにしていきたいですね。賛成派はこういう理由、反対派はこういう理由が多いというのを可視化した意見分布のようなものがつくれるといいかなと考えています。

西　ゼゼヒヒでは、賛成、反対に分けてますが、大学入試の内容一致問題では、「一致する」「一致しない」「どちらともいえない」というものがよくあります。その「どちらともいえない」という選択肢を生徒はすごく嫌がる。でも私は、その「どちらともいえない」というのは大事なんじゃないかと思っています。

　この問題対策例として、私はテキストに「彼女には彼氏がいない、じゃあ、僕と付き合ってくれるはずだ」という設問を載せてみました。もちろん、答えは「どちらともいえない」ですよね。でも「○」にしちゃう生徒がいるんですよ（笑）。

逆に「そんなの嫌！」って「×」を付けちゃう女の子もいる。本当はどちらともいえないことも、脊髄反射的にどちらかに判断してしまうわけです。そういう学生たちに対して「どちらともいえない」という選択肢を用意することは、今の時代の情報への反応の仕方を教えるには正しいのではないかと思うのです。ただ、学生側は「○か×だけにしてくれ」と言いますね。判断保留に耐えられない。たしかに入試問題としては曖昧な選択肢なんですが、問い方としてはすごく大事だと思うんですよね。○か×を選ばせるにせよ、ゼゼヒヒのように単に○か×かを付けるのではなく理由を付記するというのは、すごく大事なことだと思います。

津田　なるほど。どうしてゼゼヒヒには「どちらともいえない」の選択肢がないのかというと、そういう人はあえて答えることもないでしょということなんです。賛成だけど「総論賛成で各論反対」という場合もあるし、「各論賛成だけど総論反対」ということだってあるわけで、「賛成だけど、こういうところは違うと思う」というふうに、突き詰めたら人って言い訳したいじゃないですか。となると、実質同じことを言っていながら外見上は賛成と反対に分かれちゃうってことも起こりえる。コメントを書くことによって、そういった複雑さを閲覧者がわかる仕組みにしたかったんです。

最終的には、その混沌の中から上澄みをすくって、「賛成も反対もこれだけ論点があるので、これを議論の材料にしてください」と政治家や役人に直接ぶつけ

「右か左か」「敵か味方か」のような極論対立が今さら激しくなりつつある時代に「複雑ですよね」ということを具体的に提示していくメディアはとても重要だと思う。重層性は思考の基本なのだ。

られるようなものにしていきたいですね。だから、ゼゼヒヒは24時間３６５日、あらゆる問題のパブリックコメントを送れるようなサービスをめざしているんです。

西　東さんの『一般意志２・０』[70]のプラットホーム化のような感じですかね。

津田　そうなんです。『一般意志２・０』の可視化的なサービスでもあるので、「なんで東さんはやってくれないんですか」って言ったら、「俺、アンケート苦手なんだよ」って（笑）。

まぁ、とにかくつくりながらわかった部分は多いですね。ツイッターでやってもいいことなのかもしれないけれど、ツイッターだとよくも悪くもすべてが流れていってしまう。その点、ゼゼヒヒは項目ごとに残しておけるというのが強みで、ちゃんと蓄積していけば、属性などもかなり有意なものになっていくんじゃないかと。今後は統計学の専門家などに聞いて、質問の立て方のルールなどもきちんとつくろうと思っています。

西　なるほど。今のところは津田さんの狙いどおりという感じですか。

津田　いや、まだまだですね。回答がつねに１０００件ぐらい集まるようになってくると、より意味をもつサービスになってくるのでしょうが。

12年11月に民主党政権による最後の事業仕分けがあったのですが、そこで当時の岡田副総理が「これを見てもらったことによって、それぞれの事業が内包する

70『**一般意志2・0**』　２０１１年に講談社から発行された東浩紀氏の著書。講談社の月刊情報誌「本」での連載後、刊行された本書は、ジャン＝ジャック・ルソーの古典である「社会契約論」で提示される一般意志の概念を、現代の情報技術環境において実装可能なものとして読み直すことなどが主なテーマ。また、その結果として提案される一般意志とともに、現代のメディアや民主主義の可能性についても論じている。

複雑さがわかってもらえたことに意義がある」というようなことを言っていました。まったく同感です。生活保護にしてもアベノミクスにしても、そんなに単純な問題ではないわけで、その複雑な問題を「複雑ですよね」と認めたうえで、わかりやすく伝える。僕が今後情報を伝えていくうえで大事にしたいのは、そのあたりのことなんです。

つねにフロンティアを行くのはなぜか？

津田　13年7月からネット選挙が解禁されましたが、僕たち国民ひとりひとりが何を見て、どう考え、どの政治家を選ぶべきかということが今後、ますます重要になってくると思います。だから、たとえばAという政治家は、「教育問題では過去に何を言ってきたか」「外交問題についてはどう動いてきたか」「農業問題については何をやってきたか」といったことが可視化できるデータベースを育てていきたいんですよね。

西　それも既存のサービスでは物足りないというのがきっかけですか。

津田　そうですね。なんでつくるのかと言われたら「自分が使いたいようなものがないから」と答えます。ナタリーをつくったときもそうでした。学生のときから、音楽自体は好きなのに音楽雑誌があんまり好きになれなかったんです。98年をピークに音楽「業界」がだんだんダメになっていく様を見ながら、「音楽雑誌って、なんでつまんないんだろう」という苛立ちのような気持ちが大きくなってきました。評論をはじめとして、音楽性の各論をピンポイントに掘り下げ論じていくようなマニアックなものよりも、「こういうおもしろいものがあるよ」という紹介だったり、「こんなムーブメントが起きている」という最前線の状況を知らせることにこそ、情報を広く伝える雑誌の意義があるんじゃないか、そっちのほうがこれからの音楽業界にとっては大事なことなんじゃないかと思ったんですね。でも当時そういうメディアはなかったし、僕の見るかぎり雑誌にはもうその役割を担うことはできそうになかった。それなら自分でネット上にそういう媒体をつくるしかないと思ったんです。

西　その時期は、音楽のダウンロードはもう始まっていたんですか。

津田　ちょうどできるようになったくらいですね。05年にiTunes[71]が始まって、その年の終わりからナタリーをつくりはじめました。

西　CDにコピーガードがついたのもそのころですか。

津田　時期としては02年〜04年ですね。僕が音楽雑誌がダメだと思ったのはこの一件もあります。CCCD[72]が世に送り出されたことに対して、レコード会社とまともに対決する雑誌、出版社がほとんどなかったんですよ。音楽雑誌にとって、レコード会社は大事なクライアント。スポンサーには文句も言えない。

71 iTunes　アップルが開発および配布しているメディアプレーヤー。同社の携帯音楽プレーヤーiPodの管理ソフトでもあり、プレイリストやGeniusなどさまざまな機能がある。音楽配信サービスの「iTunes Store」は2005年8月に日本版がオープンした。

なるほどそれがポリタスになっていったわけだ。じつはこれは2年以上前の対談だが本当に津田さんは時代の中を疾走している感じがするなあ。

このことに対する義憤が、自分が取材して意見を表明する記事を増やしたし、結果的に自分がジャーナリストを名乗るきっかけになりました。音楽を通じて政治に興味をもったのもこのあたりの問題を追いかけていたときだったので、自分のジャーナリストとしての原点がこの問題にありますね。

西　なるほど。政治メディアづくりの動機は、ナタリー開設のときとまったく一緒というわけだ。

津田　やっぱり「こんなメディアがあったらいいな」って思うじゃないですか。政治に関しては、そういうことを言う人はいっぱいいるんですが、実際にそれをつくる人はなかなかいない。だから「ポリタス」[73]をつくりました。

西　これまでも「Yahoo! みんなの政治」[74]だったり、政治家の意見分布みたいなものはありますが、そこまでですよね。

津田　ネットの政治メディアが育たないのは、お金にならないということが大きいんですが、僕はうまく転がっていけばお金になると思っているんですよね。ナタリーだって最初は「こんなの、うまくいくわけないよ」ってみんなに言われましたから。唯一無二の価値を提供することができれば、事後的にそれはマネタイズ可能であるはず。

西　それができれば、政治家にとってもメリットがあるものになりそうですね。

津田　マスコミで語られる政治家像はあまりにも偏っているので、そういった情報をフェアに提供することで、政治家の側からもちゃんと情報提供をしてもらえるようなメディアにしたいですね。

　これは、ちゃんとリソースを傾けてつくれば絶対に成功できると思います。なぜならあまりライバルがいないからです。僕が攻め入っていくのって全部先人の

72 ＣＣＣＤ　コピーコントロールＣＤ。「音楽著作権を保護する」という名目で、コンピュータでのデジタルコピーを抑止する目的で導入された。２００２年3月から導入が始まったが、iPodなどの急速な普及、アーティストやユーザーからの不評を買ったために04年10月から段階的に廃止されている。

73 13年7月にオープンした政治メディア。選挙の特集記事を提供。現在は選挙以外に幅広く政治に関する話題を扱っている。

74 「Yahoo! みんなの政治」　ＮＰＯ法人ドットジェイピーが運営し、Yahoo! JAPANが支援している政治に関する情報サイト。２００６年2月に開設された。国会議員の情報をはじめ、国会で審議されている議案の詳細および各政党の賛否、コメントなど、日本の国政に関するさまざまな情報を検索、表示できるサービス。

いないところなんです。競争が激しいジャンルに行くと、やっぱりそこでの能力が高い人に負けてしまう。だから僕みたいな凡人は人の手が入っていないフロンティアへ行くしかない。

西　フロンティアっていちばんしんどい面もあると思いますが、道をつくるからおもしろいんですよね。

津田　ダメだったらダメで、それがまた新しい経験になる。ただ、フロンティアに行くことは行くんですが、現実の社会とも折り合いは付けなくてはいけない。一般道がちらちら視界に入るくらいの「けもの道」ですね。「あっちに普通の道があるな」という程度はわかる距離感を保っておきたい。本当のフロンティアに行ってしまうと、運が悪ければ死んで終わりですから（笑）。そこは、ある意味保険をかけながら行くということも大事だと思いますよ。フロンティアに行きつつ王道も歩いたり、ときには複数の道を歩くしかない場合もあるということです。

発信拠点のコミュニティスペースづくり

津田　あとやってみたいのは、コミュニティスペースづくりです。１００坪ほどの物件を見つけて、オフィスをもっと都心に引っ越したいんですよ。ネオローグとＭＩＡＵのオフィス、それにフリーで使える会議室をふたつくらい設けて、観

その後よい物件が見つかったので引っ越すことになりました。広さが少し足りないですがイベントなどはできると思います。

衆50人のトークイベントができるようなスペースもつくりたいです。できればそこにバーも付けて。

東さんがゲンロンカフェ[75]を始めましたけど、僕はカフェ的な一般開放はせずシェアオフィスにしようと思っています。ノートPCを広げる机と会議室は、いつでも使えるようにして。

西　ぜひ借りたいですね。そこで作文の授業をやりたい。

津田　じゃあ、先生入ってくださいよ（笑）。月5万円くらいで机と会議室とフリースペースが利用できるようにして、シェアするコアメンバーを20人ぐらい集めればやれるかなと。赤坂とかで築40年くらいの古いところを安く借りてリノベーションしたいんですが、大変なのが内装費で。そういう趣旨に賛同してくれる人を集めて、基金みたいなものをつくるのもいいかもしれないですね。

西　そこが発信の拠点になると、またおもしろくなりそうですよね。

津田　政治メディアをつくるとなると、やっぱり永田町に近いほうがいい。そうすると官僚も呼びやすくなるし。それで、バーは週に1回金曜の夜9時から営業するというふうにしたいんですよ。

西　それは、たとえば会員制になったりするんですか。

津田　個人的には嫌なんですが、よくあるのが2名の推薦があるとOKみたいなシステムですよね。自民党も党員2名の推薦を受ければ党員になれるらしいです

ここで述べているシェアオフィスの構想とは別に東浩紀さんとは福島県の原発近くで展示やトークができるコミュニティスペースを共同で創設すべく現在プロジェクトを進めています。場所づくりが自分にとって40代の大きなテーマになりそうですね。

75ゲンロンカフェ　東京・西五反田にあるイベントスペース兼カフェ。東浩紀氏がプロデュースしており「文系と理系が融合する新型イベントスペース&カフェ」がコンセプト。津田氏をはじめ多くの文化人がさまざまなテーマでイベントを開催している。

よ。もちろん、イベントをやるときなどはオープンに入れるようにして。いらなくなった本をみんなにもってきてもらって、図書館みたいにもしたいですね。貸出の履歴を管理できるウェブサービスもあるので。

西　もう読まない本だったら、うちに3000冊ぐらいありますよ（笑）。じゃあ、政治メディアの次はそういうコミュニティスペースづくりですね。

津田　あとは政党もつくりたいし、製造業もやりたいですね。メーカーズというのがブームになりましたが、3Dプリンタがあるからコンセプトをつくって資金を集めて町工場に委託すれば、簡単にものづくりができる。要はアップルみたいなものです。アップルって製品企画とマーケティングだけやっていて工場はもってないじゃないですか。今はネットで資金調達ができるから、お金を集めて試作品をつくってマーケティングをして売る。そういう製造業をやりたいんです。

西　その製造業は、何をつくるのでもいいんですか。

津田　何でもいいですね。頭の中に「これをやろう」って置いておくのが大事だと思っているので。そう思っていると「これだ！」っていう瞬間が来るんです。

西　頭の中に置いておいていつか実現するというのは、津田さんの「こんなものがあったらいいな」っていうのもそうですよね。

津田　マルチにやっていくのはすごく大事だと思っています。先日、**ゲンロンスクール**[76]に行って東さんと話をしたんですが、彼は「毎日エクセルを見るのが楽し

76ゲンロンスクール　ゲンロンカフェで行われるイベントのうち、ゲンロン代表の東浩紀氏がプロデュースし、自らも教壇に立つのが「ゲンロンスクール」。ゲンロンとは、東氏が代表取締役を務める出版社。

くてしょうがない」って言うんですよ。今や東さんはカフェの経営者ですから。たとえば、フードがあまり注文されなかったから、翌日商品の写真をきれいに撮って壁に貼り出す。すると、とたんに売り上げが伸びたとか。他にも、どういう時間帯にどういうことをやると売り上げがこういうふうに伸びるというのが、全部数字に出てくるわけです。「今までの本づくりではそういうことはまったくわからなかったけど、何か施策を打ったときにその効果がすぐに表れるっていうのはすごくおもしろい」と。

でも、出版社をやって飲食店のオーナーをやって、数字とにらめっこしている思想家なんてそうそういないですよね。それは僕も同じで、大学で学生に教えるジャーナリストなんていうのはいくらでもいるけど、それと並行して被災地でソーシャルビジネスをやっているような人は少ないんじゃないかなと。そういえばこんど、ダボス会議に呼ばれることになったんです。

西　それはすごいですね。

津田　ヤング・グローバル・リーダーズというのに選出されたんですが、日本人でそれに選ばれたメディア関係者は僕が初めてらしいんです。だから、会議のメンバーとして現地で取材できるのは僕ぐらいということになるみたいで。やっぱりそれも貴重な経験じゃないですか。そういうふうに、複数のスキルや経験をもっていることで生きてくるっていうのはすごくあると思います。

もう若くもない（41歳になりました）し、グローバルでもない（英語もきちんとしゃべれない）のに、なぜヤング・グローバル・リーダーなのかと……。これはダボス会議の予備軍という位置付けで、選出から5年以内に一度は本会議に行けるらしいので英語勉強して行ってこられるようにしたいです。

西　全然違う複数のことをやるというのはおもしろいですよね。人にそうしろと言うつもりはまったくありませんが、自分自身はそうやっているほうがおもしろいです。

津田　だから、これからもいろんな違うことをやっていきたいと思っています。最近、ある企業が業績悪化のため週休3日制になったという話を聞いたのですが、週休3日にする代わりに副業禁止規定をなくしたそうです。

西　それはすごくいいですね。

津田　これは日本的な労働問題の解決策として、けっこうな切り札になるんじゃないかと思います。

西　慎泰俊さんの『働きながら、社会を変える。』[77]という本を読んだのですが、すごくよかった。本業をもっている人たちだけでNPOを動かしていこうとしているわけですが、その発想がすごくおもしろい。江戸時代の「稼ぎ」と「務め」の務めのような部分をつくっていこうという姿勢はすごくいいですよね。

津田　彼の『ソーシャルファイナンス革命』[78]は、12年に出た本の中ではベスト3に入るくらいよかったですね。実用的な内容だけでなく、友達に借金をして、それがどういうふうに人生を変えたのかという人間臭いエピソードも入っていて。だから「お金ってけっこう大事だよ」という話になっている。

西　そう、彼の本を読んだときにすごく地に足が着いているなと思いました。

77 **『働きながら、社会を変える。』**　２０１１年に英治出版から発行された慎泰俊氏の著書。同世代の仲間を募り「子どもの貧困」問題に取り組む組織を立ち上げたリアルな体験を踏まえ書かれた一冊。慎氏は投資プロフェッショナルとして働くかたわら、貧困削減を目的に活動するＮＰＯ法人Living in Peaceの代表理事を務める。

78 **『ソーシャルファイナンス革命』**　２０１２年に技術評論社から発行された慎泰俊氏の著書。マイクロファイナンスやクラウドファンディングをはじめとするソーシャルファイナンスの仕組み、さらにそのインパクトと未来について説かれている。

津田　副業的にソーシャルに関わるというスタンスについては、実際、人によってはまだ微妙な温度差がありますけどね。専業でソーシャルビジネスをやっている、ある意味で本気の人の中には、「片手間では、できることも限られるよね」といった意識の人もいる。セクショナリズムとまでは言いませんが。

西　でも、ああいうふうに参加しやすい形をつくって、みんなふたつ以上のことをやっているという状態のほうが健全だと思いますけどね。

津田　先日、グラミン銀行創設者の**ムハマド・ユヌス**[79]さんに会ったんですが、そこで僕がいちばん聞きたかったのは、「ＮＰＯのリーダーの給料はいくらが適正なのか？」。たとえば、**フローレンス**[80]の駒崎弘樹さんだって、「社会にいいことをしていると言いながら、けっこうお金をもらってるんじゃないの？」みたいな、本当にしょうもない揶揄やお門違いな批判を受けたりしている。やっているほうだって、ずっと手弁当だったら続けることなんてできませんよ。だからそれをユヌスさんに聞いてみたのですが、答えは「同世代で似たようなことをやっている人たちの平均的な給与水準に合わせればいい」というものでした。要は、それなりにちゃんともらえばいいんだよと。それを前提にビジネスを組み立てていくということですよね。

西　ユヌスさんといえば、一緒に「**このはな草子**[81]」という**紙芝居プロジェクト**を やっている成瀬久美さんもニューヨークに行って話を聞いてきたことがあるので

79 **ムハマド・ユヌス**　１９４０年生まれ。バングラデシュのグラミン銀行創設者であり、経済学者。失業者や貧困層などを対象に小額の融資をおこなうマイクロクレジットの創始者でもあり、利益の最大化をめざすビジネスとは異なるビジネスモデルとして「ソーシャル・ビジネス」を提唱している。２００６年にノーベル平和賞を受賞。

80 **フローレンス**　駒崎弘樹氏が代表理事を務める病児保育に関するＮＰＯ法人。病児保育事業をメインに六つの事業を展開している。サービス提供エリアは東京都、千葉県、神奈川県。

81 **「このはな草子」という紙芝居プロジェクト**　被災地の幼稚園などを訪ねて、子どもたちと一緒に参加型紙芝居をおこなうプロジェクト。東日本大震災を機に開始。アナウンサーの成瀬久美氏が中心となり、西氏は顧問を務める。

すが、やっぱり「ちゃんとビジネスが成立しないと物事は回らない」という趣旨のことを言っていたそうです。「お金の問題じゃないんだ」という精神主義で事業を回そうとすると必ずどこかにひずみが生じるということですね。基本がお金じゃない社会制度に改革（革命）できればそれはそれで通用するのだろうけど。そしてそういう革命は可能だと信じたいけど、しかし現段階ではきちんとビジネスを成立させないと良心は形にならないということなのですね。

ヒロイズムのないパイオニア

西　こうやって聞いてくると、津田さんはやっぱりパイオニアであり続けようと思っている部分がいちばんおもしろいですね。道なき道を進んでいるのに、そこにありがちなヒロイズムがない。そこがすごく好きなんですよ。

　ヒロイックな革命はかっこいいのですが、結局それは暴動になっちゃいますよね。フランス革命にしてもそうで、たしかに「ベルサイユのばら」や「レ・ミゼラブル」を見ると共感し心がゆすぶられる部分もあるのですが、そこでヒロイズムやヒューマニズムを前面に出してしまうと、じつは何も達成できない。津田さんは、人と一緒に何かをやったりフロンティアを歩いている場合でも、つねに現実主義者じゃないですか。その地味さがすごいなと。

津田　たしかにドン・キホーテっぽさはないかもしれませんね。

西　いわゆる社会的成功を遂げた元教え子の中にも、やっぱりガンガン行く人はいるんですよ。口も手もすごい。でも、それは自分のヒロイズム、承認欲求を満たしているだけじゃないかというふうに見える場合がすごく多いんです。彼らには成功した自分に酔っている感じがあるんですが、津田さんにはそれがない。物語的じゃなくて、つねにリアルの積み重ねという感じなんですよね。

津田　そこが、侘び寂びのなさにつながっているのでは……（笑）。

西　いや、そこで侘び寂びがないほうが実際的に何かをつくっていけるんじゃないかな。

津田　僕がマネタイズにこだわるところが現実的に見えるのかもしれませんね。つねに収入が確保される状況をつくることを考えて、実際にそれが少しでも叶ったらそれを元手に次のチャレンジをするみたいな。ユヌスさんと話したとき、僕が感銘を受けたのはこんな言葉でした。「ソーシャルビジネスをやるんだったら、そこで上がった利益を使って、他のソーシャルビジネスにチャレンジしろ」。得た利益を新たなビジネスのチャレンジのために再投資するというのは、僕自身が06年以降ずっとやってきたことだったので、自分のやってきたことは間違ってなかったんだと感慨深く話を聞きました。そういう循環が、今ようやく少しずつ回りはじめているのだと思います。道なき道を歩いてますが、つねにどこかで地に

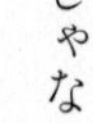

単に「こだわっている」だけで、「金儲けがうまい」わけではないというのがポイントですね（笑）。なかなかお金が儲からないことをなんとか試行錯誤しながらひたすらやる、という。

足を着けているような意識はあるので、ダメだなと思ったら執着せずやめることもあるだろうと思います。

西　地に足が着いているところがいいね。

津田　たぶんそれは僕が遅咲きだったからという部分もあると思うんですよね。

西　それは津田さんの話し方にも表れていますが、本当にヒロイックにならないし、悲壮感がないですよね。必死になるときがあったとしても、それを表に出さないじゃないですか。そのあたりがすごく安定感があるし、今の時代はこういう地味な感じのリーダーがあちこちに出ていくほうが、世の中がリアルによくなると思います。地味リーダーたちのゲリラ戦！　大風呂敷を広げてすべていっぺんによくしようというのはかなり危険なことですから。そういう点では、津田さんは今の時代に必要なリーダーという感じがしますね。

津田　でも、なかなか僕とペースが合う人がいないんですよねぇ。

西　そうかもね（笑）。まあ、ぼちぼち時代が追いついてくるんじゃない。

津田　リーダーの話でいえば、先生の考えるリーダーシップとはどういうものが条件になりますか。

西　そもそも「リード」という言葉を「集団の先頭に立つひとりの人」とは捉えてないんですよ。リードは「導く」ですから、他人の行動を自分が導ける人がリーダー。たとえば、街をきれいにしようという話でも、掛け声をかけて命令するのではなく、まず自分が誰も拾おうとしない空き缶を1個拾う。すると他の誰かも自分も拾おうかなと思うかもしれない。電車で席を真っ先に譲るというのでもいい。すると席を譲りやすい環境ができる。そのようにみんながなかなかやれないことを初めにやる。私はリーダーっていうものをそういうレベルで捉えていて、そういう意味では、いっぱいリーダーがいたほうがいいと思うんですよ。

津田　いま飲み会で二次会に行くときの風景が頭に浮かびました。「おい、こっちこっち」って先導している人より、はぐれがちな道の角っこに立って「はい、お店はこっちですよー」とちゃんと次の店に誘導している人のほうが、じつは真のリーダーなのかなと（笑）。先頭を行かないから目立たないけれど、彼がいなければ二次会は始まらないわけで。そういう意味で、彼こそがリーダーなんじゃないのかなって。

西　リードしていますからね、たしかに。

津田　だから、決していちばん前を歩く必要もないということですね。

西　そう、他の人が行動に向かう環境をつくれれば、その人はリーダーなんです。いわゆるリーダー論のリーダーとは異なりますが、「lead O to 不定詞」みたいなことができれば、その人はリーダーたりうると思います。

津田　いわゆるリーダー論って「決断力」の観点で議論されがちですが、決断と導くことってイコールではないですからね。先生のいうリーダーはいろんな人が前に進むのを促す役目。なんならリーダーがいちばん後ろを歩いていてもいいわけですよね。

西　先頭で旗を振っている目立つ人をリーダーと考えがちですが、今の時代はそうではない気がします。そういうリーダーによって社会が機能していた時代もあったとは思いますが。

津田　大きな旗を振って大きな声を上げていれば誰の目にも付きやすいし、ときには一極集中的な賞賛を集めることもあるでしょうが、そういう路線をめざす人が今後はあまり主流でなくなるような気もしますね。僕も修行僧ではないですから、みんなと同じくらいにはささやかな承認欲求はあります。そうじゃなければ毎日自分の名前で検索なんてかけないでしょう（笑）。ゆがんだ承認欲求は百害あって一利なしですが、やっぱり感謝されたり褒められたりすれば純粋にうれしいし、それが次への原動力にもなりますから。

西　津田さんからは人々に承認されたいという欲求は感じないなあ。[82]**マズローの欲求5段階説**でいうと、承認欲求は4番目で自己実現欲求が5番目じゃないですか。津田さんはもう自己実現欲求の段階に達していて、その手段として社会承認を必要としている、というふうに見えますが。

津田　そうなのかもしれないですね。ある意味、中高生のころに抱いていた夢みたいなものは全部実現しちゃったので。だから、後は何かやったときにそれがど

82 **マズローの欲求5段階説**
アブラハム・マズローはアメリカの心理学者。1970年没。人間の欲求は5段階のピラミッドのように構成されていて、低階層の欲求が充たされると、より高次の階層の欲求を欲するという説を唱えた。5段階とは下から「生理的欲求」「安全欲求」「社会的欲求」の外的欲求と「尊厳欲求」「自己実現欲求」の内的欲求のこと。

私はマズローの説をそのまま受け取っていなくて欲求を段階的に区切ることはできないと思っています。同時にいくつか生じているのだろう、と。しかしとりあえず話を整理するには便利だ。

れだけ否定的なものを生み出して、どれだけ肯定的なものを生み出しているのかという反応を客観的に見るようにしている。エゴサーチはその効果測定になっているし、それを見ることは自分にとってすごく意味があると考えています。もちろん、その中で承認されればうれしいという気持ちは否定しませんが、承認されたいからやっていることはひとつもありません。

西　自己実現のための確認手段という感じですね。

津田　これはつくづく思うんですが、今はこうやってそれなりに社会的地位みたいなものもできましたが、結局、人って中高生のときにちやほやされなかったら、それについてはもう一生叶うことはないんだなって。だから僕は、社会に出てからも今日までずっと飢え続けてきたし、これからも飢え続けていくんだろうなって思います（笑）。

西　ジョブズのいう“stay hungry”ですね。いいことです。津田さんに悟りなんか得られたらたまったものじゃない。黒い部分をしっかり抱えていてください。

機会の均等化が進んだ

津田　当時の西先生の生徒って、なんとなく凡人っぽい人が多かったように感じるんですけど、そのわりにはみんなちゃんと大学に受かっている。僕なんか、まさにその典型だと思いますけど。

西　それぞれにきちんと勉強すれば大学には受かりますよ。正しい方法を知り、合格へのモチベーションさえもち続ければ、ということですが。

　現在は単科講座でいくつかのレベルのクラスを受けもっているのですが、昔からつねにいちばん上のレベルといちばん下のレベルの生徒を対象としたクラスは必ず担当するようにしてきました。自分の生徒のレンジが狭くなると、それがすべてに見えてしまいますから。自分の視野を狭くしてしまっては社会が見えなくなると思ってそうしてきました。それでも代ゼミに来る生徒のレンジでしかないので、狭いといえばとても狭いのですが。

　でもそのレンジでも、この格差がすごい。いちばん下のレベルなんか、津田さんが現状を知れば驚きますよ。

津田　何から教えていくんですか。

西　いや、教える以前のことから。まず私に向かってタメ口ですから。

津田　ははは。

西　今年最高だったのは、「なんで予習しなかったの?」って聞いたら「やろうと思ったんだよねー、おしい!」って言われたことです（笑）。予習をしようと思っただけでも、その子にしたら立派なことだったのでしょう。たぶん今までは予習をするなどということを考えたことすらなかったんだと思いますよ。

反カテゴライズの思想。「ひとりの人が他の人と、真に『じか』にふれることができるためには、どれほどの誠実と、身を澄ます身構えと、そして、愚直さが、そして年月が、要ることだろうか」（竹内敏晴）

津田　勉強しようと思ったこと自体がかなりの進歩なんだからありがたく思えよと。それはたしかにすごいですね……。

西　その子は12月になって「このthatフシって名詞だよね？」って。何を言ってるんだろうって思ったら「that節」のことなんですよ。12月に「フシ」って言われて、ちょっとショックだったんですが。で、「that節《せつ》っていうんだよ」と言うと、「ふーん、で、これ名詞だよね？」「うん、名詞節だね」と答えると「ほら！やっぱり」と自慢げに言われて。「ほら！」じゃないだろって。

津田　もう怒る気もなくなりますね（笑）。

西　あまりに異文化なので、逆に仲良くなりました。できない子はそんな感じですが、一方で最高レベルは上がっています。少数派ではありますが、英文の原典をすでに読んでいるような生徒も過去に数人いました。「この問題のつくり方を見ると、出題者は原典を読んでないですよね。問題作成者はバカじゃないですか」とまで言ったりして……。

津田　すごい！　本当に落差が激しいんですね。

西　4時間目と5時間目、その間30分足らずでその落差と向き合うわけですから、それはスリリングですよ。こっちも毎回原典を読んでから授業に行かなきゃいけないし。

津田　その原典にしても、今だったら英文を検索すればすぐに見つけられるでしょうけど、昔はなかなか難しかったですからね。それこそ図書館に行って文献をあさるみたいな。だから、できる子の「できる率」って、僕らのときよりもすごく上がってるんだろうなと思います。

西　確実に上がってますね。まず、情報の入れ方が違いますから。

津田　昔はそういう社会資本がなかったから、それこそお金持ちの家の子だけがものを知っているみたいな世界があった。

西　家に本がないとダメだったけど、今はスマホ1台あれば同じですからね。

津田　そういう意味では、機会の均等化はすごく達成された。

西　情報の民主化ですよね。

津田　情報が民主化されるとなると、学者や知識人といわれる人たちが今後何をすべきかっていうことが、次の問題になりませんか？

西　彼らの言説自体があっという間にひとつの情報として相対化されてしまいますからね。単なる知識だけだったらネット検索すればすぐに出てくるわけですから、ただ知識を多くもっているというだけの知識人ならば、もはや価値はもちえない時代だといえるでしょう。

津田　要は使い方。音楽業界でもまったく同じことが起きていて、昔はプロとアマでは使う機材自体が違ったんですよ。レコーディング機材は買えば何千万円もしたし、シンセサイザーだってバカ高かった。でも、今はプロもアマもパソコンが1台あればいい。ソフトなんかもまったく同じものを使っていますよ。だから、プロはその使い方のノウハウだったり、どうすればもっと音がよくなるかっていうところでしか差をつけることができなくなってしまった。これは、教育の世界で起きている現象と近い気がします。

安心感が失われた20年

津田　僕が西先生の授業を受けていたのは91年から92年なので、あれから20年ちょっと経ったことになります。これって日本経済の「**失われた20年**」[83]と同時期でもあるんですよね。この20年で「一億総中流」と言われるような豊かな暮らしは大きく変わった。その一方、成果主義や実力主義みたいなものが中途半端に入ったことの弊害も目立ちます。**年俸制**[84]にしても導入する会社は増えましたが、その結果ほとんどの人の給料が減ってますもんね。リストラにしても、本来の「リストラクチャリング」という言葉は、「再構築」という意味なのに、首切りや人減らしっていう意味で使われるようになった。

何か流行りのキーワードが流布すると何にでもそれを援用して、すぐに思考停止してしまう風潮も加速したように思います。これは日本のテレビメディアが強すぎることと無関係ではないんでしょうが……。日本社会が向かうべき方向性を

83 **失われた20年**　日本のバブル景気崩壊後の経済停滞している時期を指す。バブル景気は1990年頃から後退しはじめ、その後デフレに。90年代から2000年代初頭までの流れを「失われた10年」と呼んでいたが、世界同時不況などもあって停滞が続く00年代以降の状況も含めて「失われた20年」と呼ばれるようになった。

84 **年俸制**　賃金の額を年単位で決める制度。一般的には話し合いによって毎年の賃金額が変動するという特徴がある。バブル崩壊後に導入する企業が増えた。

見失っていったように思うのですが、先生はどうお考えですか。

西　この20年間の変化というのは感じますね。レッテル貼りによる思考停止という風潮は加速しているように思えます。キャラなんて言葉でひとりの人間の人格を一元化してしまうのもその流れですね。親が子どもに対してキャラ付けしたがっている場合さえある。親が子どもに対して成果主義になった結果、子どもがどんどん小粒になっていっている気がします。要は、いい子が増えていくわけですが、だからいいというわけじゃない。鬱になったりするのは不良よりもいわゆるいい子のほうだと思うんですよ。親や学校との関係の中で自己責任を感じやすくなったり、委縮しやすくなったりしているのでしょうね。

お利口さんたちっていうのは、目先の効率とか成果に対してものすごいしつけられています。テストの点が高いことがいいことで、誰々よりもよかったらさらにいいと親に評価される。だから試験に出ることしか勉強しないという効率主義、さらには序列主義に染まっていく。共生よりは競争という風潮を親が助長しているわけです。

アメリカでは「ヘリコプター・ペアレンツ」[85]という言葉があるのですが、子どもに付きっきりでホバリングしているような親がたくさんいて、その子どもたちが今30代くらいになっているのですよ。

そして、その世代がいちばん自分に自信がなくて鬱になりやすいらしくて、そ

85ヘリコプター・ペアレンツ　アメリカで社会問題化している過保護な親たちのこと。大学生など大人扱いをすべき年齢の子どもに、頭上を旋回するヘリコプターのごとく寄り添い、トラブルなどが起きたらすぐに介入してくる保護者のことを指す。

れは親に対して萎縮しているからだという研究も、すでにアメリカの雑誌で発表されているんですよね。

津田　日本では86年がバブル[86]の絶頂期といわれていますから、そのころに生まれた子は今29歳ぐらいになりますね。

西　右肩上がりの幻想が打ち破られたころですね。やっぱり、会社にいれば給料が上がっていくっていう幻想は大きかったと思うんですよ。そして、景気は上がっていかないものなのだというように、生まれたときから刷り込まれてるっていうのも大きいと思います。

津田　バブルが始まったのは83年くらいで、そのとき生まれているのがいわゆる**酒鬼薔薇**[87]の世代なんですよ。西鉄バスジャック事件の**ネオ麦茶**[88]であり、秋葉原連続殺傷事件の**加藤智大**[89]なんです。もちろん、それらを単純に世代論へ関連付けることはできませんが。

西　一概にひとくくりにすることはできないけど、時代全体の空気とリンクしているのかもしれませんね。

　要は、親の世代が成果主義に向かっていって、その子どもはお利口になっていった。しかし右肩上がりの時代ではないので大きな夢は描きにくい。未来への可能性、外部への広がりを失って閉塞した中で肥大した自我は狭い世界で暴発する。人間関係は縦のつながりがなくなって横につながる仲間意識、小さなコミュニテ

86バブル　1986年頃から91年頃までの間に起こった資産価格の上昇と好景気を指す。ジュリアナ東京などがブームになるなど、それに付随した社会現象も巻き起こした。日経平均株価のピークは89年12月の3万8915円。

87酒鬼薔薇　1997年に兵庫県神戸市で発生した神戸連続児童殺傷事件の犯人が名乗ったのが酒鬼薔薇聖斗という架空の名前。その残忍な犯行と犯人が当時14歳の少年であったこと、手紙で警察やマスコミを挑発する手法などが注目された。

88ネオ麦茶　2000年5月、西日本鉄道の高速バスが17歳の少年に乗っ取られ、1名が死亡、2名が負傷した。事件前2ちゃんねるに犯行予告と思われる書き込みがあり、そこに残されたハンドルネームが「ネオ麦茶」であった。ネオ麦茶は前述の酒鬼薔薇と同学年であり、「キレる17歳」など

イが社会となる。そのコミュニケーションもリアルさを失いバーチャルになっていく。そんな時代とリンクしているように思えます。一時期、プリクラ[90]が流行ったっていう現象も悲しいなって思って見ていたのですが。

津田　プリクラが爆発的にブームになったのは97年ごろですね。

西　あれで現像されて出てくる写真は、手にした時点で必ず何秒か前の過去ですよね。それをもち歩く。つまり、過去の映像をもち歩く。リアルではなく写真に固定された友人との過去の時間を抱え込むことで安心感を得ようとする。「楽しかったよね」をもち歩くというのは、「明日はもっと楽しいよね」と思えないからではないか、と思ってしまいました。やっぱり社会全体に明日への希望を見出せないから、リアルには確信がもてないから、過去の写真に安心感を求めたり、友達であることへ自信がないから画像が必要だったりするわけだと感じたのです。

要するに当時のプリクラの流行って、未来への不安の明るい裏返しだったのじゃないか。あるいはリアルへの手ごたえのなさへの恐怖心から、今あるものを可視化して手元に残したかった。保守的ですねえ。

だから、プリクラをいっぱい貼っている子たちを見ていると、その屈託ない明るさ、写真に写る不自然なメイクアップにしんどさを感じていたんですよ。本当に友達だったらべつに写真なんかなくてもいいじゃんって思いながら、教室の机の上に置かれた、プリクラを貼りまくった筆箱を眺めていました。

の言説が世間を賑わせた。

89加藤智大　２００８年6月に東京・秋葉原で発生した通り魔事件の犯人。この事件では7名が死亡、10名が負傷。交差点にトラックで突入し、通行人をナイフで切りつけた加藤智大は当時25歳。前述の酒鬼薔薇やネオ麦茶と同学年だ。

90プリクラ　１９９５年に発売され、アミューズメントパークを中心に設置されると、女子中高生や若い女性を中心にブームとなり97年ごろにピークを迎えた。撮影した写真に自由に落書きをしたり、フレームやスタンプなどの模様を入れたりすることができる。

プリクラ逆修正（プリクラで美化強調したものを元に修正する）という装置にはかなり驚いた。音楽でもあえてアナログ音源に近いところに修正する装置もある。なんだかとてもおもしろい流れだ。

津田　まさに、山一證券[91]が廃業したのも97年ですからね。山一って、たしか5000億円くらいの負債があって、それを1000億まで減らせって言われて、がんばって2000億ぐらいまで減らしたんだけど、結局潰されちゃった。でも有利子負債でいったら、ソフトバンクなんていま1兆円以上の負債がありますからね（笑）。

西　山一は衝撃だったし、同時期に北海道拓殖銀行[92]の破綻もありましたからね。地元の人にしてみたら、いちばん安心感のある就職先だったわけじゃないですか。それが崩れ去っていったんだから、当然ショックは大きいですよ。

津田　北海道拓殖銀行がなくなってからの北海道経済はずっと停滞していますからね。

西　すごいショックだったと思うし、安心感をすべて失ったみたいな感じがあったと思います。

世の中の理不尽さは早めに知ったほうがいい

津田　先生は20年以上予備校で教えていて、何がもっとも変わったと思いますか。生徒や彼らを取り巻く環境も含めて。

西　何が変わったんだろう……。講師が相対化されたということがいちばん大き

91山一證券が廃業した　かつては「四大証券会社」の一角を占めていた山一證券だが、不正会計事件後の経営破綻により1997年に自主廃業し業務を停止（法人としての山一證券は2005年に解散するまで存続）。100年の歴史を誇った名門企業の消滅は、記者会見で「社員は悪くありませんから！」と号泣する野澤社長の姿とともに日本経済に衝撃をあたえた。

92北海道拓殖銀行の破綻　札幌に本店を置き、北海道を地盤としていた都市銀行。不良債権などを理由に1997年11月に経営破綻。山一證券の廃業と併せて日本経済停滞の象徴的な出来事として捉えられている。

いかもしれませんね。

津田　ああ、昔は予備校講師って尊敬される、「上」の存在でしたからね。

西　たしかに生徒から見て講師は上の存在だったのが対等に感じられるようになったということもありますが、それ以上に今は講師が商品化された感じがあります。商品化された講師が並列的に開示されていて、講師の価値を決めるのは客である生徒の側という感じになっています。**内田樹さん**[93]風にいえば、市場原理の中に全部放り込まれて効率主義的になってしまったという感はありますね。あるとすれば、そういう一元化だと思います。

津田　予備校って本来的には受験テクニックを教わりにいくところじゃないですか。でも、勉強だけじゃなくて、その人が生きてきたことで得た人生訓だったり、そういうおもしろい話もしてくれる先生は、テクニックとは関係ないところで人気がありましたね。

西　今は、授業料を支払っているんだから何円分の知識を入れてくれ、みたいな感じなんですよね。だから、余計な話はしないで授業を進めてくれ、1回の授業で得点を何点分上げてくれ、みたいな感じです。

　やっぱり市場価値的な、目に見える形での対価を求められているという感じはありますね。

津田　じゃあ、「雑談は減らしてくれ」みたいなことを言われるわけですか。

93内田樹さん　1950年生まれの思想家、武道家。思想的には、「正しい日本の（インテリ・リベラル）おじさん」の常識や生活倫理、実感を大切にするという立場を表明している。『下流志向――学ばない子どもたち　働かない若者たち』（講談社文庫）、『日本辺境論』（新潮新書）など著書多数。

西　生徒のほうから言われますね。とくに半端に勉強ができるくらいの生徒は言いますね。ときには親からもクレームが入る。

津田　ええ⁉ そうなんですか。僕らのころは、むしろ「もっともっと脱線しておもしろい話をしてくれよ」っていう感じでしたけど。

西　この時間でテキストを何ページ分進めてくれて、何点分上げてくれてこそこれだけのお金を払っている価値がある。そういう雰囲気はありますね。

津田　費用対効果をシビアに見られるようになったと。といっても、問題はそれを評価するのは、言ってしまえば社会的には無職と同等の未熟な浪人生だったりするのですから、適切な評価ができるのかって話もありますよね。市場原理の話でいえば、大学もそうなっていますね。僕が学生のころは先生を評価するアンケートなんてなかったんですが、今は学期の最後に必ずアンケートを学生に配るんですよ。「この授業はどうだったか」っていうアンケートを先生が生徒に配って、回収して学校側に出すんです。仕方ないんで僕もやっていますが、「なんだ、この茶番は」って思います（笑）。

西　予備校では昔からアンケートはありました。私なんか最下位に近くなったりします。生徒は合わないと思ったら最低評価をするものだから、私の場合最高評価を付ける生徒と最低評価を付ける生徒に分かれてしまう。そうすると、まあまあの評価を多くの生徒に付けられる講師よりも平均点、つまり評価は低くなる、

ネイティブアメリカンの智慧はときに思い出す価値があるものだね。効率性を高めることで動物としての身体と人間としての原初的感受性が悲鳴を上げているのに、それも聞こえなくなる危険。ときに緑の森の中で時間を忘れる必要があるなあ。

という具合です。だから、若い先生に「アンケートなんか悪くてもいいよ。少数でもちゃんと信頼してくれる生徒がいるほうがいい」と言ってたんですが。でも、最近はそれで給料やコマ割りが決められることにビビってしまうらしくて。そうすると、先生たちは生徒に迎合してしまうわけですよ。生徒の要求に応じようとする。

津田　うーん。それは最低ですね。

西　アンケートをよくしようとする講師はつねにいい先生であろうとするわけじゃないですか。私はいっこうによくならないままなんですが（笑）。いい先生ってイヤだなあ。

津田　今はネットがあるから、評判や噂みたいなものもいろいろ書かれやすいでしょうしね。

西　あることないこといろいろ書かれますよね。でも教室では、サテラインであっても、人が人に向き合って教えているという意味では、昔も今もたいして変わっていない気がしますね。市場原理とか講師の相対化とか言いましたが、授業中にかぎっていうと今も昔も変わっていない部分が大きいと思います。

津田　先生が講義して、それを生徒が受け取るという空気感自体はそんなに変わっていない。その話を伺って安心しました。

西　はい、それが1対1であっても1対多であっても。向き合ってしゃべっているときって、その間に空気があるじゃないですか。それは変わっていないんじゃないかな。コミュニケートを取りにくくなったということはあるにせよ、こちらが本気で話しているのだということを感じ取ることはできる。タメ口で話しかけてくる生徒であっても、こちらが全力で何かを伝えようとしているときには一生懸命聞こうとする。難しい話であってもなんとかわかろうとする。そういう力が伝わるという点では、時代が変わっても教室の中は昔から変わっていない気がします。それができる講師が減っているという問題はあると思いますが。

津田　昔もタメ口で話す生徒はいたんですか？

西　いましたけど、最近はとくに増えてきた気がしますね。でも、それも悪気はなくて本当に敬語を知らないだけなんですよね。

津田　それもどうかと思いますけど（笑）。じゃあ、生徒自体はそんなに変わってないという感じですか。

西　弱くなってはいますね。

津田　どこが弱くなってると思いますか。

西　たとえば、私たちが子どものときって、自然の中で遊んだりしていたじゃないですか。野外では、雨が降ったらたとえ自分が泣いて訴えても雨は止んでくれませんよね。われわれの世代は、そういう自分の力ではどうしようもないものがあるっていうことを肌で感じて「じゃあ、この状況の中でどうしようか？」って

先日「先生、センター、ヤバイやばいっす」と言われた。?? 「ひょっとして前の〝ヤバイ〟は副詞で後ろの〝やばい〟は形容詞」と聞いたら、今度は向こうが?? 「さすが、先生、ヤバイっすね」と言われた。

いうことを考えて育ってきたじゃないですか。受け入れるしかない状況を引き受けて、その中で自分の力でなんとか身を守らなければいけない。もちろん誰も何も助けてくれない。もちろん親に連絡を取る携帯電話もない。われわれにはそういう状況が子ども時代のデフォルトだったわけですが、今の子たちにはそれがないんじゃないですかね。

津田　世の中がどんどん便利になっていくと、自分の力以外のもの、つまりテクノロジーの力を借りてなんとかなってしまうことが増えるわけですね。

西　自分の力ではどうしようもないものが少ないように見えているから、何かを引き受けなければいけないときに引き受け切れない。それより「誰かが違う状態にしてくれないかな。何かのスイッチを押せばなんとかならないかな」って考えちゃうんですよね。でも、受験にしても相当なプレッシャーがあるし、それは当然自分で引き受けなければいけないわけです。緊迫する局面ではすごく弱いという受験生が増えているように思います。また、叱られたら自分が全否定されたように受け取ってしまうメンタリティも感じます。雨に当たらないような環境の中で育ってきたからでしょうかねえ。

津田　どこかに逃げ道があると思うか、きっと違うやり方があるはずだと思うのか……。本当に追い詰められたときは、覚悟を決めてそれと真正面から向き合わないといけないですからね。つねにオルタナティブな選択肢があるように見える。

大きく視野を広げると「人間は他の哺乳動物とはちがって自分が死ぬ運命にあることをはっきりと自覚し、死をおそれている。しかし宇宙の研究は、時間を超越した感覚や、自分はより大きなものの一部であるという気持ちを与えてくれる。自分が進化する宇宙という永遠に展開するドラマの一部であることを知れば、みずからの命に限りがあるという事実のおそろしさが軽減される」（ラマチャンドラン）

昔はそもそも何かの情報を知りたくてもネットで検索するということができなかったので、口コミや詳しい人に聞くしかなかった。人は選択肢が多くなればなるほど決断しにくくなるので、ネットが選択肢を増やした分、決断することを阻害しているような面があるのかもしれません。

これは情報環境が変わったことであらゆることが相対化されたこととも関係していそうな話ですね。

西　だから、本当は世の中の不条理と早く向き合ったほうがいいんです。さっきまで晴れていて天気予報も晴れだったのに突然土砂降りになって傘もないけど、きみに会いにいかなくちゃいけない、という感じ。わけわかんない。

津田　そういえば、**現代文の酒井敏行先生**[94]なんて、とにかく早稲田が好きだから、雑談が始まると早稲田がどれだけ好きかっていうことを延々と話し続けていました。でも、それがエンタメになっていたから楽しかったし、雑談以外の授業内容は一切覚えてないですが、現代文の偏差値も少しだけ上がったような気がします。プラシーボ効果かもしれませんが（笑）。

西　それで早稲田へのモチベーションが上がるのであれば、結局合格への要素になっているわけですからね。酒井さんの早稲田への熱意が伝染することが合格につながる。そういう見えない部分を勘案しないで、目に見えるものだけを評価しようっていうのが今の空気だから、そこはやりにくいですね。

津田　そういう無駄や**バッファ**[95]を、世の中が許容しない雰囲気はありますね。デジタル化の大きな流れもある一面では大事なんですが、それが馴染む分野と馴染まない分野がある。それこそソーシャルゲームやメディアづくりにおいては、アクセス数やユーザーインターフェースがもっとも重要な指標であるわけですけど、

94現代文の酒井敏行先生　１９５６年生まれ。代々木ゼミナールで現代文や小論文を担当する講師。早稲田大学政経学部卒業で、長年にわたり「早大現代文」「早大小論文」を担当。雑談で母校について熱く語る早稲田愛のもち主。

95バッファ　元は英語で「緩衝物」を意味する言葉。インターネットの通信やハードディスク利用など広い意味での「データの読み書き」で使われる、一時的に

はたしてそれが教育みたいな分野でそのまま当てはまるのか。

西　馴染みにくい部分もありますよね。だって、今は「最低」って評価した先生を10年後に「いや、いい先生だったな」って思うこともありうるわけじゃないですか。10年前の評価は最低だけど、時が経って「嫌な奴だったけど、今思えばけっこう大事なことを学んだな」と思ったら、それは最高ですよね。でもそのときの「最低」の評価だけしか可視化されないわけで。もちろん、見えないものを評価するというのは難しいことですが、いつもその場での評価が絶対化されるという風潮は、正直怖いですね。

[96]橋下（徹）さんが教育改革の一環として教師をもっとシビアに評価していくと言っていますよね。たしかにダメ教師が多いという現状はあるし、現場を一度潰さないと直らないっていうのもわかるんですよね。ただ、それだとそのときは最低だけど後で最高っていう先生が排除されてしまう。洗濯機やテレビといった家電でそういうことは起きないでしょうが、そういうものと同様に教師を扱おうとしているように感じる。私自身はそういう教師になりたいなあ。習っているときは嫌な奴だったんだけど、10年経ったら意外なことに会いたくなった、また怒られてみたくなったっていうほうがおもしろいじゃないですか。

津田　ジャーナリズムもそうだと思いますよ。お金を稼げるものだけをやるっていう道もあるとは思いますが、そうじゃなくて地道にひとつのことを追いかけて

メモリ上にデータを蓄える仕組み。転じて、ビジネス用語として「余裕をもつ」などといった意味合いで使われる。

96 橋下（徹）さん　1969年生まれ。第19代大阪市長。日本維新の会共同代表。大阪維新の会代表。弁護士やタレント活動を経て、2008年1月の大阪府知事選挙で当選。同年2月に府知事に就任。11年10月、自らが掲げる大阪都構想などの政策実現を目的として大阪府知事を辞職、大阪市長選挙に立候補して当選。同年12月に大阪市長に就任した。

いると、「10年前のあの記事が、こんな意味をもってたんだ」っていうことに気づかされるような機会がたくさんありますからね。

西　この問題について、あの時点でしっかり投げかけていたんだ、とか。

津田　逆に、「今と何も変わっていなかったんだ」という発見もあるでしょうね。

生きる力と知恵は教科書に載ってない

津田　教育の話でいうと、最近、体罰の問題がしばしば報じられています。

西　体罰がつねに悪いものであると言い切ることはどうかと思います。時代性や体罰周辺の個別のコンテクストもあるでしょうし。体罰をする側にも相手への愛情があり、受ける側にも「自分が悪かった。これで二度と同じことは繰り返さない」と素直に思えるというコンテクストがあり、なおかつそれが正当である場合もあると思うんです。あるコンテクストが共有される場合は許されたという時代もあったと思います。一概に、体罰はつねにダメっていう話ではなくて、より大きなコンテクストの中でものを捉えないといけない。ひとつの事象だけで取り上げることはできないと思うんですよね。

　現代は体罰を受けた人たちの心情がこういう方向に向かいがちな時代だからいけないとか、そういう話になると時代性もからんできます。体罰的なものがうまく機能するコンテクストがありうることは認めたほうがいいとは思います。ただし、今の社会状況の中ではそういうコンテクスト自体が失われているので、体罰はいけない、ということになるのだと思います。しかし、生徒が教師を殴ってくる状況ならば正当防衛としての暴力はありえるのか、とか、それも体罰というのかとか、何もかもひっくるめて体罰だというのも乱暴な話だと思います。

津田　体罰は教育でもなんでもなく、それは100パーセント暴力なんだから犯罪と同じだっていうのも、ちょっと単純化しすぎですよね。現に、本当に荒れている学校は荒れているわけで、そこには個別的なコンテクストや理由があるはずなんです。僕が子どものころは、体罰は当たり前にありましたし。

西　私も普通に殴られていた。たとえ殴られても、べつになんとも思わなかったですけどね。ちょっとしたゲームのようなものだと思ってましたし。

津田　でも、これはひどい！　と思ったものもありますよ。木琴を叩く木のバチがあるじゃないですか。みんな「コチン棒」って呼んでいたんですけど、体育教師がそのコチン棒で生徒の頭を叩くんです。体罰そのものに腹を立てるというより、「殴るんだったら、せめて自分の手も痛めろよ」「なに楽してんだよ」っていう思いがすごく子ども心にありました。あの棒で殴られるとめちゃくちゃ痛くて。こぶとか普通にできましたから。それに少年野球なんかにしても、監督とかコーチってかならずしも教育者じゃないですからね。普通のお父さんだったりするので、中には体罰の枠を超えるような異常に厳しい人もいるわけですよ。「雨が降ってもどうにもならない」っていうさっきの西先生の話と同じで、そこで初めて、世の中には不条理なことがあるんだって否応なく知ることになる。

西　こんなに無茶な大人もいるんだっていうことですよね。でも、そのための暴力は正当化できないなあ。

津田　僕はもちろん体罰を肯定するつもりはないですし、あんなもんないほうがいいに決まってる。でも実際問題、社会にはひどい人も含めて本当にいろんな人がいる――そういう大人や社会の不条理さを早いうちに学ぶという意味では、逆説的に体罰が機能している面もあるのかなと。とはいえ、それが「廊下に立たせることも非道な体罰だ」となってくると、ちょっと解釈が広がりすぎてしまって難しいところはありますけど。

西　言葉の暴力というのもありますからね。先生が「バカ」って言ったとか。代ゼミにも言葉のコンプライアンスがあって「バカ」や「死ね」は言っちゃいけないんですよ。

津田　それ、20年前の西先生だったら相当ヤバいでしょう。1回の講義で少なくても20回以上は、そんなセリフ聞いてましたよ。そうか、じゃあ今は言わないようにしてるんですね。

西　……ときどき言うかも（笑）。

津田　まぁ、口癖みたいなものですよね。

西　最初の授業で「死ね」っていうのは「がんばれ」の枕詞だからって説明するんですよ。死ねっていうのはがんばれっていう意味なんだって。もしつい言ってしまったときのために保険をかけておく。とりあえず、板書しておくこともある。「たらちね」→「はは」、「馬鹿」→「復習しろよ」、「死ね」→「がんばれ」とか。

津田　どこかの方言っていうことにすればいいんじゃないですか。京都の一部地域にだけ伝わっているとか（笑）。

　でも、「愛のある体罰」といった言い方がしばしばされますが、ぶったり叩いたりという類のことって、だいたいはむしゃくしゃしてやっただけなんだろうなと思いますけどね。

西　教師や親が腹が立って、その発散ベクトルの方向にその子どもがいてしまっただけだと思うんですよ。逆のベクトルがはたらかないという打算もはたらくから子どもに向きやすい。だから不条理なわけで、子ども側からすると、それを回避したりしようとするのも知恵といえます。だから、そういう知恵って実践で身につけていったほうがいいですよね。今日は近寄らないほうがいいな、とか察知する技とか。それも生きる力になりますから。もちろん体罰する側を正当化するわけではありませんが。

津田　そうそう。生きるための知恵って重要ですよね。たとえば、あのへんは暴走族が多いから夜9時以降は女の子がひとりで歩いちゃいけないとか、そういう情報って形のない感覚や表に出ない口コミの共有であって、ネット上ではなかなか見つけられないですからね。

西　この人はなんとなくヤバいな、とか。そういうことを感じられる力って必要ですよね。でも、それは教科書で教えることではないですからね。

津田　やっぱり、それはいろんな人と付き合うことでしか見えてこない。

西　ある意味、リスキーな経験をしたことがないと難しいと思います。でも、今はそのリスキーな経験を極力なくしていきましょうっていう方向じゃないですか。それで「心の教育」「きれいな心を」とか言われても、生きていくための強い力は育たないだろうなと思いますよ。だから「これ、ヤバくない？」っていうところにギリギリ足を踏み入れているぐらいの感じがないと、弱いですよね。

津田　アウトロー的な世界に片足を踏み入れているコミュニティという意味では、予備校ってすごくいい場所じゃないですか？　だって入った時点である意味で挫折者しかいませんから。

西　浪人生だったら、みんな大学に落ちてるわけですからね。でも、浪人っていう言葉も意外にいいですよね。

津田　失意や闘志を胸に抱いて大きな川の流れからいったん降りて、さすらっているわけですが、浪人時代を振り返るとわりと楽しかったし、僕は浪人してよか

温室の中で育てられて危険回避本能というべきものが壊れてしまうのは危険なことだと思う。幼稚園の机の角にガードテープがしっかり貼られているのを見て温室が強要される時代なのだと思った。

ったと思っています。でも、なんといっても象徴的なのは、浪人しているときに罪を犯して捕まると、肩書きは「無職」になるっていうことですね。

西　学生にもならない（笑）。

津田　この、社会とまったく接続してない感っていうのは、やっぱりキツいなっていうのは正直ありましたね。

西　ちょっとだけ道を外れるっていう意味では、プチ家出みたいなものじゃないですか。自分の道を道の外から見られるようにしておくのはいいことです。ストレートにスッと階段を昇っていくよりも。ぎりぎり僅差で第一志望校に落ちた人は浪人しておくほうがいいよ。現役で合格していたら見ることができなかったものを見ることができるし、やればできるのだという自信をもって大学に行くことができる。決して無駄な1年じゃないからね。では予備校でお待ちしています。

わかることは変わること

津田　当時、先生が授業でしていた雑談の中で印象的なフレーズがいくつかあるんですけど、「わかることは変わること」ってよくおっしゃってましたよね。

西　本当に文字どおりなんですが、わかるっていうことは第三者の考えが自分の中に入ってくるわけじゃないですか。そして、それが昇華された時点で自分の考え方の一部になるわけです。そうしたら、自分は少しは変化しているはずですよね。だから、人の話を「わかりました、わかりました」って言いながら、自分が何も変わろうとしていないのは、じつはわかってないんですよ。何かをきちんとわかると、そのつど変化していくはずであって、それは場合によっては今までの自分に対して「ノー」って言うことでもあるわけです。

だから、議論するときに現在の自分の考えに対して「ノー」と言える覚悟がない人としゃべっていてもつまらないなと思うんです。お互いに自説だけを主張し合って相手を屈服させるような議論ってあまり意味がないですよね。せっかくなら自分も変わりたいし、自分をきちんと否定する機会も得たい。人と話し合うというのは、そういうことだと思ってるんですよね。読書でも同じことがいえる、というのは『踊らされるな～』にも書きましたが。

津田　なるほど。そうなると興味が出てくるのが、先生にいちばん影響をあたえたものが何なのかということなんですが。

西　これが決定的だったっていうのはないですね。

津田　つねにいろんなものから影響を受けているということですかね。

西　そう、すごく影響を受けやすいんですよ。いろんなものに対する振幅が大きいから、けっこう矛盾するし、平気で全然違う自分になっていることもあります（笑）。本にしても、いろんなものが好きだから『あしたのジョー』を読んだらしばらくは過酷な食事制限をしたり、ふとした瞬間に「燃え尽きてないな」「真っ白な灰になりてぇ」ってつぶやいてしまったりするときもあるし。真田十勇士を読んで忍者道場に通ったこともあるし。森の中で木になれないかなと本気で夢想したり。いろいろなものがダイレクトに入ってきちゃって、そういうものが全部断片を残していくのかもしれないですね。

津田　長い予備校講師生活のなかで、生徒の側から受けた影響はありますか。

西　もちろんあります。こうやって接するべき生徒もいるのだなあとか、卒業後こんなに成長したのか、とか、本当に必死でがんばればこんなに伸びるものなのだ、とか、大学やめて骨董屋になった人からは別の世界を見せてもらったし。生徒には毎年一生懸命に接しているのですが、やっぱり年によってバラつきがあるんですよね。今、34歳ぐらいのある学年の生徒たちの中にはいまだにファーストネームで呼んでいる生徒が7人ぐらいいます。

津田　その年には、何か特別なことがあったんですか。

西　家出した子や自殺未遂した子もいたりして、もう大変だったんですよ。それで、予備校の講師なのにあるふたりの女生徒に「きみたちは受験に向かないから大学受験をやめなさい」って言ったこともありました。彼女たちにはいまだにそれを話題にされることもあります。今でもときどき心配になる人たちです。授業中に座らないで歩きまわる子がいたり、試験前にパニクって廊下で座り込んで大声で泣きじゃくる女の子がいたり……。こいつなんか今医者ですよ。恋愛相談までされて「西先生が好きだからあなたとは付き合えない。だって先生よりつまらないもん」とか言われて私に殺意を抱いた男子とかもいたなあ。そういう年だったんですよね。強烈なインパクトがある分、その年の子たちとは今でも仲がいいんです。

津田　先生と生徒というより、人として接していたっていう感じですね。

西　あとは「おまえら無理だろ」っていう子たちがゴロゴロ東大に受かった年があって、その子たちとも仲がいいですね。授業に来たり来なかったりで、来ても座っているだけだったりするんですよ。それなのに妙に自信をもっていたりしておもしろかったですね。模試の結果がE判定なのに「東大が私を呼んでいる」とか言いながら自信満々で受験して合格してしまった生徒もいた。授業が終わった後に、一緒にゴダールの映画を観にいったりしていた男子生徒もいて、そいつは夏休みに旅に出ると言ってしばらく勉強を中断して、帰ってきてからここから猛ダッシュだとか言って京大に受かってしまった。

　そういう生徒たちと接し影響をあたえながら私も影響を受けてきたのだと思います。

想像力をもって現実と向き合う

津田　あと、「想像力を持って現実と向き合う」っていう言葉がよくテキストに書いてありました。

西　今も著作や参考書にサインを求められると「Imagine! 想像力を持って現実と向き合え」と書いています。まず、人は目の前に見えるものがすべてだと思いやすいですが、見えないものもちゃんと見る目が欲しいということです。しかし、そうすると今度は現実を離れてしまう人もいます。できるだけ自分から離れて高く遠くからものを見ることと、立っている自分の足元を見失わないことっていうのは両方とも大事です。

たとえば、よく“think global, act local”って言われたじゃないですか。やっぱり地球レベルで考えることは大事なんだけど、自分の身のまわりを見ないで「アフリカではこんな問題が……」って言っている人って、結局は目の前の現実から逃げている場合が多いと思うんですよ。目の前を見ないで、遠くから募金して社会に貢献した気になっていると、すごく楽なんです。それは免罪符を買ったようなものだから。

でも、本当は自分が生きている足元の部分がいちばん大事ですよね。そこが見えなくなってしまうとまずいわけで、遠くを見る目、足元を見る目、その両方をつねにもてるようにしようという意味なんです。震災が起こるまで、東京の人は被災地でつくった電気で生きていることが見えていなかったり見ないことにしていたわけだし。震災が起こって世界の人たちが日本を援助してくれているときも、今の自分たち以上に大変な思いをしている人が世界にはいるのだと認識できる想像力をもつということです。遠くの現実と遠くの理想を見る目をつねにもとうとする。

　そういう見方をしながら、今ここにはたらきかけるということが大事ですよね。結局、人は目の前のことを地道にやることしかできないので、そこを精一杯やることがいちばん大事になるんですが、つねに、もっと大きな枠組みの中で自分がどこにいるかっていう視点はもつほうがいいでしょう。より大きな視点から見た自分と今ここにいる自分のどちらもが動的であって、融合し続けることが大事だと思います。

津田　想像力は、そもそもどうやったら鍛えられるんでしょうか。

西　よく例に出すのは、『夜と霧』を読んで、アウシュビッツのような絶望的な状況の中に置かれても自分は希望を見出せるか、というレッスンをしようということですね。それがちょっと重いなっていう子には、漫画で教えたりすることもあります。『フランダースの犬』でもいいし。

津田　『はだしのゲン』でもいいですよね。

西　あれはいいですね。史実はともかく、少なくとも戦時中がリアルな絵で描き出されている。他者の視点をもつ、異なる時代に入ってみるという想像力の訓練にはとてもよいと思います。自分と違うところにいる人のリアルを感じることが、想像力の出発点ですから。もちろん隣人でもいいでしょうが……。

津田　「走りながら考えろ」っていうフレーズも印象的でよく覚えています。

西　子どものころからそう思っていたんです。止まって考えていると行き詰まる、と。今はじっくり沈潜して深く考える、そうしたら走り出す、走りながら考える、そして、ときに止まって潜る、という繰り返しかな、と考えています。

津田　結局、好きなことをやるには走らないといけないんだなって。体力が必要（笑）。

西　やっぱり、走って充電、エネルギーを生まないと好きなこともできませんからね。

津田　僕の場合は、ライターの仕事は好きだからやったというより、危機感のほうがモチベーションとして大きかったかもしれません。ライターになった最初のころはよかったんですよ。ＩＴやパソコン系の雑誌ってすごくたくさんありましたから、書く場所にはそれほど困らなかったし、けっこう収入もあった。だけど、ＡＤＳＬの登場でインターネットが常時接続になり、グーグルが台頭して情報環

ストーリー解体の時代に。人が生きていくにはストーリーが必要だ。しかしストーリーが大きくなればなるほど、夢という名の下で現実逃避の正当化にすり替わっていく。だから、小さな複数のストーリーを描き、多方向に越境していくことが、個人が生きていくキーとなるのだ。

境が変わったことで、みんな雑誌を買わなくなっていったんです。結果、雑誌はどんどん潰れていきました。

このままだと、媒体さえ選ばなければ当分はライターとして何かを書いて食っていくことはできるかもしれないけど、その方向性で行っても未来がないなと思いました。でも、情報産業には関わりたい——じゃあどうすればいいんだろうと考えたんです。

それが新しいことを始めるきっかけにもなったんですが、要は別のルートに行って走るというか、誰も走ってないところを走るしかないなと思ったんですね。だから今でも、危機感だったり必要に迫られて動かされている感覚はありますね。

西　津田さんの場合は、走っていった後に道ができているからかっこいいですよね。津田さんのやったことを後から追いかけてもどうしようもないわけで。

津田　でも、ずっと走っていけば僕と同じような感じでみんなも来てくれるかなと思ったら、そうでもないんですよ。僕は「こっちは意外と安全だからみんな来なよ！」っていう心持ちで走っているんですけど。本当はもっと多くの人にこっちの道に来てほしいんですよね（笑）。それで、その道を走る人が増えたら、ちゃんとした道路ができたりして、僕やみんなのやりたいことがもっと実現しやすくなるはずだから。

西　特異なスタンスですからね。津田さんって似たような人がいませんよね。「道

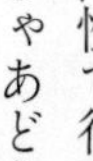

情報産業の先端で仕事をしているからこそ、新しい情報環境に乗り遅れたり、いま自分が稼げていることに安住したらすぐに置いていかれるという危機感はつねにあります。その危機感が金にならなくても新しい試行錯誤を続ける原動力になっているんですね。

なき道を行け」っていうことを体現していますよ。

津田　でも、それは西きょうじもそうだし、東浩紀もそうだと思うんですよね。あるいは、先生や東浩紀が考えるおもしろいことの実践者として僕がいるのかなとは思います。実践者っていうとかっこよすぎるかな。人柱？（笑）

　とにかく、やったことによって見えてくるものが必ずあるので、そこをつねに改良し続けていくっていうことが大事ですよね。そして、そういうことをやるにはやっぱりお金が必要だったりもするわけですが、闇雲にお金を稼ぐようになったら終わりかなとは思っています。稼いだお金をちゃんと次のチャレンジに使うっていうことが大事で。だから、俺ってすごいムダの多いことばっかりやってるなぁって、自分でもときどき思いますよ。ずっと穴掘ってその穴を埋めてる感じです（笑）。

西　でも、無駄がないと新しい道っていうのは生まれないんでしょうね。

津田　先生の「踊らされるな、自ら踊れ」は真理だと思うんです。動いている人しか視野は広がらない。走っていった人にしか見えない景色ってあると思うんです。

被災地に笑いを生む「このはな草子」

西　私の場合はほとんど行動していなかったので、今からですね。

津田　最近では講演会を定期的にされていますよね。

西　そうですね。津田さんにも手伝ってもらっていますが、15人ぐらいのスタッフと10回ぐらいのミーティングを重ねて、彼らが投げてきたことに対して私が調べたり答えたりしながら進めています。データ調べなどはみんなでやって、もちろん最後に決めて当日しゃべるのは私ですが、そこまで一緒につくるということをみんなでやっているわけです。自分ひとりでできることって、そんなにたくさんあるわけじゃないですからね。

それに、人に伝えたいこと自体というのはずっと変わらないわけだから、毎回自分だけでやっていると講演会が同じことの繰り返しになってしまうと思うんですよ。だったら、人に触発されながら何かをつくっていけば、自分自身も変化するし、参加した人にとっても勉強になるわけで。講演会の準備自体のなかでも人は育っていきます。今は、そういうことをやっていきたいんです。

津田　以前、講演会でも触れられていましたが、西先生が携わっている「このはな草子」のプロジェクトでは、どんなことをされているんですか。

西　そうですね。アナウンサーの成瀬久美さんを中心に、被災地の幼稚園などに紙芝居を見せにいっているのですが、私は顧問としてお手伝いしています。顧問といっても名前だけで、役割は全体の構成について助言したり、誰かの忘れ物を車に取りにいったり、園長先生にごあいさつをしたりというぐらいなんですが。

　先日、3周年を迎えましたが、この活動もこれからですね。お金を稼ぐことは目的としていないとは言いながらも、みんな手弁当ではさすがに大変なので、援助をしてもらえるように活動したり、東京の大学と組ませてもらったり、活動自体も少しずつ成長していくと思います。

津田　先生がそれを手伝うきっかけは何だったんですか。

西　生徒で仙台に住んでいる昔の生徒がいるんですが、彼がなぜか私のことを命の恩人だと思っているんですよ。人を殺しそうになっていたときに、私の講義をサテラインで見たらしくて。そのとき講義で何を言ったのか全然覚えてないんですが、私の言葉を聞いて思いとどまったらしいんですよね。だから、彼は「先生の言葉を聞いてなかったら、今ごろムショですよ」なんて言って私によくしてくれています。震災のときには、被災地を車で案内してもらいながらいろいろ教えてもらいました。どう助かったか、子どもが死んでいくのをどう見たかといったリアルな話も聞きました。とくに、彼の知り合いで子どもを亡くしたおばあさんの話に感動しました。東京から来たと言うと「この震災が東京じゃなくてよかったね」って言われたんです。「東京だったら、みんなもっと大変だったもんね」って。自分の子どもを亡くしているのにそういうことを言えるということに、すごくショックを受けました。

だったら、そのおばあさんやその孫が笑うことができたらいいなって思うじゃないですか。笑顔を取り返す手伝いができないかな、と思っていたら、いつも私の講演会の司会をやってくれている成瀬さんがひとりで被災地に行って紙芝居を始めたというのです。その活動が広がっていくなかで私も顧問になって手伝うようになっていきました。

津田　そういう流れがあったんですね。実際に動いてみてどうでしたか。

西　現場じゃないとわからないことは多いということですね。いちばん思ったのは、大人も子どもも目に見えない部分ですごくショックが残っているということです。幼児の中には、頭を洗ってあげたりするといまだに嫌がる子がいます。上から水が来るのが怖いと言って怯えるから、洗面器に入れたお湯で下から洗ったりするんですよ。訪問先のある幼稚園の園長さんは、震災ですごくつらい思いしたのですが、やっぱり暗い顔をしていて元気がないんですよ。でも、私たちが園児の前で紙芝居をやったり、ピアノに合わせて一緒に飛んだり跳ねたりしていると、私たちが帰るとき、すごくニコニコして「来てくれてありがとうございました。楽しかったです。私も、ずっと子どもたちにこういうことをしてあげたかったんです」と言ってくれて。そのときは本当に、この人が笑ってくれただけでも来てよかったなって思いました。

だから、そういう人たちが少しでも楽になるようにというか、その人たちを笑わせるのが難しいとしても、まずはその子どもや孫から笑顔を取り戻そうっていう、そういうことをこれからも地道にしていきたいと思っています。

実際のところ、うちの紙芝居は自作の参加型紙芝居でピアノや楽器の音に合わせて子どもたち自身が物語の中に入っていくという形をとっているのですが、そこで子どもと飛んだり跳ねたりしているとこちらも幸せになってきます。受験生には「行き詰まったらピョンピョン」とよく言うのですが、頭と身体のつながりは大切で、とりあえず体を動かすことは大切です。数学で行き詰まったときにピョンピョンしたら解けたという生徒もいました。一緒にピョンピョンすると子どもたちとの距離も一気に縮まります。大人ってなかなかピョンピョンしないのですよねえ。問題です！

生徒談。試験会場で休み時間にピョンピョンしていると、「なんで跳ねてんの」「予備校の講師が……」「あ、西きょうじでしょ」試験会場で知り合いができ昼休みには複数でピョンピョン。ひとりじゃ恥ずかしかったらしいが今やひとりじゃない！　結局、早大慶大ともに合格した。ピョンピョン偉大なり！

column

敷かれたレールの上を歩いても……

西きょうじ

第3章は「道なき道を行け」という勇ましい章でした。予備校で大学受験のアシストをしながら「道なき道」というのも妙な感じだとは思いますが、最近あまりにも早々と道を決めてしまいたがる若者が多いように感じます。おそらく先への見通しが明るくない不安な時代のせいだろうとは思いますが、不安な時代だからこそ既成のレールを歩くことにもリスクが伴います。既成の道は今までの社会によってつくられたものであり、次の時代の社会に適合するものだとはかぎらないからです。これまでの時代の要求に合わせて、可塑性を失うほどまでに自分を形成してしまうと時代の変化に伴って不要な部品となってしまいかねません。今求められているとされる人材になるべく自分をつくり上げれば上げるほど、次の時代には求められない人材となる、もっと簡単にひと言で言うと、過剰適応は危険だということです。

見せかけの保障を信じたふりをしていわゆる敷かれたレールの上を進んでいても、それが将来を保証してくれるわけではない、というのは少し社会を見てみればわかる話です。今や、有名大学を卒業しても職に就けない、あるいは無業状態に放り込まれるというのは例外ではなく、普通に耳にする話になっています。そういう時代だからこそ、道は自分でつくるというスタイルもあり、ということになります。就活で悩んでいるならば、現在ある職業から選択するのではなく新たな仕事をつくってしまう、という選択肢もあるということです。実際にそれを実践できている若者もたくさんいますし、津田さんもそのひとりだといえるでしょう。「道なき道」を進んだ先輩と同じ道を進むのではなく、「道なき道を行った」先輩の経験を参考にして自分が道なき道を切り拓け、というわけです。

今はたしかに保守化に向かう傾向が強い時代だとはいえるでしょう。大学受験にしても新しい方向を模索するという名目で選抜方法を新たにしようとしていますが、実際には逆行、つまりは、階層の固定化に向かう方向が検討されています。具体的に言うと、1点刻みで決まる1回の試験を、高校時代の活動やプレゼンテーション力あるいは面接を加えて総合評価するものに変更する、ということが提言されています。しかし、その場合、高校教師や面接官の価値観による判断が重視されることになります。人の価値観は主に環境によって形成されるものです。そうである以上、判断する側の人間と似た環境の者が有利になることになります。そうするとある価値観が優位になり、それがいわゆる上位階層の価値観である場合には、階級の固定化、貧富格差の固定化が促進されることになります。そうすると、1回の学力試験で合否が決まる場合に起こりうる一発逆転はなくなるわけです。もちろん学力試験であっても経済格差による学習機会の差は大きく表れるわけですが、それでも環境の劣悪さを払拭するチャンスはあります。しかし、人間力やコミュニケーション能力で判断する、つまりは試験者が共感できる受験者を選ぶ、さらに言うと試験者と同様の環境をもつ者が選ばれるということになると不利な環境に置かれた者にとっては一発逆転のチャンスはなくなるわけです。また、環境に恵まれた者にとっては所与の環境をいかに有効に利用するかが出世の鍵になることになります。

政界が二世議員に支配されているという非民主主義的世襲制が大学受験にも反映されることになるわけですね。本人の力よりは生まれた環境という偶発性が決定的な影響力をもってしまうという反動的な流れには到底同意しかねますが、現在進行中ではあります。

また、そのなかである意味醒めた諦念をもって上昇志向を捨て、ともかくも小さな安定を求めるという志向性が高まりつつあることも事実です。就職における大企業志向、地元志向が高まっており、今の時代の中では当然の方向性なのかとも思いますが、そこに敷かれたレールはじつは途中で途切れている可能性が高いのではないかとも思います。するとレールの上を走ることしか経験してこなかった者はもはや前へ進めなくなってしまうのではないか、と思ってしまうのです。

環境に恵まれなかったからといって諦めてしまう必要はありませんし、環境に恵まれたとしても敷かれたレールに乗ることが最善の道とはかぎりません。先にも言ったとおり環境は変わるものだからです。また今の風潮に従うことが最善とは到底思えないからです。私が卒業生によく言うのは職場の先輩の自慢めいた経験談などは聞き流せということです。少なくとも10年くらいしか年が離れていない人の言うことは聞かなくていい。時代の変化に気づかないで自分のやり方を正当化しがちだからです。私たちの世代になると、まともな人は今や自分たちががんばった環境とは異なる環境なのだということは充分理解しているので自分たちと同じやり方を若者に薦めたりはしません。そういうことをする愚かな老人が威張っている姿をよく目にしますが、そんなものは放置しておくにかぎります。時代は変わるものであり、時代を超えた普遍性は長い時間を経たものだけなのです。そういうわけで今最善と言われているものは、つねにすでに時代遅れなのです。

いや、そもそも最善の道なんて誰にもわからないものなのです。

結局のところ、時々の自己満足が最高の目標であり自己満足を客観視しつつそのレベルを徐々に上げていくことこそ最善の道だと私には思えます。「いま、ここを充実させること」はブッダのころから言われ続けてきた教訓です（「過去に生きるな、未来を夢見るな、今の瞬間に集中しなさい」）。先への不安に怯えて立ちすくむことなく自分の道を開いていきたいものです。

まあ、何はともあれ、私は「人生行き当たりばったり」のほうが生きている感が感じられていいなあ。

どんなことに出くわしてもそれはそれとしてそのままに受け入れて、そのつどその中でやれることを考える。やれることがあれば行動する。何に出合うかはわからない。でも、先への保険ばかりかけようとするよりも、きっと、そのほうが楽しいよ。

column

めげずにプロジェクトを進める5つのコツ

津田大介

第3章のテーマ「道なき道を行け」ですが、僕は新しいプロジェクトをするときにいくつか決めていることがあります。以下羅列してみましょう。

①3年やって芽が出なかったらスパッとやめる
②絨毯爆撃でやりたいことに興味をもってくれそうな人に連絡してみる
③「最近こんなことやりはじめたんです」と会う人すべてに伝える
④うまくいかなかったらやり方を変えて少なくとも3回はトライしてみる

⑤プロジェクトを「使命感・義務感・責任感」「おもしろさ」「お金」という三つの要素に分解し、現状がどうなのか分析する

①は「心の準備」の話ですね。うまくいかないプロジェクトに10年自分のリソースが取られてしまうのは人生の無駄遣いです。物事の成否はある程度やれば、たいてい客観的に見えてきます。だから「3年」のように一定期間でプロジェクトを進めるかどうかの判断をするという自分内ルールを設けることで、だらだらと見込みのないプロジェクトに関わり続けることを防ぐことができます。期限が区切られているからこそ本気でなんとかしようと取り組むこともあるでしょう。プライドや立場的な問題で引くに引けなくなったときでも、事前に「ルール」として決めておけば冷静に判断ができます。とくに、複数の人間とチームワークでプロジェクトを始める際に「〇年経って芽が出なかったらやめよう」という意識合わせをしておくことが重要です。僕が3年と決めているのは、自分の経験からです。1年では短すぎる。2年続ければ芽が出るか出ないか可能性が見えてくる。最後の3年目で見えてきた可能性にすべて賭けて動く。結果、芽を出せるか玉砕するかはっきりするわけですね。期限を切ることは「最悪な状況でも3年後にはやめられる」という、自分の心を守る保険にもなるのです。

②は第1章で語った絨毯爆撃営業の話です。これはもうひたすら誰でもいいから選別しないでメールを送る。その営業メールに対して興味をもってくれた社交辞令以上の返信があったら、すぐにその人にアポを取って説明しにいく。最初はほぼほぼ雑談で終わりますが、これが後々大きな実を結ぶ種まきになったりします。「自分が今このようなことを始めた」ということを

多くの人に知ってもらうことが営業の第一歩だと考え、面倒くさがらずやっておくことが大切です。

③は②とセットでやるべきことですね。営業をするだけでなく、仕事で会った人と雑談になったらすかさず「そういえば最近こんなプロジェクトを始めたんです」と言って反応を見る。もし相手が食いついてくるようなら「今度改めてご説明に伺います」と言ってその場でアポを取ってしまうんです。ミーティングなどが終わった別れ際のエレベーターに向かう途中にそういう話をするのもオススメです。

④は①と同じように「ルール」を設定することで自分の心が傷つきにくくなるという話です。新規のプロジェクトが最初から順調に進むなんてことはまずありません。うまくいかないことは当たり前で、そうして行き詰まったときにさらなる工夫と努力を重ねることで、新しい発見がもたらされるわけです。経営学の分野ではよく「ＰＤＣＡサイクル」という単語が使われます。「Plan（計画）→Do（実行）→Check（点検）→Action（改善）→Planに戻る」というプロセスを繰り返すことで徐々にプロジェクトの質が上がってくるというものですが、最低でもこのプロセスを３回繰り返すまでは諦めるのはやめたほうがいい。物事は意外なきっかけでプラスに転じたりしますから。

そして最後の⑤。プロジェクトを続けていく場合のモチベーションを要素ごとに分解して考えることで、続けるべきかどうか判断しようという話です。プロジェクトを続けるモチベーションは「使命感・義務感・責任感」「おもしろさ」「お金」という三つの要素に分けることができます。このうち三つとも満たされていれば言うことなしの大成功プロジェクトですが、そんなことは滅多にありません。なので僕は自分のプロジェクトでふたつの要素を満たすことができれば「成功」と考えています。ひとつでも満たせればそれは「継続すべき可能性のあるプロジェクト」と判断し、ほかの要素を満たせるようさらなる工夫をします。ひとつも満たしてない、あるいは満たせないようになったのなら、プロジェクトからの撤退を考える。時間が経ったり環境が変化することでこれらの要素の内訳も変わってきます。プロジェクトがある程度回りはじめたら、つねにこれらの要素を自問自答してください。そうすることによって自ずとプロジェクトの現状を把握でき、自分のモチベーションも管理できるようになるはずです。

4

越境する勇気をもとう

4 逆境する勇気をもと

受け身の大切さ

西　今、世界は時代の転換期にあると思います。さまざまな状況が目まぐるしく変化していくなかで「大切なことは何なのか」「私たちはどう指針をもてばいいのか」、そして「大量の情報にどう対処していけばいいのか」といったことを立ち止まって考えてみることが不可欠なのではないでしょうか。

スピードが要求される時代の中で、あえて一度立ち止まり、ゆっくり思考を熟成させ、情報に踊らされないリテラシーを身につけること。そのうえで「自ら踊る」行動力を獲得していくことが重要だと思います。

津田　先生はそれを『踊らされるな、自ら踊れ』のなかで強く言及していますよね。

西　ええ、あの本では時代に逆行するようなことをたくさん書きました。いま、情報をどう利用するかをテーマにした本が大量に出版されていますが、情報の活用の仕方以前に、あるいは闇雲に情報を発信しようとする以前に、まずは情報を受け取る姿勢をつくることが重要な課題ではないでしょうか。それが「情報以前の知的作法」というサブタイトルの由縁にもなっているのですが。

津田　「情報とは何か？」と問われたら、僕は「人々が動き出すきっかけをあたえるもの」「人をドライブさせるガソリン」と答えることが多いですね。その先に行動や変化があることを前提にしています。かつて、僕にとってそういう機能をもっていたのは雑誌や音楽でしたが、学生のころインターネットが登場し、情報を共有して再配信することのおもしろさが増幅した。手軽に情報共有できるようになったことで「みんなに知ってもらって、動いてほしい」という思いが強くなっていったんだと思います。

西　今はソーシャルメディアが発達し、マスメディアを補完するものとして、あるいは対抗するものとして多くの情報がすさまじい速度で流されています。このような情報過多ともいえる状況の中で、情報に振り回されていると、情報の渦に溺れてしまい、自分の足元を見失ってしまいます。

また、嘘ほど堂々と語られるものですから、声高なものについ耳を傾ける習慣を身につけてしまうと嘘ばかりが耳に入ってくることになりかねませんよね。

津田　ソーシャルメディアの隆盛は、情報の「流れ」を変えました。ネットが登場するまで、多くの情報は伝統的なマスメディアが独占的に発信し、われわれ一般市民はそれを受け取るだけという一方的な関係性になっていた。それが、個人が世界中に向けて安いコストで情報を発信できるようになり、マスメディアによる情報の独占が崩れはじめた。情報流通を劇的に変化させたソーシャルメディアの登場で、情報の「送り手」と「受け手」の関係性は劇的に変わったし、それは社会を少しずつ変えつつあるように思います。

西　それまで送り手と受け手の間にあった「境界」「一方通行性」のようなものが崩れたと言ってもいいかもしれませんね。

津田　「情報の洪水」を肯定しているわけではないですが、リアルタイムに流れているモノやコトを見たり、体験したりするのは昔から好きでしたね。だから、学生時代は書籍よりも雑誌――「今を切り取るもの」に関心が強かった。「今こんなことが起きているんだ」という情報をもとに自分が行動することが好きだったんです。それはネットの時代になっても変わりません。「今の情報を切り取る」ということを多くのメディアがやっていますよね。僕もその一端として、メディアを使っていろいろな情報を発信している。

西　津田さんのように発信し続けることは大事ですね。ただ、よく「受け取るだけじゃダメだ、発信しなければ始まらない」と言われますが、それには「受信できること」が前提となります。人の言葉をきちんと受け取れない人が自分の思いを熟成させないまま発信すればいいということではありません。

それに、発信は一度で目的を完遂するものではありません。発信した後で周囲のリアクションに耳を傾けること、共感だけではなくて批判も含めて「聞き取れる」ことが次の発信につながると思います。

つまり、受動性が大切ということですね。これも『踊らされるな～』に書いたことですが、英語で「生まれる」は"be born"といいます。受動態ですね。人生は受け身から始まるわけで、まずは命を受け取ることから始まるのです。

ツイッターはなぜ荒れるか？

津田　震災以降、ツイッターによってこんなに日本の知識人の素顔があらわになるとは思わなかったですね。ソーシャルメディアは本当にその人の素の姿を映し出してしまうんでしょうね。

たとえば、シンポジウムや新聞のインタビューだったり、そういうもう少しオフィシャルで開かれた場だったら絶対に出てこないような反応が、ダイレクトに出てくる。何か言われてカチンときたら、そのカチンときた状態で反応してしまう、そういう傾向はありますよね。

メディア論的に考えてツイッターの恐ろしいところは、「プレビュー画面がない」っていうことなんですよ。たとえばブログだったら、感情のままにガーッと書き

震災以降のツイッターを見ていて「この人は信用できないな」とか逆に「この人となら同じ目線で話ができそうだ」とか、それまでの評価がガラッと変わることが増えました。

なぐったとしても、いざ投稿しようと思ったときに「これで公開しますか？」っていうプレビュー画面が出る。そこで、自分の書いた文章を見て「これはちょっとまずいな」と冷静に考え、「ここは削ろう」みたいな修正をすることができる。
ツイッターではそれがないから、勢いで書いたものがそのまま世の中に一瞬で公開されてしまう。それは、やっぱりよさと怖さの両面があるなっていう気はしますね。

西　そのワンクッションを挟むか挟まないかで、全然違いますよね。

津田　もちろん、プレビュー画面がないからこそ気軽に書ける、だから広まったという側面もあると思います。
僕の場合は、書いていて２００字近くになってしまったら、なるべく言い換えたりしてすべての内容が１４０字内に収めるようにしています。そうすると言葉に強さが出てくるし、伝えたいことが伝わりやすくなるので。

西　私の場合は、何かをちゃんと伝えようと思ったときは１４０字ジャストにすることが多いんです。１３８字とかじゃなくて「。」で１４０字で終わる。そうするとなんだか気持ちいい。もちろん、リプライに応えるときは「そうだね」とか「はい」っていう感じですが、何かを能動的に発信するときはぴったり１４０字をめざします。

津田　西先生のツイッターを見てまず思ったのは、「先生はあのころと全然変わってない！」っていうことでした。やっぱり、１４０字でもその人の雰囲気や性格みたいなものは出るんだなって。それが、すごくいいなと思いました。

西　おかしいな、成長しているはずなんですが（笑）。

津田　西先生とは10歳違いだから、僕が代ゼミに通っていた当時は18歳と28歳じゃないですか。年齢からいって、先生も当時は社会人の経験はまだそんなにないはずで、風貌もとにかく若いし（笑）、僕にしてみればちょっと年の離れたお兄さんぐらいの感覚で見ていたんですよ。でも、あのころから先生は講義中に人生訓みたいなことをよく語っていました。今ツイッターを見ていても、そこのところは変わってないなと。

受動でも能動でもない「中動態」

西　ラテン語で「中動態」という言葉があります。受動態と能動態の間を指す言葉なんです。受動は「させられる」で、能動は「する」。その中間ぐらいの「態」があるんですよね。

津田　それはおもしろいです。

西　学生のときに習ったのですが、妙にインパクトがあってずっと覚えているんです。受動性が大切というのは先の話にも出ましたが、受動だけでは何も始まらない。逆に能動的になろうとすると、前へ前へと気持ちが先走って一気にバーッと行っちゃいやすくて、そうなるとちょっとした試練に打たれ弱い。

中動態、つまり自ら動いているような、あるいは動かされているような、主体であるようなないような感じっていうのがあると思うんです。

日本は中動態的な要素が強い文化ではないかと思います。江戸文化を見ればわかりやすいと思いますが、日本はもともと**ポストモダン**[97]的なものとの親和性が高い。西洋的な右と左の対立構造ではなくて「右っていえば右だけど、左っていえば左？」みたいな感じで多様性共存への寛容度が高く、「じゃあ、まぁ、あなたがそう言うならこのへんを私の意見としておきましょう」っていう感覚が共有されています。もう敵だか味方だかわかりにくい。正義の味方なのか悪党なのか、わかりにくい。将棋だと、相手から奪った駒は味方になり歩でも金になってしまえる、そういう、輪郭はボンヤリしているけど全体としては成立しているというような要素が、現代の日本のソーシャルメディアやその周辺のサブカルチャーといわれる分野にはあるような感じがするんですよね。

一方、受信者と発信者がはっきりと分かれているのが欧米型で、そこには主体がすごくはっきりと存在する。いま日本人が「主体性をもとう」「発信力を鍛えよう」ってよく口にするのも、自分たちが曖昧な主体を許容しながら日常を過ごしているという意識があるからです。

97ポストモダン　「モダンの次」という意味であり、近代主義がその成立の条件を失った、またはそう思われた時代のこと。主体や進歩主義、人間解放などといった啓蒙の理念に支えられた近代主義の原理を批判し、脱近代をめざす立場や状況を指す。

人は人をカテゴライズすると安心するし自分自身カテゴライズされて楽な居場所を見出すものだが、カテゴライズした瞬間に人は他者が見えなくなるし、カテゴリーに安住した瞬間に自分は自分を見失いはじめるものだと思う。複数の自己を許容したいものだ。

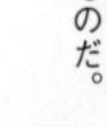

津田　それは日本人特有のメンタリティなのかもしれないですね。

西　漫画などにしても、日本のものがすごいなと思うのは、主人公が絶対性を喪失している感があることですね。主人公であるキャラクター（自分）とは異なる視点が中心になることもあるし、主人公を見ている脇役のほうが主人公よりもクローズアップされる場合もある。

　そしてウェブではリアルとバーチャルが溶け合っていく。

　これまではリアルじゃないと思われていた部分がリアルになっていくというか。[98]「**サマーウォーズ**」や[99]「**シティビル**」なんかにしてもそうだと思うんですよね。つまり、リアルとバーチャルがかならずしもこれまでの二項対立ではなくなる、ということかもしれないわけです。

　あっちがリアルでこっちはバーチャルというふうに、明確に区分けされていた「リアル対バーチャル」が、もう少し渾然一体になってくる。そして、それが全体としてのリアルになるんじゃないかっていう感じがします。

　リアルとバーチャルを分けることに意味がなくなるっていうことかもしれませんね。予備校の生徒の中にも、リアルじゃなくて二次元の女の子が好きっていう子はいますよ。彼は「三次元の女の子のいる意味がわからない」って言っていて、ゲームの中の恋人は呼んだらちゃんと返事をしてくれるけど、三次元の子は返事してくれないって（笑）。

98サマーウォーズ　2009年8月に公開された細田守監督のアニメ映画。世界中の人々が集うインターネット上の仮想世界OZの中での出来事が、やがて現実世界の危機にリンクするという、リアルとバーチャルの境界を描いた作品。

99シティビル　フェイスブック向けのソーシャルゲームで、都市を発展させていく育成シミュレーション。都市を開発して市民の満足度を向上させ、大都市に成長させていくことが目的。日本語版の提供は2011年8月に開始。

バーチャルとリアルがどのようにリンクしていくのか、と思っていたらバーチャルとリアルの二分法自体が崩壊しつつあるようだ。バーチャルを拒否してリアルだけ見ているつもりの人にはもはやリアルが捉えられない。

それを、今まではバーチャルに逃げていると思っていたのですが、そうじゃなくて、じつはバーチャルとリアルが渾然一体になっているんじゃないかって思うようになったんですよね。

津田　彼の話す「二次元の世界」は、彼にとって「バーチャル」ではなく、相当リアリティがあるんじゃないかなと思いますね。

西　そう。リアルから逃げてバーチャルの世界にいるわけじゃなくて、そこがもうリアルと同じじゃないかっていう話ですよね。

津田　バーチャル「で」いいんじゃなくて、バーチャル「が」いい。それって、ある意味、人が進化してるって言い方もできるかもしれませんね。そういう概念的な存在だけでも代替がきくようになったわけですから。

「非決定のための決意」とは

津田　リアルとバーチャルの話でいえば、ソーシャルメディアがその境界線を曖昧にしているっていう面は、たしかにあると思います。たとえばツイッターである人を追いかけていくことによって「あっ、この人ってこんな一面もあるんだ」というような意外な部分が見えるようになる。いわば、ツイッターはその人を重層的に理解するための媒介となりえるわけですね。表面的に付き合っているだけではわからなかった意外な人間的側面を知ることができるのが、ソーシャルメディアの醍醐味なんです。

西先生のツイッターを見ていれば、「鳥が好きなんだな」とか「ワイン通なんだな」という情報が自然に入ってくる。「じつはこういう人なんだ」「こんなお茶目なところもあるんだ」的な前情報があると、実際に会ったときにも距離が縮まりやすいですよね。

ツイッターがブームになって、人から「ツイッターなんかやってる暇があったら、もっとリアルを大事にしろよ」みたいなことを言われました。でも、それは逆なんですよ。リアルで会ったときの空気を濃くしてくれるのがソーシャルメディア。たとえば、遠くに住んでいて年に1回くらいしか会えないような友達でも、お互いのツイッターなどを日頃から見ていれば、会ったときに改めて近況報告をする必要もない。昔だったら、最初は「何やってた？」「最近どう？」みたいなやりとりがないと、肝心な話には入っていけなかったですよね。でも今はいきなり深い話に入れる。そういうふうにリアルを濃くしてくれたり、飲み会を5倍楽しくしてくれるのがソーシャルメディアなんだと僕は思っています。リアルとバーチャルが溶け合っている「公私混同メディア」だからおもしろいし、危険でもある。

ツイッターってひとつひとつの情報は他愛もない「点」なんですけど、その点がいっぱい積み重なっていくと点描画のようにその人の顔が見えてくるんですね。

西　断片といっても、それはつねに全体を反映した要素をもっていますからね。だから、断片でもいくつかを拾うことで、それがどんな全体像をもっているのかっていうのは見えてきますよね。

津田　平野啓一郎さんの『私とは何か』[100]を読んだんですが、平野さんは高校までは福岡で、大学からは京都なんです。たまたま高校時代と大学時代の友達が一緒に集まったとき、平野さんは「すごくバツが悪かった」そうです。

　やっぱり人ってどのコミュニティに属しているかで、自分の見られ方や行動様式などが大きく変わるんですよね。だから、高校時代の友達と大学時代の友達とでは自分の見え方が全然違うということも全然特別なことじゃない。過ごした時間だったり、自分の痛い部分をどれくらい相手に見せているかっていう部分も、そのときの年齢や環境によっても当然変わってきますよね。

西　それで、彼は個人から「分人」[101]という考え方に至ったわけですね。「分人」という概念には私はドゥルーズの著作で衝撃を受けましたが、まさしく今日本で実体化しているのかもしれない。

津田　ツイッターって、そういうさまざまな「分人」を全部一体化させる面がありますね。どんな人も親と話しているときの自分、配偶者や恋人と話しているときの自分、友達と話しているときの自分、仕事をしているときの自分っていうの

100『私とは何か』　2012年に講談社から発行された平野啓一郎氏の著書。「『個人』から『分人』へ」というサブタイトルのとおり、平野氏が新しい人間観を提唱する一冊となっている。

101 分人　人にはさまざまな顔があるということを肯定する平野啓一郎氏の主義。この分人主義は前述の「私とは何か」で提唱されているほか、小説の『決壊』『ドーン』『かたちだけの愛』は分人主義三部作と呼ばれている。

は、もちろんそれぞれ違うわけですが、そういう分人――「ディビジュアル」がグチャッとツイッターで一体化されて個人――「インディビジュアル」になっている世界がツイッター。そこにおもしろさと誤解が加速する怖さがある。
個人的には、知識人同士の罵り合いなどでお互いが素を容赦なくさらけ出してしまう、ああいったやりとりが起こりうる点も含めて、僕にとっては魅力のほうが大きいんですね。アーティストにしても、情報の少ない昔なら「神秘性」というオブラートを身にまとうことで自らのイメージを高め、売っていくことはできたでしょう。しかし、いま現にツイッターというものが社会に存在している以上、そうした幻想は機能しづらくなってしまっている。

西　かつては自分の実像を見せないということでベールをつくれましたからね。

津田　ソーシャルメディアに参加するかぎりにおいては、そんなものは全部はがれてしまいます。

西　はがされちゃうのか。隠すほどのものもないからまあいいや。ツイッターでの発信ということでは、私の場合、基本的にずっと曖昧なところに立つという一貫性をもって発信してきています。「ああしなさい」「こうしなさい」とはあまり言わないけれど、「別の考え方もあるんじゃない？」とは言う。そういうスタンスです。そういう発信の仕方しかしていないのですが、「非決定のための決意」みたいなものは、以前からずっと引き受けているつもりです。

非決定っていうのはけっこう決意のいる話で、「どっちなんだ？」って言われたときに「どっちでもない」と、その両方に対してちゃんと説明するというのは、なかなか体力のいることなんですよ。

津田　たしかにバランスをとりながら本を書くと、結局どっちからも批判されるんですよね（笑）。でも「どっちでもない」って言い切るというのは、けっこう大事なことかもって思います。

西　結局、どっちかに振れてしまえば楽じゃないですか。でも実際は、そのどっちでもないっていうことのほうが多いと思うんです。そのときに「どっちでもない」って言い切れるようになるには、かなりの努力をし続ける必要がある。でも、それこそが大事な努力なんじゃないかな。

　どちらかに決定しないといけないときもたしかにあるんですが、決定できないことを決定できないまま考え続けていくっていうのもすごく大事だと思うんですよね。きっぱりと決定したほうが楽ですから、楽なほうに行きやすいのはわかります。非決定であり続けるには忍耐力や知力が必要ですから大変ですが、それは大事なことだと私は思っています。

津田　先生の中で、あえて非決定にしていることってなんですか。

西　人の価値観に関わる問題は非決定にしています。「この問題についてはこうだろうな」と思ったとしても、じゃあ、違うスタンスはどうなのかとか、別の角

しかし安倍政権になってからは、私もかなりはっきりと色のある発言をすることが増えた。バイアスが片側に強くなりすぎるとバランスをとるには逆のバイアスを提示するかと思ってしまう。その方法は幼くはあるが……。

度からは見えないか、というふうに考える。長い時代のスパンも考慮に入れておこうと思う。そういうふうに、自分の中でずっと視点や捉え方を動かし続けていくことは大切だよなと思っていて。原発にしても、心情的には廃止したほうがいいとは思いますが、じゃあ単純にそのスタンスに立っている人に同調していいのかっていう話ですね。

津田　ひとつの問題について、どちらとも決めずに考え続ける。それはそれでしんどそうですが……。

西　だから、この姿勢でやっていくしんどさっていうのは、場合によっては自分の意見も変わり続けていって、自分を裏切り続けることにもなるということなんです。だけど、考え続けるべきことは考え続けないとしょうがないだろうっていうのが私のスタンスですね。

津田　考えを変えることができたり、立ち位置を動かせたりする人って、いいですよね。自分の考えが変わることが怖い人のほうが多いですから。

西　考え続けた結果、変わらざるを得ないっていうこともあります。でも、自分の中では意見がコロコロと変わっているっていう認識はないんですよ。ひとつの核心をもって考え続けていたら、その結果が矛盾してくるっていうことは当然あるわけです。

それを毎回外に発言してしまうと、やっぱり両側から批判を受けますよね。でも、私としてはそういう立場を取ることが必要な場合もあると思っているし、だからといって黙ってしまうわけにもいかないので、発信し続ける。そうすると矛盾が表に出てしまう。津田さんにもそういうところってありますよね。

津田　まさにそうですね。それでも現実的に考え続けることで少しずつ景色が見えてくるといいなと思っています。

情報の民主化と開かれたアクセス権

西　ソーシャルメディアの発達とともに進んだものに、情報の民主化もあると思います。これは教育のところでも話題に出ましたよね。たとえば、震災の後に政府の嘘、東電の嘘などがいろいろと問題になったじゃないですか。あのときのことにしても、震災があって政府が急に悪くなったわけじゃない。結局、ずっと嘘をついていたんだと思うんですよ。

それがこれまでは見えなかっただけであって、今はそういう部分が可視化され皆が共有できるようになった。そういう点でいえば、情報の民主化っていうのはすごく進んだと思います。もちろん、万人がネットを使うわけじゃないですから、「見ようと思う人には見える」という留保は付きますが。得られる情報が増えることで、われわれ自身が反応の仕方を変えていくこともできるわけですから、情報の民主化というのは、今日の社会にとって、また民主主義にとってかなり大きな動因になってきていると思います。

津田　おっしゃるとおりです。たとえば朝日新聞は記者にツイッターを使った情報発信を認めています。今までは記者が書いた原稿は必ずデスクにチェックされて「社論」と違うような情報発信はできませんでしたが、ツイッターはノーチェック。記者が会社とは違う見解を述べるなんていうこともできるようになりました。これは大きな「民主化」ですよね。

西　発信する側と受け取る側の両方の問題がありますが、そういう意味ではかなり双方向性が生まれてきましたよね。仮に、これまでは1しか出せなかったものが、今は10出せるようになった。10の情報が見えるということは、それに対してわれわれは従来よりも広い見地から何らかの反応をすることができるわけです。これまで、マスメディアというのは情報の一部だけを一方向に伝えてきましたが、多様なネットメディアが多様に情報を発信しはじめると、情報の受け取り方にもすごく多様性が出てきたし、さらにはそれによって情報発信、受信が双方向的になってきている。それがここ10年くらいの流れだと思うんですが、時代が変わる力のようなものは、少しずつ生まれつつあるように感じます。

津田　やっぱり、震災と原発の問題は大きかったですね。テレビをはじめ、今まではみんなそれなりにマスメディアを信用していたけれど、彼らはどうやら有事

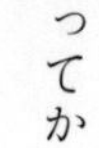

記者が自分の書いた記事がAKB48の総選挙の煽りでボツになったことを嘆きつつ、ツイッターでその記事を公開してしまうなんてことも起きてます。これもかつての新聞社だったら考えられないようなことです。

この対談の後、秘密保持法やらNHKのあり方の問題やらがもち上がり、ますますソーシャルメディアに接している人とマスメディアにしか接していない人の情報格差が広がった。日本の報道の自由度評価も一気に下がった。

の際に本当に欲しい情報を伝えてくれるわけではないのだということに、多くの人が気づいてしまった。これって、マスメディアの中の人間に悪気があったわけではなくて、システムとしてそういう流れの中に組み込まれてしまっていた部分があったんだと思います。

　自分が印象に残っているのは、原発事故直後の報道姿勢です。誰にとっても前代未聞のことが起きていたなかで、求められていたのは客観的な事実を迅速に伝えてもらうことだった。そのときに大手マスコミの人が口を揃えて言っていたのが「自分たちが流す情報で大衆にパニックを起こさせちゃいけない」ってことなんです。でも、それって「権力者」の発想ですよね。

　そう考えること自体が、無意識的に権力の一部になってしまっているんじゃないかって思いましたし、それはちょっと日本人をバカにしすぎなんじゃないかと。たしかに一時的にはパニックが起きるかもしれないし、実際にコンビニやスーパーでミネラルウォーターが買い占められたりもしたけれど、ちゃんと情報を出して状況を説明すれば、日本人の多くは落ち着いた対応をするんじゃないかと思うんですね。マスメディアはパニックを起こさせないことを重視した結果、自らの信頼を失ってしまった。自分たちでもわからないことがあるのなら「自分たちにもよくわからない。だからこれから急いで調べます」って言うべきだった。危機対応としてはいちばんやっちゃいけないことをやったんじゃないかなって思います。

西　そのあたりは、マスメディア自体の自己検証が必要だということですね。

津田　今までマスメディアは「**第四の権力**」[102]なんて言われていましたが、マスメディアに対しての監視や検証が入ることによって、そのありようはかなり変わってくるでしょうね。すでに、欧米の一部メディアは、取材をしてニュース映像をつくるときに、元の映像と編集した映像の両方を見せて、文句がある人は元の映像を見てくれっていうやり方をしています。

そうすると、その編集に作為的なものがあったかどうかというのを、見ている側が検証できる。これは信頼度を高めるためのひとつの要素になりえます。もちろん編集は必要だけれど、取材源は秘匿しつつも可能なかぎり取材のソース部分にアクセスできるようにする。情報をどう料理したのか、その過程を見られるようにすることが今後の報道が信頼される重要な要素になるでしょう。逆に言うと、そういうことをしないと失ったマスメディアの信用は取り戻せないんじゃないかなと思います。

西　やっぱり、信頼できないっていうのは怖いですよね。それに、そこでマスメディアとネットメディアが対立しても意味がないわけで。そこは補完し合わないといけないんでしょうけどね。

津田　しかし、だからといってネットが信用できるかっていうと、そんなことも

102 **第四の権力**　報道を行政・立法・司法の三権になぞらえて「第四（の）権力」という。報道機関は政府広報や官報を除けば政府機関に属してはいないが、国民に対して他の権力に匹敵する影響力をもちうることから、そのひとつに数えられる。日本では田中角栄が「第四権力」という言葉を定着させたといわれる。

ウィキリークスを創設したジュリアン・アサンジは、つねに科学論文のように元ソースを参照して辿れるようにする「科学的ジャーナリズム」が大手メディアに導入されるべきと語っています。ウィキリークスはそのための「元ソース」を提供するメディアともいえます。

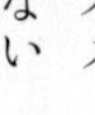

ないわけで。ネットのほうが絶対に偏っていますからね（笑）。でも、そういうネットの偏った部分を指して「ネットは信用できないから」って全部下に見て切り捨てる一部のマスメディア人の驕った意識もよくないんですよ。

西　マスメディアにはその傲慢さがたしかにありますね。

津田　この10年くらい不毛な対立が続いてきたなと思います。「もうマスコミは信用できないから、新聞も読まないしテレビも見ない」というのもまた極端な態度だし、それではこの情報化社会を生き残るメディアリテラシーは身につきません。ネットだけを見ていても偏った意見が流れているわけですからね。

　僕の情報のインプットソースは、ネットが3割、本や新聞が3割、残りの4割は取材したり人と会ったりして聞く話です。この比率はもちろん人によって違うと思うんですが、この三つをバランスよく取り入れることが大事なんじゃないかと思います。

西　ネットの比重が極度に高いと偏ってしまう。情報源自体が自分の仲間内に限られていたりすると、結局は自分と似たような考え方ばかりを取り込むことになってしまう。となると、そうした非常に限定的な情報が世の中の全体像であるかのように見えてしまう危険がありますね。

津田　いわゆる**ネトウヨ**[103]の人たちなんかにはそういう傾向がありますね。自分たちが多数派だと思ってしまっているわけですが、実際は絶対数で見たらそんなに

このあたりの具体的なノウハウは『ゴミ情報の海から宝石を見つけ出す』（PHPビジネス新書）で詳しく説明しています。興味がある方はぜひお手に取っていただければ。

103 ネトウヨ　右翼的思想を主張するネットユーザーを指す「ネット右翼」のことで、ネットスラングのひとつ。明確な定義はないが、特定の国や人種に対する差別的発言を繰り返したり、マスメディアに対する誹謗中傷などを過剰に主張したりする人に対して使われる。

多くはないはずで。そもそも、世の中の人の大多数は右翼でも左翼でもないわけですから。西先生は、どういうところから情報のインプットをしているんですか。

西　最近はネットが3割くらいを占めているかもしれません。佐々木俊尚さんのような信頼する**キュレーター**[104]がキュレーションしている情報を見て、そこで紹介されている本は興味がわけば全部買うようにしています。メルマガもいくつか購読しています。もちろん津田さんのも。ほかには、「現代ビジネス」などで対談や記事を読んでおもしろいなと思ったら、その人の本をまとめて買って読みます。結局は、情報を受け取る経路としては、最終的には本がいちばん多いといえるでしょうね。日常的に本を莫大に買ってはいるのですが、田舎に住んでいるせいもあってこのごろはネットで本を買うことが増えています。

情報の民主化ということでいえば、とにかくこれまで見えなかったものを見えるようにしていくことは、今の時代にすごく大事なことだと思います。マスメディアの問題も含め、いろいろなことが可視化されていくようになると、いいものと悪いものが見えてくるので自然な淘汰も起こりやすくなるし、多くの人が気軽にアクセスしやすくもなっていきますから。

津田　従来マスメディアがもっていた強さっていうのは、大資本やそれに裏打ちされた取材力によって、多くの人に物事を伝えるということだったわけですが、個人的にとくに大きかったと思うのは専門家に対する「アクセス権」だったと思

あえて政治的な信条で二分するなら「変わることを恐れない派」か「変わることを頑なに拒否する派」なのかなと。リベラル／保守とも近いですけど、単純に変化に対する態度が僕はポイントかなと思います。

104 キュレーター　もともとは美術用語で日本では学芸員にあたる。インターネットにおいては、ウェブ上の情報を収集・整理して他のユーザーに共有する行為やその行為者を指す。

うんです。
　たとえば、外交の問題だったらこの大学のこの先生に当たり、教育問題だったらこの人に話を聞けばいいというふうに、専門家のリストを彼らは全部共有してきた。だから、突然事件が起きてもすぐに電話して聞いて記事にすることができる。出版社だったらお抱えの作家の連絡先を握っていて、その人に連絡を取りたかったらまずはその出版社に連絡して聞くというプロセスが必要でした。ときには、そこがフィルタとして作用して「ちょっと教えられません」みたいなこともあった。つまり、マスメディアが専門家の連絡先を独占していたわけですね。

西　それも、情報の民主化によってフラットになった。

津田　今ならツイッターもフェイスブックもあるし、なんなら直接連絡を取ったり話を聞いたりできる時代じゃないですか。でも、僕はツイッターに自分の連絡先を公開しているんですが、僕に連絡を取りたい人がわざわざ出版社に電話して「津田さんの連絡先を教えていただけませんか」と問い合わせるようなことが、今でもまだあるんです（笑）。
　とにかく「この問題ならこの人が詳しい」っていう情報も、その人につながる経路も可視化されて、マスメディアに属さない人でも直接コンタクトができるようになった。今後マスメディアが大変になるのは、じつは専門家へのアクセスが一般の人に解放されたという部分かもしれないですね。

セーフティネットとしての発信法

西　発信する側の話でいえば、自ら発信するだけの強さをもっているのであれば、恐れずにどんどん発信すべきで、間違って痛い目に遭ったとしても、失うものなんてないんだから後から直していけばいいと思います。となると、失敗を恐れないで試行錯誤することが基本的な姿勢になってきます。

そのなかで今私が重要だと思っているのは、セーフティネットとしての発信法です。学校でいじめに遭っている子やブラック企業で死にそうになっている人が、どうやってネット上で悲鳴をあげればいいかという部分は、もっと考えていく必要があると思います。そういう弱者や孤立している人がどうすれば外部とのつながりをつくっていけるか。安心して発信できる先を提示する。そういうセーフティネット的な発信法というのは、これからさらに大切になってくるんじゃないかと思います。

津田　ネットにしか逃げ道がない、という場合もあるかもしれませんからね。

西　悲鳴をあげやすくしてあげたり、その悲鳴をまわりがどう受け取るかを考える必要がありますよね。もちろん、すでにいろいろな団体や組織はあると思いますが、もうちょっとネット全体でそういう人たちを受け入れやすくして、悲鳴を拾ってあげやすい態勢があると、また変わってくるように感じます。

相変わらず自殺者は公表されているだけでも年間3万人近くいて、少なくない人が苦しい生活の末に餓死したりもしている。そういう場合のセーフティネットとしての役割もネットにはすごく求められてくるんじゃないでしょうか。

津田　最初は弱いつながりでもいいんですよね。誰かが何かで困っているっていうことがわかれば、「それは行政の問題だから、役所に行けば解決するよ」「こういう団体があるよ」っていうことを知ってる人がポンと言えればいいわけで。そんなふうに知識があるだけで解決することってけっこうありますからね。**ソーシャル・キャピタル**[105]ってそういうことだと思うんですよ。それが家族や友達だと、もっているソーシャル・キャピタルが自分と近いからそもそも問題を解決できないんですよね。

西　要は、同じ解決能力しかありませんからね。負の感情をみんなで共有して愚痴っていても変わりようがない。

津田　だから、まったく違う地域にいたり、違う経験をもっていたり、違う人脈や知識をもっている人たちからアドバイスをもらったほうが絶対にいい。それをひとりで抱えているから、袋小路にはまってしまう。

西　そうですね。たとえば、現在いくら就職難だといっても、選択肢さえ広げれば仕事は見つかりますよ。仕事なんていくらでもあるんだっていうことが見えな

105 ソーシャル・キャピタル　社会関係資本。社会や地域における人々の信頼関係や結びつきを表す概念。一般的にソーシャル・キャピタルが蓄積された社会では、相互の信頼や協力が得られるため、治安・経済・教育などによい影響があり、社会の効率性が高まるとされる。

ベタな話ですが、そういう情報をもらえるのは心を許した状態になりやすい「お酒の場」です。お酒が苦手な人はそこにウーロン茶で参加すればいいんです。

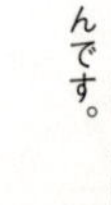

いとつらいですよね。住むところがないという人にしても、今の日本は人口も減ってきているし、都市部にこだわらなければ絶対に住む場所自体は余っているじゃないですか。そういった情報が入手しやすくなると全然違ってくるし、それはできないことじゃないと思うんです。

津田　だから、就活に失敗して世を儚んで自殺とか、悲しすぎる話です。まだいくらでもチャンスはあるのに……。

西　勿体ないですよね。きつい言い方かもしれませんが、そういう子にかぎってB to B[106]の企業をひとつもチェックしないで、B to C[107]の企業ばかり見ていたりするわけです。せっかく情報がこんなに入手しやすい世の中になっているのだから視野を広げればいいのに。就活で面接官にひどい扱いをされたらそれをネットで訴えることだってできる。闘い方もいろいろある時代になっています。「知っていれば助かったはずなのに」ということがたくさんあると思うんです。そういう意味でのセーフティネットとして、より伝わりやすい、アクセスしやすい情報公開が大切ですよね。

津田　困っている人を金銭で助けるとなると、また別の関係性が生まれてしまいますが、とりあえず情報で助けてあげるっていうことはできるはずで。それこそ、その人の助けになる情報が載っていそうなサイトのURLをメールで送ってあげるだけでもいいわけですから。今は「URLモテ」っていうのがあるらしくて、

106 B to B　企業間取引（Business-to-business）のこと。製造業者と卸売間、または卸売と小売間など企業の間での商取引のことを指す。

107 B to C　企業（business）と一般消費者（consumer）の間の取り引きのこと。オンラインショッピングなどがこれにあたる。

女の子が何か困ってるときに「だったら、このURLを見るといいよ」とパッと送ってあげると、ポイントがちょっとアップするみたいな。

西　知らなかった。でも、そういうことができる人はすごくモテるでしょうね（笑）。

津田　ネットでググる能力が足りない子なんかにとっては、すごく助かるみたいですね。自分のために調べてくれたっていうのも含めて、いいタイミングでいいURLが来るとモテるらしい……です。

西　そういう情報がツリー状になっているものがあれば、より有用性が高いですよね。たとえば、こういうことがやりたいっていうのがあったら、ツリー状にクリックしていって目的のページを見にいくとか。自分のやりたいことに対してどんな団体があるかというのが、大まかにでも見えるようなマトリックスがあるとすごくいいと思います。

　たとえば、小さな子どもが熱を出しちゃったけど、今日は外せない用事があるからどうしても預けたい。今なら、自分に必要な可能性のある情報に日々接している人なら、「じゃあフローレンスがあるな」って頭に浮かぶでしょう。でも、フローレンスがカバーしていないエリアもあるわけで、そうなったときに他の同類の団体を知ることができる手段があるとすごく助かる。

　登校拒否の子にしても、学校に行きたくない子同士の間には共感もあるわけじゃないですか。だから、そのページに行けば自分と同じような子がいっぱい見つ

これをやり過ぎると単なる便利な「検索エンジン君」になってしまいそうなので、ここぞというときに重要な情報をピンポイントで送ることが大事らしいです。深い世界ですね……。

かるとか、そんな仕組みがネット上にあればいいですよね。
「だったら自分でやれよ」っていう向きもあるかもしれませんが、人にはそれぞれ役割があると思うんです。私は基本的にそういうことはできませんが、「こんなことをやるといいかもね」という提言はできるかもしれない、それが自分の役割なのかなと思っています。

津田　ひとりの人間が本当に主体性をもって関われるプロジェクトなんて、どんなスーパーマンでも片手が限界でしょうからね。だから、きっかけづくりや後方支援のようなことをやるっていうのも、ひとつの方法だと思います。

西　いじめられている子の発信先にしても、同じような状況の子たちが集まって共感できるような場があればいいですよね。「いじめはよくないよね」って言うだけじゃなくて。そしてアシストしてもらえる場を共有する。

　お年寄りにしても、過疎地だったらひとり暮らしの方も多いじゃないですか。それなら、リストバンドみたいなものを配って、緊急のとき自分でボタンを押したら病院に直結するような仕組みがあれば、自宅で倒れたときに助かったりするかもしれない。そういうことをどんどん提示していったり、また実際にネットでの可能性が広がっていくと、さらにいろんなセーフティネットをつくっていくことができるようになるだろうなと思うんです。

津田　情報のシェア、ここにどれだけ社会的な価値を付加できるか。知識や経験もシェアできるような仕組みがあるだけで社会全体の活力が大きくなる気がします。

西　情報が民主化されたといっても、障壁が取り除かれてフラットになっただけでは意味がない。そこで「こういう方向だったら、こういうライン取りがあるよ」というふうに、いろいろなケースに対応した再構築をしていけばすごくいいと思います。

　今はいろんなものがランダムにありますよね。だから、情報弱者といわれる人たちはそこまでたどり着けない。そこに行けば助けてくれる人がいるっていうことを知っているかどうかって、すごく大きいですよ。情報公開の流れが高まっているだけに、そういう人たちにこそ活用してほしい部分ではあるのですが。

津田　いわゆる情報弱者――情弱《じょうじゃく》と呼ばれるような人たちが、そういうつながりや可能性に気づくことで多くの人が変われるんじゃないかと思います。でも、その一方で地方社会の変わらなさってすごいじゃないですか。

西　本当は、そういう人たちにこそソーシャルネットワークによる社会の広がりを伝えたいのですが。今はまだ、そこまで届いていない状態でしょうね。

津田　そこにどう行き届かせるかというと、そういうことを理解していたり、東京でも経験があったりするソーシャル・キャピタルのある人間が地方に戻って、そこで信頼を勝ち得て、あたえるっていう方法しかないですよね。

西　島根の海士《あま》町《ちょう》[108]というところに、いま若者がいっぱい行っていますよね。Iターンの人のための起業応援作戦を町としてやっていて、さざえカレーなんかが売れている。

津田　全国から大勢の視察が入ってきていますね。

西　私の生徒も行ってるんです。一橋大学を出て「どこに就職するの?」って聞いたら「ちょっと島に行きます」って。そういうのはいいですよね。

ソーシャルメディアの自己浄化力と問題点

津田　ソーシャルメディアでありがちな炎上や集中攻撃について、先生はどう思いますか。

西　誰かの尻馬に乗って正義を振りかざしたい人たちって、結局自分が弱いのだろうと思いますね。劣等感なのか敗北感なのかわかりませんが、そういうものの裏返しでしょう。自分が弱い者でも、より弱い者を叩いたら強くなれるような錯覚もあるのでしょう。じつに間違った正義だと思います。それだけじゃなく、炎上させる人たちって正義感を表に出して、自らが正当化されているかのような錦の御旗をもつじゃないですか。あれはただの呪詛。見ていて気持ちが悪いですね。

津田　腹が立ったから食いついたんじゃなくて、「あなたのような影響力のある

108　島根の海士町　島根県隠岐郡の離島である海士町では、地域資源を活用した島おこしとIターン者を多く受け入れる政策を実施。実際に、都会から多くの若者が移住してくる島として注目を浴びている。

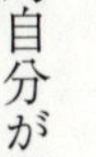

ナウシカで印象深い場面。ナウシカの指を噛むテトにナウシカは血を流しながら笑顔で「ほらね、怖くない。怯えていただけなんだよね」と言う。テトはナウシカの指をなめる。噛みついてくるものに私はこのようになりたい、が、まだまだ……。

人が、そういう発言をするのはどうかと思います」とか、「ジャーナリストとしてどうなんですか」みたいな言い方をする人も多いですね。一見、客観的で公正な指標に照らし合わせて指摘しているように見えるけど自分の意見じゃなくて「世間様」という仮想的な意見からの物言いにすることで防御線を張っているだけですよね。大切なのは自分がどう思うかじゃないですか。「世間がどう思うかは知ったことじゃないけど自分はお前のツイートを見て腹が立った」。そういう怒りなら、こっちも真摯に受け止めますよ。

西　それこそ津田さんはネット上で理不尽にからまれたりする経験も多いですよね。

津田　基本的にはスルーですけど、「ん?」って思ったときは、まず1回だけ返事をします。ツイッターでその人の発言を引用しながら返事をするんですが、それは会話じゃなくて態度表明ですね。自分は今こう言われているけど、「僕の考えはこうです」という。ツイッターでそういうやり方ができるようになったのはよかったなと思います。いつまでも不毛なやりとりを繰り返してもしょうがないですからね。

西　謝れない人は不毛なやりとりに固執しますよね。たとえ間違っていたとしても、人は間違うものですから、後からいくらでも直せばいいんです。何かあったら「ごめんなさい、間違えてました」って言えばいいのに。

津田　ああ。でも、そこで「ごめんなさい」って言っても許さない人が多い感じはありますね。

西　私は、今のところ許してもらっています。よかった。実際自分の早とちりだったかなと思ったら、「間違いでした、ごめんなさい」ってツイッターでも何回か書いたことがありますが、それ以上の攻撃は受けませんでした。私はそこでちゃんと「ごめんなさい」が言えれば炎上しないはずだと思いますけどね。

津田　そう言えない人がいつまでも自分のことを正当化し続けると、炎上するんですよね。その一方で、ソーシャルメディアの普及によってネット上の浄化力も確実に高まってきたとは思います。

西　たしかに、2ちゃんねる全盛のころに比べたらそうですね。ツイッターだったら、人の悪口ばっかり言っている奴って、もうフォローされなくなるわけですから。

そういう意味ではメディアの中に自己浄化力が組み込まれていて、それがある程度うまく機能はしていると思います。いまだに「ネットは危ない」って言う人たちもいて、じつは私もずっとそう思って見ていました。でも、2ちゃんねるっていう匿名掲示板からツイッターやフェイスブックへの流れで、かなり変わりましたよね。フェイスブックは実名登録が条件になっているし、ツイッターもアカウントにヒモ付けられているわけで、自己浄化力が生まれてきています。2ちゃんねるが荒れまくっている様を見たときにはあきれましたが、ツイッターになると、炎上しながらも「アホはアホでほっときましょう」みたいな空気がありますね。

厳しくはないけれど新しいモラルみたいなものが生まれてきているというか。まだ顕在化されてはいないけれど、いい方向に向かっているエネルギーが、ソーシャルメディア上にはあると思います。そういう点ではすごく期待がもてますね。まだまだ行きつ戻りつ問題を噴出させながら進んでいくとは思いますが。

津田　それはいろいろな場面で実感します。ツイッターがもたらした発明ってたくさんあるんですが、大きかったのは自分で情報を選択する**フォロー**[109]**という仕組み**ですね。効率的にさまざまな新情報や知識、気づきや発見が得られる喜びがある。もうひとつは炎上に対する強さですね。今まではいわゆるバカと暇人が幅を利かせていたわけです。たとえば、ブログのコメント欄にずっとネガティブなことを書き続けて、ほぼそれで埋めるみたいなこともできたわけですよ。でも、コメ欄を荒らして楽しんでいるような人たちはそもそもフォロワーが増えない。狭い仲間同士でつながる以外のインセンティブがないんですよね。だから結局、発信力がなくなっていく。そういう公平さはありますね。

あとは、デマにしてもそれを検証しようとする動きが出てきたり、そういう反作用みたいなものが自然発生的に生じてくるのは、おもしろい傾向だと思います。

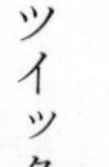

今や炎上させるのもビジネス、みたいな人も出てきた。バカを煽って自己PRというのもいかがなものかとは思うが、踊らされる者は自分が情動的に攻撃することで相手を儲けさせているとは思いつかないのだなあ。

109 フォローという仕組み　ツイッターでは自分の好きなアカウント（登録者）を選んでフォローすると、その人が発信する情報を得ることができるようになる。発信力がフォロワーの数によって可視化されることも大きな特徴。

このような種々の問題については中川淳一郎さんの『ウェブはバカと暇人のもの』（光文社新書）という本が参考になります。

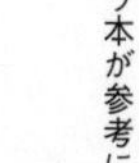

あえてオフラインをつくる

西　この点は私と津田さんとでは真逆だと思うのですが、私は基本的にいかにオフラインをつくれるかということが大事だと思っているので、ネットにも人にもつながらない時間を意識的につくるようにしているんです。

それもあって20年前に軽井沢に引っ越しました。あの当時はつねに何かとつながっていないといけないような空気が身のまわりにあって、これはまずいと思ってオフラインをもつようにしたんです。予備校講師という仕事に関してもオフにする時間をもつようにしました。一方、津田さんはといえば、いつもすごい速さで走り続けている。24時間オンラインなんじゃないですか。

津田　どっぷりツイッターにハマっていた時期もたしかにありましたけど、それでも2～3日何も書かないこともけっこうあって。今は告知しなきゃいけないこともあるので何かしら情報を流していますが、それでも1日書かないときもあります。

基本的に、人と会って飲んだりしているときはまったく見ていないので、それはすごく意外に思われますね。「ずーっとツイッターやってるのかと思ってました」と。いやいや、そんなわけないだろって（笑）。だから、僕の場合は人と会っているときは逆にオフラインにするっていう感じなんです。

西　じゃあ、津田さんなりのオフラインっていうのがあるわけだ。

津田　そうですね、そのスパンが細切れになっているというだけで。あとは、地方の仕事が息抜きがわりになったりとか。やっぱり地方に行くと夜の時間が空くことが多いので、仕事が終わった後は地元の人と飲みにいって話をしたりするのが息抜きになっているんですよ。そこで聞く話がまたけっこう重要だったりするし。ＳＮＳ疲れみたいな話について僕がみんなにアドバイスしているのは、「スマホの通知機能は切れ」っていうことですね。メールでもなんでもそうですが、通知が来るたびに見にいくっていうことを繰り返すと、どんどん依存的になってしまう。自分のタイミングで見にいって、自分から情報を取りにいっているっていうふうにしたほうがいいんですよ。

西　携帯メールが流行りはじめた一時期、「授業中にメールを見てる奴は落ちる」って言ったことがあるのですが、まさにそういうことですね。メールが入ってきたから見るっていうのは時間が分断されちゃうからよくないんです。

タイミングを決めて見るのならいいけど、通知が来たから見ちゃうというのはダメだよっていうことは生徒にもよく言います。授業中でも電話が鳴ったら出る子がいますからね（笑）。

津田　僕も大学でジャーナリズムの実習をやっているときに、生徒の電話が鳴って、着信音は切っといてくれよと思ったら、なんと電話に出て話しながら教室の外まで行きましたからね。あれはさすがにびっくりしました。後で「常識的に考えてあれはありえないからね」っていう話をしたら、さすがに謝ってきましたけど。

西　予備校でも「もしもし、いま西の授業中だから切るね」って、でかい声で言った子がいました。切ってくれてありがとうって思いましたけど。

津田　切ってくれるだけましだ、と（笑）。僕が池袋校に通っていたときはまだケータイがなかったですからね。

西　ええ。古き良き時代ですね。メールが普及しはじめたころはそのせいで生徒の学力が落ちてるというのを実感しました。1コマの講義が90分で、その間はメールを見られないわけですよ。それで講義に集中できなくなる。

津田　メールが来ているかもしれないのに見られないっていうことが、すごくストレスになってしまうんですよね。ソーシャルゲームにハマってしまうのも同じで、あれも1日中やってないといけない。つまり、仕事をしているから90分ネットにはアクセスできないけれど、その間にも自分の宝物は奪われているかもしれない、みたいな感じで、もう気もそぞろになっちゃうんですよね。だから、これは僕がいつも言っているんですが、「SNSを使うのはいいし、すごく便利なものだけど、ルールを決めて使え」っていうことなんですよ。

西　自分側が支配しないとダメだっていうことですね。

津田　まず、未読表示のものを全部見なきゃいけないっていう強迫観念は捨てたほうがいいと思います。ツイッターやフェイスブックだったら5時間以上はさかのぼらないようにするとか、何ページ以上は見ないようにするとか、そういったルールを自分で決めて、そこから先はもう見ないようにする。

西　自分のルールを決めるっていうことはすごく大事です。

津田　具体的なルールはべつになんでもいいと思うんです。授業中は見ない、でもいいし。まあ、当たり前のことなんですけど（笑）。

西　結局、それが決められないから踊らされちゃう。

津田　むしろ「自分が情報を支配してる」っていうくらいになるべきでしょうね。

西　そもそも、知らなかったら死ぬような緊急性の高い情報って、そんなにたくさんないですよ。もちろん震災が起きたときなどはそうなのかもしれませんが、今、一日ニュースを見なかったから自分の生活が危なくなるみたいことってないじゃないですか。そんなに毎日ニュースを見なくてもいいやっていうことにもつながると思います。情報がないと不安っていう人は、中毒になっているだけなんじゃないかな。

　昔、おばあちゃんが天気予報を毎日見ないと不安だったのと一緒ですよ。よく考えたら、天気予報ってめちゃくちゃ詳しくやるじゃないですか。全国の天気な

LINEの既読表示の怖さは見てしまったら反応しないと許されない、というところにある。ともかく反応可能な体制ができるまでは見ないにかぎる。環境によっては電源を入れる時間そのものを制限したほうがいいだろう。

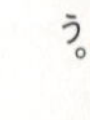

んてなんでそんなに知りたいんだろう、明日の行動半径5キロ以内じゃないのって昔から思ってました。自分の地方で雨が降るなら傘をもてばいいわけで（笑）。天気予報ってニュースごとに必ず入りますよね。その頻繁さも不思議でしょうがない。

津田　言われてみればそうですね。最低限、暑いか寒いかっていうのも朝起きればわかりますから。

西　雨が降りそうかどうかっていうのも、空を見ればだいたいわかりますしね。本当に情報がそこまで必要なのかどうかという。

津田　情報が過剰にあって、つながっていることが日常化すると、それが急になくなったとき不安になるっていう心理があるんじゃないですか。ケータイやスマホが情報との向き合い方やライフスタイルを変えてしまった。

西　それで依存的になってしまっている人は、自分のルールで管理できないという意味で危うい。

津田　目的と手段がゴチャゴチャになってしまう傾向はありますね。ソーシャルメディアはあくまでコミュニケーションの手段であって、目的ではないんですよね。ツイッターやフェイスブックを見ていると、コミュニケーションそのものがコンテンツ化していて、投稿を見たり「いいね！」を押すことだけが目的になっているような人を見ます。そういう人ほど、先生みたいにオフラインの時間を意識的にもったり、単純に人と一緒に飲みにいく回数を増やせばいいと思うんですけどね。

西　そうですね。津田さんみたいに、その間はツイッターをやらないでいればいいわけですから。

津田　いろんな人と食事に行くっていうのは意外と重要だと思います。ツイッターやフェイスブックを見ていると、自分に気持ちいい情報しか入ってこなくなりがちなので。自分とは全然主張が違うものを見にいったり、そういう人と付き合ったり、あとは本屋に行くのもいいと思います。むしろネットの情報ばかりに触れている人ほど本屋に行くことで「こんなことがおもしろいんだ！」とか効率的に見つけられますよ。

情報過多時代のノイズとは

西　『踊らされるな～』でもノイズの大切さを書いたんですが、手段と目的をつなぐラインがあったとしたら、その線形に入らない部分はノイズだと考えていいと思います。目的を単一化した場合、いらなく見える情報。

そのノイズをどうカットするかというのも大事ですが、カットしすぎると豊かさがなくなります。実際には、それによってふくらんでくるものが多いわけで、ノイズをなくして手段と目的だけに効率化されていくとすごく危うい。

津田　無菌状態みたいな感じになってしまいますからね。

西 無菌状態に慣らされると抵抗力を失いますし生命力が減退しますよね。でも、今の教育過程では、子どもを無菌状態に置いて管理しよう、ノイズをカットしようという方向性が強いじゃないですか。それはけっこう危ないことだと思うんですよね。

津田　ノイズによって遊びができたりするわけですからね。雑誌なんかはけっこうそうですよね。ある特集を目当てで買って読んでいたら、本来の目的とは全然違うページに目がいったり、そこに載っていた本がすごくおもしろかったり。そういう意味では、ツイッターはリツイートがあるから適度にノイズが入る。自分がフォローしていないはずの情報が突然挿入されてきますからね。

西　ノイズが大きな影響力をもったり、ノイズと思っていたもののほうが重要になったりすることもありますからね。たとえば、ある情報を得ようと思っても、ネットでその情報だけを見るのと、パラパラ本をめくってその周辺のページも一緒に見るのとでは、やっぱり違う。そういう偶発性に対しての寛容度はすごく大事だと思います。

津田　僕は取材のときは、あんまり予定をびっちり決めないようにしています。行く場所だけはある程度決めておいて、次に最低限これだけはこなそうっていう

そういう雑多な情報やノイズとの出合いを提供してくれるという意味で雑誌の価値はまだまだ大きいと思います。ノイズとの出合いという意味での個人的なオススメ雑誌は「クーリエ・ジャポン」「GQ JAPAN」「考える人」「BRUTUS」「Pen」あたりですかね。週刊誌もまだまだおもしろい記事はありますよ。

ことを決めたら、あとはあんまり決めない。
あそびの時間をつくっておいて、たまたま入った食堂で話を聞いて、「あっちのほうにおもしろいものがあるよ」「じゃあ、ちょっと見にいこうか」みたいな感じで。偶発的に何かにつながれるようなバッファを残しておかないと、結果的にあんまりいい取材にならないんですよね。それこそツイッターを見ながら行ったり、現地で人と話して「ここに行こう」と決めたり。被災地での取材なんかは完全にそうですね。

西　偶発性への寛容度があると、振り幅の大きい取材になるでしょうからね。初めから、聞きたいことだけを聞こうとしてマイクを向けて、それだけを拾うような取材って何の意味もないですよ。

津田　なんとなく「こうだろうな」って思っていたことが、現地に行って裏切られる瞬間がおもしろいんです。そういう取材をツイッターを使ってフレキシブルにできるようになったので、使わなきゃ損だろみたいな。現地で「どういうところに行ったほうがいいですか？」ってつぶやいて、それに反応しながら行く場所を決める。それを僕はそれをリアルタイム紀行型ジャーナリズムって呼んでます(笑)。

西　それはすごくいい動き方ですよね。

津田　最近は昔に比べてそういう取材も少なくなってしまいましたけど、向こう

もちろん「外れ」の場合もあるんですけど、それはそれで貴重な体験になる。むしろ外れることが次に同じ場所を訪れるモチベーションになったりもします。

に行って知り合った人たちがつなげてくれる縁ってありますからね。そこで「あっ、そうなんだ」と思ったときにパッと動けるフットワークの軽さや行動力を残しておきたい。

自分を変えたいなら環境を変えろ

津田　先生は、そういうノイズや偶発性については、いつごろから考えていたんですか。

西　昔からですね。そういう単語は当てはめていませんでしたが。たとえば学校の先生を見ていて、偶発性に対する寛容度がすごい低いなって思ってました。授業中に全然関係ない質問をする奴とかいるじゃないですか。私はそれを見て「おもしろいな、こいつ」って思っているんだけど、先生のほうは「今はそんなことは関係ありません」って却下しちゃう。それはもったいないなって。

　今は世の中全体が寛容度の乏しい方向に向かっていますよね。だから、みんな危ない橋を渡れないし、若い人が津田さんの言うけもの道を進めない。それは、データがいっぱいあるからですよ。データというのは、いっぱいあればあるほど偶発性の高いデータも拾えるはずなのに、中間値しか見ないことによって自分自身を中間値にチューニングしちゃうんですよね。

たとえば、自分の偏差値だったらこのランクの大学は通るだろう、でもあの大学は確率何パーセントしかいないからやめよう、みたいな。そんなの、たとえ1パーセントでもいいからやってみればって思うんですが、自分がデータ上有意な少数派だとは思えないんですよね。「はずみで通ることもあるよ」って言っても「そんな、はずみになんて賭けられません」って。こっちとしては、はずみじゃなくて本当に通る可能性があるから言ってるわけだし、もしもはずんで受かったらそれはラッキーじゃないか、と思うんですけどね。

津田　昔は、はずみに賭けられるような人がもっといたということですか。

西　いましたね。でも、今はデータがしっかり出ちゃっている分、より安全な道を行こうっていうふうになっていますよね。センター試験後に判定が悪いと軽々とそれまでの第一志望を落としてしまう。そのテンションはむしろ不合格につながりやすいものなのに。

津田　そうそう、模試もひどいし、絶対に受からないだろうっていう奴が受かることだってありますからね。やっていた過去問とすごく近いものがたまたま出たりっていうこともあるし。僕だってよく大学受かりましたよ（笑）。

西　運で受かれと言ってるわけではありませんが、挑戦しようというテンションがデータを上回ることはよくあります。そもそも大学受験できる環境に生まれたというのだってたまたまなんですから、もっと偶発性に対して寛容度をもっとい

そもそも自分が生まれたのだってはずみみたいなものだとわかればいいのになあ。いろいろな偶発性を受け入れることができるようになるとストレスも減るよ。

うことは大事だと思います。

津田　すごく単純にいえば、宝くじや馬券は買わないと当たらないわけですからね。そういう寛容度が低い人は、テキトーな人と付き合うのがいちばんいいと思いますよ。テキトーな人の中にいたら、どんなにキッチリした人もテキトーなプロトコルで生きていかざるを得ないので。

西　そうですね。しかし、確率として「ジャンボ宝くじ」を毎年１００枚買い続けたとして1等に当選するまで10万年かかるという程度の計算はできたほうがいいですが……結局、自分を変えたいのなら環境を変えるしかないんですよ。自分で「偶発性を許容できる人間になります」なんて言っても、そんなの無理ですから。

津田　環境を変えるには住むところや友達を替えたり、彼女や彼氏を替えてみるとか（笑）。

西　本当にそれぐらいしないと人は変わらないと思いますよ。「僕は変わります」って言って、自分の気持ちだけで自分を変えた人なんて見たことないですもん。

津田　日本でめちゃくちゃキッチリしていた人が、スペインに留学したらすごいユルくなって帰ってきたりすることって、実際にありますからね。待ち合わせには絶対遅刻しなかったのに、30分遅刻が当たり前みたいになって、「だって、スペインだったら3時間過ぎても来なかったりするよ」なんて言うようになったり

（笑）。

西　本当に自分を変えたかったら、環境と人付き合いを変えたほうがいいっていうのは正しいと思いますね。

津田　人付き合いを変えるには、まず飲みにいくことですよ。誰かと飲みにいきたいとか、この人ともっと話したいって思ったら、その場ですぐさま「いつ空いてます？」って聞くようにするんです。そうじゃないとだいたい「今度、飲みにいきましょうよ」って社交辞令で終わりますから。それだと何年待っても行けないんで、本当にこの人と飲みたいなって思ったらその場で約束しちゃうのがオススメです。

西　それもすごい大事。「またいつか」は“never”ですから。

津田　それがツイッターでもいいんですよ。ちょっと話が盛り上がったらＤＭを送って「今度、またこの話をしませんか」っていうふうに、お互いに気分が盛り上がっているうちに約束してしまう。僕も実際にそういうやりとりは多いですね。

西　それができる時代だからいいですよね。それは、ソーシャルメディアがないとできないことですから。

津田　僕だって、先生をツイッターで発見して「あっ」と思ってリプライしましたしね。それがあったから今こうやって会っているわけで。生徒ではありましたけど、ツイッターがなかったら、なかなかこういう再会は果たせていないですよ。

わざわざ代ゼミに行ってあいさつとかしないですから。

これからの情報教育

津田　そういう意味では、これからは情報をきちんと受け取れるような子どもを育てていくことも必要ですね。

西　ネットリテラシーはとても重要だと思います。今は生まれてすぐの段階から、社会の中に情報があふれていますからね。当然、子どもはその中にさらされていきます。放っておいても情報をうまく利用するようになるとは思いますが危険もある。幼い段階では子どもに対して保護というか、情報からの隔離が必要だと私は思います。

　たとえば、お父さんがクリスマスプレゼントをあげる前の時点で、子どもはお父さんのアカウントでネットをチェックしていて自分の父親が何を買ったか知っているとか。それで、実際にあげたとき「パパ、これってあのサイトで○○円だったよね」って言われたら、お父さんはつらいだろうなぁって思ったりするわけですよ。

　アメリカの話をするとわかりやすいんですが、高収入の家庭の子どもほど、サンタを信じる率が高いというようなことがある。低収入の家庭だと、子どもは日常的に厳しい現実の中に投げ込まれているから、そういうものは信じなくなるしいんですね。サンタを信じても信じなくてもいいのですが、サンタを信じる段階は子どもに必要だと私は思います。だから、厳しい現実についての情報があふれている中に幼い子どもを投げ込んじゃってはよくないのではないかと思います。

もう少し年齢が進むと話は違ってきて、たとえば18禁という規制があっても、14〜15歳ぐらいになると、もう見たいものは勝手に見ちゃっているだろうなと思うんですよ。だから、規制するよりも、それに悪影響を受けないように自ら判断する力をつけさせるほうが大事だと思います。

でも18禁のものを幼児には見せたくないですよね。

津田　小さいときは頭が柔軟だからこそ影響を受けやすい部分はありますからね。

西　ええ、でも子どもだけの問題では済まない部分もあります。今はいろんなものがダダ漏れになっているじゃないですか。そこで、ある種のモラルのようなものが形成されていかないといけないと思うんですよね。すべての情報をダダ漏れで出してしまっていいのか、それともある程度規制したほうがいいのか。プライバシーや国家機密の問題も含めてですが、ウィキリークス[110]にしてもそういう論点はありますよね。もはや、国がしっかり規制するとか法律を決めるということで解決する問題じゃない。日本政府は規制したがっていますが、それはむしろモラルを破壊することになると思います。権力的なメディア支配の可能性があるから

110 ウィキリークス　匿名で政府や企業、宗教などに関する機密情報を公開するウェブサイト。ジュリアン・アサンジ氏が2006年に設立。非営利のメディア組織によって運営されている。重要なニュースや情報を一般公開することを活動の目的に掲げており、各国政府や企業などの内部情報を暴露している。

対談から2年経ってみると日本政府は規制したがっているどころではなかった。国家そのものがモラルなき規制に強行に進んでいる。国家こそがネット民よりもはるかに危険だった。今や、言論の自由、民主主義自体が問われているといえるだろう。

です。私は教育を通じて緩やかで流動性を伴ったメディアモラルを形成していく必要があると思っています。

　現在、そのモラルがないまま進んでいくとすれば危ういと思います。

津田　ネット上によくある「まとめサイト[111]」なんて、まさにそうですよね。

西　モラルを欠いた攻撃性がありますものね。

津田　本当は、学校の教育にもそういうことが必要だと思います。高校だったら今は情報の授業もありますけど、実際そこで教えているのはパワーポイントの使い方とかが中心ですからね。

西　そういうのは放っておいても使えるようになりますよねえ。

津田　それよりは情報モラルのようなことを学校で教えたほうがいいですよね。ツイッターでもLINE[112]でも、あるいはこれから出てくる新しいコミュニケーションサービスを使ううえでも生きてくるようなもの——基本的な情報倫理みたいなものを教えられたらいいんですけどね。

西　是非とも必要ですよね。今の学校でのメディア教育って「みんなでこのサイトを見てみましょう」みたいな話ですもんね。もっと大切なことがそれ以前にある。さらに、高学歴な人ほど人を信じやすいというデータも出ています。高学歴な人は他人を判断する力があるからだろうと言われていますが原因はわかっていません。情報判断力、つまりリテラシーがあるからだろうと私は思っています。

111　まとめサイト　主に2ちゃんねるなど、ネット上の情報を編集してニュースサイトのような形態で運営されているサイトを指す。情報がまとまっていてわかりやすい反面、その信頼性の難を指摘する声もある。

112　LINE　スマートフォンやパソコンで使われる無料通話・メールアプリ。さまざまなキャラクターが登場するスタンプを用いた直感的なコミュニケーションが人気を集めている。

津田　イギリスやオーストラリアやアメリカには、中学や高校でメディアリテラシーの授業があるんですよ。マスメディアの話にもなるんですが、テレビっていうのはこういうふうに報道していて、ある意味でいかようにも現実をつくり替えられますよ、みたいなことを教えている。そういう授業があるから、メディアを疑いの目をもって見ることができる。今はネットを見ていればある程度はそういう視点も鍛えられますけど、すべてネットに真実があるわけでもないし、それはそれでまた偏りますから。

そのあたりの話は岩波新書から出ている菅谷明子さんの『メディア・リテラシー――世界の現場から』（岩波新書）に詳しく書かれています。欧米は中学生ぐらいからこうした教育を学校でするため、マスコミやネットを「鵜呑み」にする人が少なくなるんですね。

メディアリテラシーとデータジャーナリズム

西　メディアリテラシーの話でいえば、統計や数字の見方というのも勉強しておかないと危険だなと思います。アメリカで起きた**マクドナルド・コーヒー事件**[113]でも、アンカリングによって賠償額が何倍にも変わってくるわけですよ。今さらですが、アンカリングについて読者のために簡単に説明しておきますね。

たとえば、まったく無関係なことだと伝えたうえで被験者にルーレットを回してもらう。ルーレットは、じつは6と27しか出ないように細工してある。その後、本題として数字が答えとなるような質問をする。その際、その答えは被験者には見当もつかない問いを用意する。すると被験者はあてずっぽうに答えるしかない。

113　**マクドナルド・コーヒー事件**　1992年にアメリカ・ニューメキシコ州のマクドナルドで起きた事件、およびそれをめぐる裁判のこと。コーヒーをこぼして火傷を負った老婆が、コーヒーの異常な熱さも火傷の一因と主張し、マクドナルドに治療費の一部補償を含めた賠償を求める訴訟を起こした。

多数の被験者にこの実験をするとルーレットで6を出したグループと27を出したグループでは27を出したグループのほうが明らかに大きな数字を答えることになる。つまり、無関係と知りつつもルーレットで目にした数字が答えに影響をあたえてしまう。つまりアンカー（錨）として思考に影響をあたえるということになる。これをアンカリングと称するわけです。

マクドナルド・コーヒー訴訟は、ドライブスルーで買ったホットコーヒーをこぼしてやけどした治療費慰謝料をめぐる裁判で「ホットコーヒー」というドキュメンタリー映画にもなりました。この事件のアンカリングの部分だけを取り出して言うと、弁護側が医療費や過去の判例ではなく、マクドナルドの1日分のコーヒーの売り上げ額をアンカリングとして使った結果、陪審員は、懲罰的賠償額としてマクドナルドのコーヒーの２日分の売り上げにあたる２７０万ドルを支払う評決を出したということです。結局は判事が評決後の手続きで48万ドルに減額する命令を出し結果的には和解するのですが、アンカリングによって陪審員は完全に判断を狂わされたといえるでしょう。

人間には、物事を分析的に考える部分と直感的に捉える部分の両方があって、そのバランスのうえで初めて判断になるわけです。しかし、実際はいかに直感的な部分に従って人は間違った選択をしてしまうかということがこの訴訟を見てもわかると思います。このあたりはダニエル・カーネマンの『ファストアンドスロー』という本に詳しいのですが、これはじつに役に立つ本でもあるので読者には強く一読を薦めます。

　行動経済学者のダン・アリエリー[114]が人間の不合理さについていろいろ書いていますが、やっぱり人間は経済合理性に従って動くわけでないということです。そして、その不合理な決定が集団の中でマジョリティになって、ある人が不当に有罪になったり、社会全体が作為的に操作された情報によって誘導されてしまうということがいちばん怖いですよね。

津田　人はさまざまな情報に基づいて動く生き物ですから、その情報の読み方を知らないと危ないというのは当然の話ですね。たとえ悪いことにお金を使うとしても、その見せ方で全然違ってきますからね。

西　見せ方によっては、印象操作が可能ですよね。

　たとえば、「毎年アメリカでは約１０００件の殺人事件が、治療を受けていない精神病患者によって起きる」と「治療を受けていない精神病患者によって殺される確率は年間０・０００３６パーセントである」と「毎年アメリカでは１０００人が治療を受けていない精神病患者によって殺されるが、これは自殺の13分の１、咽頭がんの４分の１である」とは同じことを述べているのですが、記述の違いによっていかに印象操作が可能かがわかりますよね。

　ですから軽く操作されてしまわないようなメディアリテラシーをもっていない

114 ダン・アリエリー　行動経済学者。行動経済学とは、伝統的な経済学のように合理的な経済人を想定せず、実際の人間による実験を重視する経済学。主な著書に『予想どおりに不合理—行動経済学が明かす「あなたがそれを選ぶわけ」』『ずる—嘘とごまかしの行動経済学』（早川書房）など。

と危ない。こういうふうに提示すると人はこういう印象をもつっていうのは、嘘の情報じゃなくても見せ方ひとつで人々を簡単に方向付けられるということですから。メディアモラルだけでなくリテラシーも必要ということだと思います。津田さんは、統計学の要素も取り入れたデータジャーナリズムをやっていますよね。

津田　データ分析や統計学のようなものは、ジャーナリズムのいちばん新しい形ですからね。これからはそういうものがメディアの最前線になっていってほしい。悪意に騙されないためのリテラシーを身につけさせるジャーナリズムが必要だと思います。

　ある意味では、昔ながらのやり方で国民を扇動したりできる時代はもう終わったように思います。マスメディアをどう利用するかというのは、権力側にとってもちろんいまだに効果的な方法ではありますが、今後はより厳しくなっていくと思います。

西　情報がたくさん開示される中で、それをどう読むかというリテラシーは身につけていかないと、情報の民主化が進めば進むほど危険ですよね。でも、みんながみんな統計学や行動経済学をやるわけでもない。

　だから、そういう警鐘を鳴らすメディアが欲しいですよね。この情報はこういう読み方をしたほうが本質を見ることができますよ、ということを教えてくれる「メディアのためのメディア」みたいな感じになるわけですが、それがないとかなり危険です。情報がデモクラタイズされて広がれば広がるほど、みんなの声も大きくなるわけですから、人をある方向へ誘導する声、踊らせようとする声、あるいはいわば人々を魔女狩りへ向かわせるような声も大きくなっていくはずです。それに気づかせるメディア、警告するメディア。

津田　そういうメディア、つくりたいですよね。あとは情報源をひとつに絞らないっていうのが大事だと思います。越境するように、自分の知らない業界から知らないことを聞いて刺激にするとか、そういう方法はあると思うんです。

西　メディアリテラシーを高めるためにも越境することが大事っていうのは、すごくよくわかります。『踊らされるな～』に書けなかったのは情報の受け取り方についての具体性なんです。情報の読み方を身につけないと、結局は踊らされちゃうよねっていう話で。

そのためには津田さんの言うように、あえて越境することで自分の中になかったモノの見方や新鮮な情報を入れていくとのはとてもいいでしょうね。人間は得てして情動的、直感的になりやすく、物事を正しく見るということが苦手な動物なわけですから。もちろん直感も大事ですが、そこだけで反応してしまうといかにエラーが多いか、そういうことを示していくメディアがつねに横にあればいいですね。

何でもない私が何でもないことを何でもない人たちに発信し続ける。するとあちらこちらで小さな変化が起きて、それがある閾値を超えると社会が緩やかに変化していく。そんな発信者に私はなりたい。急激な変化は必ず大きな取り返しのつかない犠牲を伴うものだから。

読書は冒険への扉

津田　今までの話を総合して思うのは、本ってやっぱりいいなってことです。知的な「冒険」をするのにいちばん手軽なツールですよ。

西　なんだかんだ言っても本は読んだほうがいいと思います。たとえば、時代が変わって読み直しても耐えうる本っていうのは、そのときどきで自分側の変化が読後感に反映されるから、本当におもしろい。

先日、久しぶりに『ソフィーの選択』[115]を読み直しましたが、昔は気づいていなかった部分に目がいくんですよね。あの状況に置かれていたら、自分でもああいう行動しかできないんじゃないかとか、若いときは絶対に思わないことを考えるわけです。アイヒマンを擁護するつもりはないけど「まぁ、仕方ないのかもな」っていう感じもあって、じゃあそこから脱却するにはどうするかっていうことも、具体的に考えたりもしました。するとさらにハンナ・アーレントを読みたくなるわけです。思考しないものは人間ではないのだ、とか「悪の凡庸さ」についてとか……。

大人になると違うものが見えるというか、昔とは違う観点から入ってくるんですよね。映画もそうですが、何回見ても耐えうるレベルのものというのはすごく

115『ソフィーの選択』
1979年に発表されたウィリアム・スタイロンによる小説（上下巻・新潮文庫）。ナチスによるホロコーストを題材に扱っており、ピューリッツァー賞を受賞した。82年にはメリル・ストリープ主演で映画化されアカデミー賞を受賞。

大事にしたほうがいいと思います。

津田　よい本は読み返してみると、最初に読んだときに気づかなかったことが見えてきますからね。

西　それはすごく多いです。本を読んでわかりにくかったとき、それを本のせいにする人もいますが、それは自分がそのレベルに達していないだけなんだと思うんですよ。今はわからない本も、10年経って読んだらわかったりすることがあるわけです。

これは本じゃないとなかなか味わえない感覚ですよね。気軽に買えて反復もしやすいし、時間の変化と自分の変化を自分のペースでリアルに感じとりやすい。

津田　時間が経ってから再読することも読書のひとつの価値である、と。

西　歳をとってから読み直す本からは、つねにそれを感じます。もちろん1回きりの本も多いですよ。今はネットもあるし、情報を入れるだけならもはや本である必要はないのかもしれない。でも、本はやっぱり情報が1本のラインでまとめられているから入ってきやすいですよね。

ネットだと情報が断片的に見えるので、そういった捉え方は本じゃないと無理だと思うんです。情報入手にしても、個別のものはたしかにネットのほうが早いんですが、本はグロスで重層的にひとつのものが入ってくるという感覚ですね。

津田　僕はわりと実用書やノンフィクションといった、自分の仕事と関係のある

わかりやすく説明しろと言われて、「今のきみに説明しても理解できることではない、時期が来ればわかるようになるかもしれない」と正しく答えるとキレられた。「時期が来ればわかる」という言葉も時期が来ないとわからないのだろうなあ。

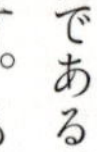

本を読むことが多いんですが、気になった本はすぐに買うようにしています。これは猪瀬直樹さんも言っていましたけど、本ってもう二度と出合えない可能性もあるので、とりあえず買って本棚に入れておいて、パッと見るっていうことはしています。

西　私も、本に関しては気になったものを全部買うようにしています。それで、時間があってもなくても読む。生徒にもよく「本屋さんをめぐりなさい」って言うんですけど、書店の中をダラダラ歩いていると、平積みにされている本と棚に置かれている本の違いで社会の意識も見えるし、今の風潮も見える。いろいろなものが目に入ってくるわけですよ。実際にはこのごろネットで本を買うことが増えてきましたが、やはりネットって情報に対して直線的じゃないですか。だから、思いがけない本を手に取ることってあんまりないですよね。

津田　書店をブラブラするのはいいですね。僕も雑誌を目当てに行って、まったく関係ない単行本を買って帰ってきたりします。それもまたひとつの越境ですよね。普段は決まったところにしか行かないんだったら、たまにはちょっと違うところに行ってみようかなっていう。

西　Amazonもこちらが買いそうな本をがんばって薦めてきますけどね（笑）。あれはあれでありがたいけど、あくまでも過去の検索や購入履歴に基づいた推薦だから、やっぱりそれは狭いですよね。広がるようでいて、意外に狭い。それだ

いわゆるヘイト本が平積みにされている書店に入ってしまうと、恐ろしい時代の空気感を実感する。

僕がよく行く書店はブックファースト渋谷文化村通り店、ジュンク堂池袋本店、紀伊國屋書店新宿本店と、あとは地元高円寺のあゆみBOOKSですね。あゆみは小さいながらも品揃えがよいものが多くて、定期的に訪れては買っています。

け個人にカスタマイズされているっていうのは便利な反面、逆にいうと越境しにくい環境になってると思うんですよ。

津田　ちなみに、先生はどういうシチュエーションで読書することが多いんですか。

西　老眼になって、電車の中はつらくなりました（笑）。今は電車ではＫｉｎｄｌｅで読むようにしているのですが、読みたい本がなかなかＫｉｎｄｌｅ版になってくれなくて困ってます。家では本の山の中に座って読んでいます。読み終わったらその辺に投げて、拾ってまた読むみたいな（笑）。整理したいんですが、本って本棚に入れてしまうと、もう取り出さないんじゃないかって気がしてしまうんですよね。もう一度読みたくなる可能性の高い本は身近に置いておこうっていうのを繰り返していたら、すごいことになっちゃって。

津田さんの読書体験はどんな感じでした。

津田　学生時代はあんまり読んでなかったですね。雑誌が好きで、とにかく雑誌ばっかり買っていたんですよ。「ＳＰＡ！」とか宝島のムックとか「宝島30」とか。あとはデジタルカルチャーがどういうふうに社会を変えていくか、みたいな特集をやっている雑誌が多かったですね。

僕は雑誌を通して社会のいろいろなことに興味をもった。だから、基本的に「雑誌的」な人間なんですよ。だからネットを使って雑誌的な手法で情報のおもしろ

雑誌名でいうと、「WIRED日本版」「CAPEX」「DIGITAL BOY」などです。ほとんどすべてのバックナンバーをもっていました。

さを伝えていきたいという思いはありますね。

西　宝島がすごくイキイキとしていた時代って、ちょうど津田さんが読んでいたころですよね。

津田　そうですね。**町山智浩**[116]**さん**なんかがいたころです。

西　別冊のシリーズが充実していて、私も音楽とか宗教とかいろんなジャンルのものを読んでました。

津田　**『おたくの本』**[117]っていうのが有名でしたね。あとは**『日本が多民族国家になる日』**[118]っていうのもすごくおもしろかった。日本人の労働環境が今後どうなっていくのかっていうテーマで、いずれはいろんな国の人たちが増えていかざるを得ないよねっていう話で。それで今は実際に、群馬とか静岡にブラジルタウンができていたりしますからね。

だから、僕にとって社会への扉は雑誌にあったという感じなんですが、先生の読書はやっぱり小説が多いんですか。

西　小説って、ある年齢を超えると極度に読まなくなりますね。昔はいっぱい読んでいたんですが、ふと考えると最近はほとんど読んでない。そのぶん思想や経済、社会とか、歳をとるにつれてどんどんノンフィクション寄りに向かっていきますね。

津田　それはどのあたりから？

116 町山智浩さん　1962年生まれの映画評論家、コラムニスト。宝島社の編集者時代に「別冊宝島」等を担当。「映画秘宝」を創刊後、退社して渡米。現在はアメリカに在住している。主な著書に『教科書に載ってないUSA語録』（文春文庫）、『トラウマ映画館』（集英社文庫）など。

117 『おたくの本』　1989年12月に発行された別冊宝島シリーズ（第104号）。前述の町山氏が企画編集し、中森明夫やみうらじゅんらが執筆。ベストセラーになると同時に「おたく」という言葉が一般に認知されるきっかけにもなった。

118 『日本が多民族国家になる日』　1990年2月に発行された別冊宝島シリーズ（第106号）。鎖国・開国論争や外国人労働者の問題について言及している。

西　沢木耕太郎の『深夜特急』[119]ぐらいからです。物語もいいけど現実もけっこうおもしろいんじゃないか、みたいな。やっぱりあれを読むと旅に出ようと思いますよねぇ。

津田　沢木さんは、ノンフィクション系の書き手はみんな憧れて、一度は通る道といいますよね。だから、「ネットだけじゃなくてリアルも大事にしたほうがいい」といっても、そのやり方っていろいろあるんですよ。そのひとつが本を読むことだし、人と会うことや現場に行くこともそうだし。

西　津田さんってつねにリアルがありますよね。バーチャルの中に完全に入り込むっていうより、バーチャルは利用するものであって横にはいつもリアルがあるという感じがします。

津田　ええ、実際に見てきたり自分の言葉で語るっていうのはすごく強いことなんだなっていうのをいつも実感しています。

言葉の身体化

津田　先生は、読書をすることによって他者への接し方や自分の内面への入り込み方が変わるっていうふうに言っていましたね。

西　読書によって得られる擬似体験であったり、自分への見直しであったり、そ

119 **沢木耕太郎の『深夜特急』**　沢木耕太郎は1947年生まれの作家。70年に「防人のブルース」でデビュー、79年に『テロルの決算』（文春文庫）で第10回大宅壮一ノンフィクション賞を受賞した。以後、スポーツや旅などを題材にしたノンフィクションや小説を多数発表。代表作の『深夜特急』は産経新聞に連載後刊行された紀行小説。インドのデリーからイギリスのロンドンまでバスだけを使って旅行する主人公「私」の物語は筆者自身の旅行体験に基づくもので、映像化もされるなどブームを巻き起こした。

ういうことをやってきた人とそうでない人というのは、しばらく話しているとわかりますよね。これは歴然とした違いがあるような気がします。

もちろん、読書をしていることが偉いというわけじゃなくて、べつに読書じゃなくてもいいんです。だけど、そういう体験をもっているかどうかというのは大きいんじゃないかなと思います。

津田　なるほど。たとえば、どういうところにそれを感じますか。

西　同じことを言っていても奥行きが違う、といったことでしょうか。あとは、やっぱり言葉に宿った身体性が違いますよね。それが借りものの言葉なのか、一度身体を通過している言葉なのかというのは、実際に話しているとよくわかります。

そもそも人の言うことなんてだいたい同じようなもので、これまで誰も言ってない新しい考えを口にするなんてことはまずない。結局、私が話すことも過去に誰かが言ったことの繰り返しだったりするわけですが、身体化された言語と、聞いた言葉をそのまま反復しているだけ、というのは違いますよね。それはリアルの内面化みたいなことだと思うのですが、その練習として有効なのが本だと思うんです。

津田　読書会ってどう思います。僕自身は行ったことはないんですが、いいなと思っていて。

「あなたは食物を反芻する正真正銘の動物にならなくてはなりません。……その言葉の甘美さを楽しみなさい。私はそれをくり返し、くり返し噛むのです。すると私の体の中の器官は新しい力を得て、腹は満ち足り、全身の骨が賞賛の叫びを上げるのです」（12世紀の神学者ベルナール）

西　私も行ったことはあんまりないけど、同じ本を人がどう読んだかっていうのを聞くことはすごくいいと思います。読書会をやっている人に聞くと、学生や社会人がけっこう来るみたいですね。

津田　コミュニティによっては、２００人規模の読書会とかもありますからね。1冊の本で何度も楽しめるわけですから、あんなに安く済む趣味はないと思いますよ。

西　文庫本1冊で大勢の人がコミュニケートできるっていうのはいいですよね。そこで、自分と違う意見や読み方をしている人に出会うと楽しいだろうなあ。「そう読んだんだ」とか「そこが引っかかるんだ」っていうのがわかると、読書の後もう1回ドキドキできる。

津田　だから、僕がツイッターでメルマガの感想をひたすらリツイートしているのも、あれは読者にとってのバーチャルな読書会なんですよ。リツイートされた感想を見ることによって「この人はこんなふうに読んだんだ」っていうのがわかる。もちろん、メルマガを読んでいない人にとっては邪魔なだけなのかもしれませんが、読んでいる人にとってはそれがすごい価値になっていて、それがまたゆるやかなコミュニティをつくっていくんです。メルマガ読者のオフ会が勝手に開かれていたりしますからね。「どこがよかった？」とか、いろいろ話をしているみたいですよ。

西　同じものを読んでいるから、話はしやすいですよね。津田さんのメルマガの中でもインタビューのところなんかは、行動を促す示唆的な意味もあるじゃないですか。自分にも何かやれそうだって思わせるインタビューですね。

越境するチカラ

津田　「ゼゼヒヒ」の質問で「仕事関係の人とソーシャルメディアでつながっていますか？」という質問があるんですが、つながっているのが42パーセントで、つながっていないが57パーセントだったんですよ。

西　「フェイスブック疲れ」っていう言葉もありましたが、たしかに上司が何か書くたびに「いいね！」ってやらなきゃいけないのは嫌ですよね。

津田　ソーシャル太鼓もちみたいな（笑）。

西　じゃあ、この結果からすると「いいね！」の義務感って、じつはそんなにないってことなんですかね。でも考えてみれば、ゼゼヒヒに回答する人たちって、そもそも意識的にメディアを使いこなしている人たちでしょうから、ネットへの意識も普通の人より高いのかもしれない。でも、それを差し引いてもこの数字はちょっと意外な気もしますね。

津田　「ＳＮＳで知り合った人に、会ったことはありますか？」という質問では、あるが76パーセント、ないが24パーセント。これも意外と多い。

西　意外です。

津田　SNSは顔が見えやすいからでしょう。昔の「出会い系」なんかに比べたら、格段に人物が特定されていますからね。もっといえば、興味ベースでつながっているからこそ、リアルに会うハードルも下がるんですよ。たとえば、脱原発の情報を追いかけていくうちに自然につながったとか、自分の欲しい情報を探していたら変わった人を見つけて、フォローして、そのうち「おもしろいから会いませんか」みたいな感じで、さくっと会ってしまうような。そういうことがやりやすいっていうのはあると思います。

西　SNSでは半分顔が見えているっていうことですね。実際、津田さんはツイッター経由でいろんな人に会っていますよね。

津田　僕はけっこう会いますよ。おもしろいなって思ったらすぐフォローして、何かのタイミングで「会いませんか？」って連絡して。たとえば、ネットで自分に批判的なことを書いている人がいても、話をしておもしろいなと思ったら、実際に飲みにいったりしたことは何度もありますね。そういう出会いにはまったく抵抗がない。

西　そういう点では、ツイッターってリアルに近いですよね。2ちゃんはリアルが遠かったじゃないですか。あっちの世界はあっちの世界という感じで、リアルとは全然違うところにありましたが、ツイッターはリアルとつながっている感じがありますよね。そこがおもしろいと思います。

津田　先生は、SNSでつながった人に会った経験はありますか。

西　津田さんだって、私からすればSNSで出会った人ですよ。かつて池袋校の教室で何度も向かい合っていた時期があったにせよ、当時、私は津田大介という人物を個人としては認識していませんでしたから。

他にも、見ず知らずのいろいろなおもしろい人たちとつながるようにもなったし、実際に会って話をしたり、講演会の手伝いをしてもらうことになったり、ということもありました。そういうオープンでフラットな関係性を築けるという点で、SNSはすごくいいなと思います。

逆に危険だなと感じるのは、小集団の論理です。集団っていうのは閉じるものと開くものの両方があって、それぞれがひとつの有機体でありえるわけですが、いじめの問題にしても、ネトウヨや原子力ムラにしても、いったん閉じた型をつくってしまうと、その集団の中にいること自体が目的化されてしまいます。カルト教団やテロ組織も結局はそうなのかもしれませんが、開かれないことで集団の外が消失してしまう。そうなると、その集団の保持と存続自体が行動の意義となり、そこに献身することが最高の自己承認になってしまう。

どうも日本はそういった要素が強いように思うんですが、ツイッターはそのボ

ついにはnetouyoという語（ネトウヨ＝ネット右翼）がBBCで使われるようになった。online nationalistsと同格表記してあったが。ネトウヨは他の語句では表現しにくいものらしい。

ーダーを越えることができる武器ともいえるのでしょうね。誰にとってもフェアな入口をもったプラットフォームでもある。個人が不特定多数の集団に暫定的に身を置くことができるという帰属の自由さもいいし。

津田　SNSにはそういう利点はありますね。

西　だから「外を見よう」っていうことができる。ネトウヨみたいにSNSの中でまた小集団をつくってしまう人たちもいるわけですが、そうすると、その集団だけが自分の価値観になってしまい、そうした帰属意識の純化が進めば外界との軋轢は肥大し、いつか暴発してしまうことにもなりかねない。

　体罰やいじめにしても、教室にしか自分の居場所はないんだと思ったら、当事者にとっては逃げ道がないですよね。だから「外部があるよ」「学校以外の世界もあるよ」と誰かが逃げ道をつくってあげることは大事だと思います。

　ブラック企業や職場の人間関係などの問題にしても、その人にとっての「ここじゃないどこか」は必ず存在するはずだし、実際に被った不当な仕打ちを訴えるための場所だってリアルに存在するのですから、闘い方はある。

　そういうふうに各集団の内側に閉じこもっている人たち、または閉じ込められていることに気づいていない人たちに対して、つねにその外側の存在を提示していくためにソーシャルメディアが使われていくのだとしたら、それは素晴らしいことだと思うんです。ある種、「囚われの身」となっている人たちの内面に大き

個はさまざまな関係性の暫定的な総体なのだが、人は関係性を遮断しても個が成立するという幻想にかられやすい。個を規定する膜はそれほど堅固なものではなく、また外部との関係性を遮断すると内部は窒息死する。内に引きこもることは生のダイナミズムに反している。

な変化を促すトリガーにもなりうるでしょう。

何でもそうですが、今いる場所にしか自分の居場所はないんだとなったらキツいですよ。仕事がつらくても、社内の人間関係に疲弊しても、「この会社の他にも働くところはある」と思えれば、その人の世界は開けてきます。問題は、そう思えるかどうかです。

結局、「この組織にも外部はあるんだ」と思える人が増えれば、その集団自体が健全になっていくわけです。だから、そういう部分がもうちょっと開かれていって、逃げ道も、違う世界もあるということがわかるようになればだいぶ変わってくると思います。

津田　逃げ道も「垣根」を意識できなきゃわからない。だからこそ、その垣根を飛び越えて、とにかく越境することが大事なんでしょうね。ソーシャルメディアがいいのは、簡単にコミュニティとコミュニティを越境できることですよ。自分に馴染みのなかった知見や人の行動といったものを知る。これまで近づいたことがないジャンルや、考え方がまったく違う人をあえてフォローしてみればいい。それが垣根を越えるための第一歩になる。次の段階では、実際にいろんなところへ足を運んで、いろんな人に会って話をする。もうあとは越境するだけですよ（笑）。
自分のコミュニティを健全化するためには、つねに外部のコミュニティにも出入りして比較検討をする必要がある。そうしないと、どんどん視野狭窄になって

複数のコミュニティに所属していると、忙しい立場になるからひとつひとつのコミュニティに対してそこまで大きな責任を負わなくてもよくなるというのもポイントですね。越境して風通しをよくすることでコミュニティに新鮮な空気を投げ込むことで、コミュニティも長続きしたりするし、そういう立場の人がコミュニティにひとりはいたほうがいいでしょうね。

いくと思います。

西　ツイッターだったら気になる人を勝手にフォローすることができるから、抵抗感なく外部と接することができますもんね。ツイッター以前っていうのは、外部の集団と接することのコストがすごく高かったと思うんです。会社員が会社以外の人と付き合うときには、時間もコストも含めてものすごいエネルギーが必要だった。しかし、今はその敷居も相当低くなっていますよね。

個人から派生してさまざまな集団をも健全化させていく力、それをソーシャルメディアは潜在的に秘めている。もちろん危険性もありますが、それを踏まえながらも可能性のほうに目を向けていきたいですね。コストも時間も驚くほどわずかでありながら、一歩前へ足を踏み出した人に対しては、新たなベネフィットがあたえられるわけですから。とりわけ資本ももたず、しかし自分の可能性をこれから耕していこうという若い人たちにとっては、これほど魅力的なものってあまりないんじゃないでしょうか。しっかりモラルとリテラシーを身につけたうえで可能性を切り拓いていってほしいと思います。

ネットによって人と出会うことが容易になったのと同時にグローバルなシステムの中に個が位置付けられシステム内では相互監視社会的状況が強化され、さらに国家による管理、さらに検閲も容易になった、という側面も見逃すわけにはいかないだろうなあ。

column

いくつになっても人は成長できる

津田大介

第4章のテーマは「越境」。僕はここ数年越境することをつねに意識しながら仕事をしています。それはあることをきっかけに「越境することで未知なる自分の可能性に気づける」という真理に行き着いたからです。

僕が「自分から越境して多彩なジャンルの人と出会ってみよう」と思うようになったのは、とあるパーティーに参加したときに出会ったある人が何気なく僕に言ったひと言からでした。

「津田さんのやってることは日本では理解されにくいと思うけど、フランスなら『アーティスト』って呼ばれますよ。フランスでは社会を変えるために政治的な活動をしている人はみんなアーティストと呼ばれるんです」

そう言ってくれたのは音楽大学を卒業後、文化庁の派遣芸術家在外研修員として英国・インド・フランスに留学し、独立行政法人情報処理推進機構の未踏ソフトウェア創造事業でスーパークリエイターとして認定された遠藤拓己さんでした。「いやー、買いかぶりすぎですよ」とその場は謙遜して終わったのですが、家に帰ってからも、遠藤さんから言われたことが頭にこびりついて離れませんでした。

僕は人の心を動かす音楽やアートをつくるアーティストのことをずっと尊敬してきましたし、「どう逆立ちしても才能ある彼らのようにはなれない」という、負い目のような感情ももっていました。ただ、自分がインターネットユーザー協会やＴｈｉｎｋ Ｃといった団体を立ち上げ、政策を草の根から変えるための活動をしたり、ソーシャルメディアで社会を動かすための著作を出しはじめてからミュージシャンやアーティスト、デザイナーなど、それぞれのジャンルで一流のクリエイターからなぜかお呼びがかかって対談やトークをする機会が圧倒的に増えていったんですね。僕からすれば「なんで彼らは僕の話なんか聞きたがるんだろう？」と不思議だった。でも、遠藤さんから言われたそのひと言で、自分の立ち位置がはっきりとわかりました。僕は作品をつくることではなく、ネットを駆使して行動することで社会を変えようとした——その方法論が彼らにとって目新しかったから、クリエイターたちが僕に興味をもったのだと。つまり、彼らは越境して僕にアクセスすることで自分の創作活動のヒントを得ようとしているわけで、そういうことであれば自分が必要以上に卑屈になる必要はないということがわかったんですね。

自分が何か行動することで得られた知見を人に語ることで、結果的に彼らの創作活動に貢献できるなら、それも広い意味での創作活動だと思えるようになった。そのことに気づいてからは臆することなく自分から連絡を取って、できるだけ多くのクリエイターに会いにいこうと意識が変わったんです。

得てして自分の可能性は自分では気づいていないことのほうが多い。越境した場所にいる優れた他人のほうが自分の未知なる可能性に気づいてくれるものなのです。だから、自分の可能性を広げるためにも越境はどんどんしたほうがいい。

震災後、南三陸でお世話になっている方が住んでいる仮設住宅内に集会場を建設するボランティアをしたことがあるのですが、そのとき人生で初めてモルタルとレンガで壁をつくる作業をしました。最初は苦戦していたのですが、数時間作業してコツを覚えてからは速度がどんどん上がり、最後にはもっとも生産性のよいボランティアになることができました。「なんだ、自分にはこんな才能もあったんじゃん」と思ったときに人生がとても軽くなった気がしたんですね。今自分がやってる仕事が時代の流れで経済的な価値を生まなくなったとしても、いざとなったら左官職人になって何か新しいことすればいいやって。

越境して新しい価値観に触れたり、体験したりすることで自分の新しい可能性に気づくことができる。自分で気づくことができるという意味でも、他人から気づいてもらえるという意味でも、越境は自分が大きく成長していくために必要なプロセスなんだと思います。

「今の自分には何もない」と思うのは、自分が何者かになりたいことの裏返しです。そして、自分を「何者か」に育ててくれるのはいつだって越境した場所にいる他者なのです。「本」はもっとも手軽に越境した場所にいる他者の考えを知ることができる手段ですし、今はソーシャルメディアの発達によって越境することそのもののハードルが大きく下がりました。

越境するといってもいろいろなやり方があります。つねに「ここではないどこか」で出会える他者の存在を心の片隅に置いて、自分の可能性を追い求めてみてください。それがあなたの未来につながるはずです。

column

ボーダーをなめらかに、しなやかな自己へ

西きょうじ

最終章のテーマは「越境」です。ボーダーを越える、ということですね。

受験生によく言うのですが、今の偏差値によって自分で自分の限界を設定するのは勿体ない。就活生に言うのは自己適正シートなどで自己分析して自分に合う仕事などを決めようとしているのも勿体ない。つまり、自分で自分のボーダーを決めてその中でうまくやろうとするのは出発点からして勿体ないということです。

受験勉強であれ仕事であれ、そもそもまだ本格的に始めてもいないことについては自分がどこまでやれるかわからないものです。先行き不安なまま進めばよい、できるかぎりのことをし

てみればいいだろう、と私などは思うのですが、不安な要素をできるかぎり除きたいという人は多いようです。データによって自己を分析して先の可能性を探ろうとするのは、つまりは自分をデータの枠に入れて安心感を得よう、枠外で生じるリスクを避けようとしているわけですね。ところが、それでは何らかのモデルをたどることが自分の生き方の指針となってしまい生き方に主体性、さらには柔軟性を失ってしまいます。生きることを通過点確認作業にしてしまうことになってしまいかねません。データを利用することはもちろん大切ですが、自分をデータ化してしまう必要はないでしょう。受験生でいえば偏差値40台から国立医学部や早慶などへの合格はデータを見ると例外的なことなのですが、自分の生徒についていえばかなりの生徒がその例外的なことを果たしています。仕事に関しても、思わぬ仕事で自分でも気づいていなかった自分の才能が発揮されるというようなことはよくあることです。少し考えてみればわかることなのですが、春の段階で偏差値50の人が周囲の偏差値50の人の二倍勉強すれば偏差値50の人の平均的成績変化とはまったく違う結果になる。しかも一般に偏差値50の人はほとんど勉強しないのが現実である。だから偏差値50の人のデータなど見る価値もない、ということになるのです。これからの自分の可能性を勉強しない予定を前提に限界付けるのはあまりにも勿体ないだろう、というわけです。

もう少し視野を広げますね。ボーダーを設定してその境界内で安心感を得ようとする姿勢は、ボーダー内部を窒息させてしまいます。生物の細胞は細胞膜に守られながらも細胞膜を通して外部の影響を受けることで内部環境を維持しているのですが、それは個人、さらには人間社会全般にもあてはまるでしょう。ボーダー外部を完全に遮断してその中に安住することは生命の原理に反することなのです。恋人同士を例にとるとわかりやすいかもしれません。ふたりだけの世界、というとロマンティックに聞こえますが、外部からの影響を完全に遮断してしまうとふたりともが疲弊し切ってしまうことでしょう。ときどき狭いボーダーの中で女性に対する優位性を保とうとするような男性を目にします。それでは相手を物扱いしているわけですし、そんなセコいプライドは相手の犠牲の上にしか成立しません。境界外部から脅威が侵入すると瞬く間に破壊されてしまう世界です。

同様に、豊かで安全とされている国にいることから生じる安心感、大企業にいることから生じる安心感、環境の似た仲間内で感覚を共有できることから生じる漠然とした幸福感、あるいは自分が想定したボーダー内にいる安心感、そんな中で安住していると自分が窒息し枯れ果てていくばかりではなく、外部からの風に吹き飛ばされてしまうのです。

そうはいっても人はボーダーレスに耐え切れません。細胞膜を取っ払ってしまっては生物が生命を維持できないのと同じことで、ボーダーをすべて取っ払ってしまうと生命体としての秩序を維持することができなくなってしまうからです。ですから個人としてのボーダー、共同体としてのボーダー、国家としてのボーダーは必要なものなのです。グローバリズム、つまりボーダーレスに向かう変化が大きくなるにつれて、ボーダーを堅固なものにしボーダー内の一体感を維持したいという国家主義が台頭してくるのも当然な流れなのだといえるでしょう。

ボーダーを堅固にすると内部は窒息するし外からの侵入に対して脆弱になる、かといってボーダーがなければ生命を失うことになる。そういう状況の中で取りうる戦略は、透過性のある緩やかなボーダーを設定してみることです。ふたたび、細胞膜や皮膚といったものをイメージしてみてください。内部を外部と断絶させてしまうのではなく、環境に応じて必要なものを取り込み、不要なものを排出する透過性と内部を外部から保護する壁、この両方の役割を果たしているしなやかさをもったボーダーですね。もちろん個人だけでなく集団や国家についても同じことがいえると思います。ボーダーに透過性があれば必要に応じた越境が容易にできます。自己内部を破壊しないかぎり外部からの侵入にも寛容になれます。

個人に関していうと、複数の自己というものを想定しそれぞれの自己がゆるやかなボーダーをもちつつ全体像としての個を形成しているようなイメージ、共同体でいうと複数の共同体がゆるやかなボーダーでなめらかにレイヤーを成してより大きな共同体、そして世界を形成しているようなイメージです。

複数の自己というのは対談中「西きょうじ」という名前の由来のところでも話題にしましたが、私の昔からのテーマのひとつです。無理やりひとつの自己に自己同一性を押し付けていくのは抑圧が強くなりすぎるのではないかと思うのです。

複数の自己を想定する。するとある部分で損傷を受けても全体としては致命的ダメージを及ぼすことなく、また他の部分との接続によって修復可能となります。個人でいえば、受験で失敗しようが、就職で失敗しようが、異性にふられようが、誰かに人格否定されようが、そんなことはあるひとつの自己の損傷であって他の自己だって存在している。それによって部分の修復は可能だということです。だからそんなことで自殺するなど勿体ない、ということです。

ひとつの自己が自己同一性のボーダーを越えていく。自分が勝手に決めた限界を越えていく、職種や地位や階層などという社会が規定している枠を越えていく、そのつど新たなボーダーが形成されてそのレイヤー全体が内部の生命を支えるものとなっていく。というのが私の理想だなあ。

あとがきにかえて

西きょうじ

終わりのある世界
——しかし明日は未知だからおもしろい

津田さんとの対談を終えて2年以上が経ってしまいました。その間に都知事選もあり豪雪もあり消費税増税もあり、さらには衆議院選挙もあって世の中は急速に動いていきました。津田さんはジャーナリストだけあってその速度以上にはやい速度で活動をしているようです。都知事選でのポリタスから衆議院選でのポリタスへの発展には目を見張るものがありました。私も衆議院選挙では記事を寄稿し数万人の人に読んでいただきました。この対談の時期に津田さんがめざしていた政治メディアが立ち上がっていったわけですね。一方、私も28年間在籍した代々木ゼミナールを去り東進ハイスクールで講義することになりました。さらに教育とはまったく無関係な新たな事業も始めることになっています。私なりにポレポレながら越境しつつあるわけです（ポレポレ：スワヒリ語で「ゆっくり」の意）。

対談原稿を改めて読み直してみて、彼にとっても私にとっても、そしておそらくは日本にとっても東日本大震災というのは大きな転機だったのだなあ、と思いました。静かな日常が一瞬にして波に飲み込まれてしまう。そしてそれに続く原発事故。そのとき、私たちは自分たちの世界が現実的に終わる可能性をしっかりと実感せざるを得ませんでした。

もちろん、太陽にも地球にも自分にも寿命があるなどということは言うまでもないのですが、私たちはそういうことを意識しないで日常生活を送っています。しかし津波を目の当たりにし、助かったケースと助からなかったケースを見比べてみると日常のあり方が結果に反映されているのがわかります。

宮古市田老地区では高さ10メートル以上の堤防が築かれていましたが住民の98パーセントが亡くなりました。まさかその堤防を乗り越える津波が来るとは思いもよらないことでした。本当に痛ましいことです。一方釜石市は高さ5メートル程度の堤防しかなかったのに小中学生六百数十人がひとりを除いて助かりました。この差はどこから生まれたのでしょうか。これは釜石市の小中学校全14校で２００５年から特別教育がおこなわれてきたことが大きな原因となりました。防災危機管理アドバイザーで群馬大学教授の片田敏孝教授が「津波てんでんこ」（津波のときはてんでばらばらに逃げろ、という三陸沿岸の言い伝え）の重要性を現地の生徒たちに伝えてきたのです。その結果生徒たちは自ら危険を察知し空気に縛られないで行動できたのです。そのような日常的教育の積み重ねの有無が生死を分けたといえるでしょう。「高い堤防があるから安心」という姿勢よりは「いざとなったらどうするか。皆と同じ行動をして安心するのではなく、自分の命は自分で守る」という姿勢を身につけさせられた経験が津波からの避難につながったといえるのではないでしょうか。

今日と同じような明日がやってくる、それはなんとなく続いていく、という日常感覚は危険に対する感受性を麻痺させてしまいます。原発にせよ地震にせよ地域（国家）経済の破綻にせよ、現代は大きな危険がいつ目の前に生じても不思議ではない時代なのだという認識を日常生活にもち込むことは重要でしょう。

「てんでばらばら」は空気に支配されがちな日本社会においてとてもよい教訓だと思います。「皆と同じ」は決して安全を保障するものではないのです。周囲をこっそりのぞき見て自分の道を確かめるというセコさは捨てましょう。「赤信号、みんなで渡れば怖くない」などという言葉はとても日本的ですが、「みんなで渡ればみんな轢《ひ》かれる」のが現代の現実です。さらに青信号だからといって無警戒に横断していると常軌を逸した車が突っ込んでくる危険性に対処できません。危険かどうかを自分で判断しようとする姿勢が必要なのです。青信号ですよ、と言われて無防備に皆が進んでいくとそこには崖があって次々と海に落ちていき集団死に至る可能性もあります、レミングのごとく。

だから、と突然結論付けると、「まあ、みんな空気に縛られないでてんでばらばら勝手にやろうよ」つまり、「適切に判断する力を身につけ、その判断にしたがう行動を取れること」、さらに「さまざまなスタンスの人がそれぞれに適切な行動を取る多様性を許容できること」がこれからのキーポイントになると思うのです。

　これから世界が、そして自分が、どうなっていくのかは誰にも断言できません。この原稿を書いている現在は、2年前の対談の時期よりもはるかに不穏な世界になっていると感じます。日本も世界も危機的な状況に直面していると言ってもよいでしょう。しかしどのような状況下であれ、今日に向き合う姿勢、明日に向かう姿勢は選択できます。そして明日はどうなるかわからないからこそ今日を楽しめるのです。メディアは社会の不安を拡大してみせることで人々に判断停止を迫り同調性をあおりがちです。しかし、そもそも生きるということには不安は付き物なのです。自ら自由を売り渡して見せかけの安心感を買い取ろうとするのではなく、ある程度の不安は生きることのコストとして当然のものとして受け入れつつ、台本のない人生を生きることを楽しみましょう。

　津田も走る、私も勝手にポレポレ走る、そしてさまざまな人がさまざまに走る、そのエネルギーが共振して、いつかどこかで出会えるといいね。SMILE!

西きょうじ Kyoji Nishi

1963年東京都生まれ。京都大学英文学科卒業後、劇団青年座研究室入所を経て87年に偶然代々木ゼミナールの英語講師となる。基礎クラスから東大クラスまで担当する実力派の人気講師として、のべ20万人を超える生徒を指導。著書『ポレポレ英文読解プロセス50』（代々木ライブラリー）は超ロングセラーに。予備校講師の枠を超えて上梓した『踊らされるな、自ら踊れ』（講談社）も大きな話題を集める。2015年より東進ハイスクールに移籍、進化しつづける完成形をめざした講義をおこなっている。軽井沢在住。

津田大介 Daisuke Tsuda

1973年東京都生まれ。ジャーナリスト、メディア・アクティビスト。早稲田大学社会科学部卒業。大学在学中よりIT・ネットサービスやネットカルチャーに関する原稿を新聞、雑誌など多数の媒体に執筆。「ポリタス」編集長。大阪経済大学客員教授。京都造形大学客員教授。一般社団法人インターネットユーザー協会（MIAU）代表理事。2006年から08年まで文化審議会著作権分科会の専門委員を務める。『Twitter社会論』（洋泉社）、『ウェブで政治を動かす』（朝日新書）、『動員の革命』（中公新書ラクレ）他、著書多数。

越境へ。

2015年6月6日　第1版第1刷　発行

著者　西きょうじ　津田大介

装丁　川名潤（prigraphics）

編集協力　小島知之

発行所　株式会社亜紀書房
〒101-0051
東京都千代田区神田神保町1-32
☎03（5280）0261
http://www.akishobo.com
振替　00100-9-144037

印刷所　株式会社トライ
http://www.try-sky.com

ISBN978-4-7505-1451-2